还是妖蛾子

王小柔 著

人民文学出版社

图书在版编目（CIP）数据

还是妖蛾子 / 王小柔著．—北京：人民文学出版社，2012

（妖蛾子：珍藏版）

ISBN 978-7-02-008970-3

Ⅰ．①还… Ⅱ．①王… Ⅲ．①杂文集－中国－当代 Ⅳ．① I267.1

中国版本图书馆CIP数据核字（2012）第 018417 号

责任编辑　陈彦瑾
责任设计　李思安
责任印制　李　博

出版发行　人民文学出版社
社　　址　北京市朝内大街166号
邮政编码　100705
网　　址　http://www.rw-cn.com

印　　刷　北京季蜂印刷有限公司
经　　销　全国新华书店等

字　　数　200千字
开　　本　889×1194毫米　1/40
印　　张　6.7　插页8
印　　数　11001-14000
版　　次　2006年9月北京第1版
印　　次　2013年12月第3次印刷

书　　号　978-7-02-008970-3
定　　价　23.00元

如有印装质量问题，请与本社图书销售中心调换。电话：01065233595

我想跟你在一起（自序）

王小柔这个艺名已经像狗皮膏一样贴我身上了，撕都撕不下去，除非拿刀连皮带肉一块儿给片下去。我也下定决心继续把这个名字糟蹋下去，什么黑锅都让这个名字死扛。

这个年代最不缺少的就是娱乐，连恶搞都成了流行。我们的真实生活被娱乐糟蹋着，我们开怀大笑，甚至怀开得有点大，扣子都给绷掉了，却浑然不知。尽管我们笑的频率越来越高，但内心得到的快乐还是少得可怜。人们变得宽容，道德的底线越拽越长，肉眼都看不见底儿。我羡慕乌龟，长那么一个大硬壳多安全啊，不就是爬得慢点吗，腿脚利索的早被人捞走了。所以，我也蜷缩在自己的小日子里，从来不弄出大动静，干啥都默默的。我觉得这样安全、自在。

只有在我熟悉的市民生活里，我嘴角的笑意才是由衷的，我想，你也是吧。

微凉的夜晚让人有了遥望夜空的冲动，于是拉开玻璃门，把头放在窗外，我的手掌撑在冰凉的瓷砖上。别人家的灯火挤进我的眼睛，那些温暖的绚丽环抱着并不寂寞的温度。一侧脸，便能看见卧室的窗子，土土稚嫩的声音隐约传来。在这样的夜晚，实在适合想念某一个人，但还好，属于我的想念很轻，一个微笑便能把它们托起。

在快到零点的时候，我打开熟悉的页面，总让我心里惦记着的小说已经被点击了一百多万次，作者很长时间没有更新了，停顿下来的那个结尾我已经看了两遍。电脑里放着不知道谁唱的歌，QQ里只有一个中年妇女头像亮着。我的眼睛愣愣地望着苍白的文章区，上面写着"无标题——记事本"。

我呆在夜晚，那些字像一朵朵雏菊在日光灯下盛开，记录就是一次回忆。对一天的怀念，对时光的惦记。

我的记忆力在衰老，以至于不白纸黑字地写下来转眼就把这一天的事忘了，那些瞬间迸发出来的笑声和郁闷多么可爱，亮晶晶的，像镶嵌在假首饰上的光片和有机玻璃。

黄色的小鹦鹉总是想方设法自己打开笼子门，再从拉门的微弱缝隙里挤进来，一阵拍动翅膀的声音，它就落在我橘红色的肩膀上，我侧过头向它笑，喊着它的名字，它用红色小眼睛与我回应，耳畔的鸣叫刺耳且动听。它一会儿跳上我的头顶，用小嘴一根一根地啄起我的头发，一会儿直接飞到我敲击键盘的手上，伸着脖子用嘴碰碰屏幕。它的玩耍让我的桌子凭空生动起来，到处都在动，它跟个体力好的搬运工似的，把一个信封从左面搬到右面，又把一支笔从右面叼到左面，最后，我爸看不过去，一巴掌扇过去，黄色小身体在我头顶绕行半圈，老实地回自己房间吃食去了。

我把脸贴在拉门的玻璃外面，看着它把头埋在食盒里。冰凉的幸福。这情景是多么熟悉，从童年一直蔓延到此时。十几个温暖的冬天，我就呆在这样一幅画卷里，老人、女孩和小鸟。那似乎是一个独立的世界，像伊甸园，在生命的某一处永远春意盎然安静神秘而无人打扰。我常想，要是鹦鹉也会上网，我们将是多么惬意的一对网友。

正郁闷，手机响了，上面是一个熟悉的名字，她说："你是不是又写我的短粗胳膊了？"我大惊失色问："你怎么知道？"她说："就你那点心眼儿，傻子都知道。"我站在阳台上狂笑。

一个ID的距离是怎样的距离，这感觉很奇怪。当你刻意让自己产生记忆的时候，你跟那个ID的距离就近了。前些日子，一个女ID忽然给我打电话，我想都没想就说："你不是在网上吗，还给我打电话？"她惊讶地说："你居然还知道我是谁？"我说："爱你爱到骨头里，哈哈。"然后，她一直在说话，我们都很惊奇这份穿越网络的友谊，她说，无论隔多长时间给我打电话都不会有迟疑，因为她觉得我是一个特别让她放心的朋友，始终会在原地。我在电话的另一边特别真诚地笑，这个电话之前，我们应该已经五年没任何联系了，只是偶尔在网上看见她一闪而过，五年以前，她经常在中午给我打电话，间或汇报一下那时她的一场又一场斗智斗勇的恋爱。她问，你说我们如果一直不联系，你会不会忘了我啊？我信誓旦旦地说：不会。

其实，我也在问我自己，会吗？有一天，忘记一个我熟悉和热爱着的ID。我但愿不会。

尽管我大部分时间都在网上，其实我依然喜欢现实给我的踏实感,我喜欢电话里的声音,我喜欢跟你依靠在一起逛街或者坐在冰激凌店看人来人往,我喜欢推杯换盏,我喜欢叫嚣着说你跟傻子赛(似)的,我喜欢你走在我旁边的温度,我喜欢ID变成一个活色生香的宝贝。

好朋友之间的友谊有着水到渠成的美感,我们不用歃血为盟便可分享心事。当一个多年的好友忽然跑到MSN里变成一个相好的ID,我们成为分享生活细节、分享隐私的最佳伙伴,我们抛开网络面对面坐着,就算多年不见,也不会有丝毫陌生感。那感觉惬意而自然。我们如同是夜半女生宿舍里的窃窃私语,我们把声音压得很低,我们偶尔叹气,也会推搡着窃笑,会展望未来,会彼此鼓励,会计划我们不会成行的一起旅游的向往。我们在说婚姻中的暗伤,并拿自己的生活举例说明。我们会在路边的狗食馆里一遍一遍说到——爱。

很多网友留言说自己是"鱼香肉丝",搞得我像被海选出来的超女一样特别得意。在天津签售《都是妖蛾子》的时候我提前一刻钟到的,进去一看,读者已经排成了队在等待。我的好友白花花说:"你要是摆架子,你就是孙子!"推了我一趔趄。我赶紧屁颠屁颠地跑过去,掏出笔就在人家买的书上写我的名字。其实,写下倚里歪斜名字的时候,我的内心满是感激,我甚至觉得那些信手拈来未做加工的段子对不起"肉丝",如果文字还有些粗糙,我想,我的真诚是细致的。

这本书献给我所有的朋友和我的"鱼香肉丝"们。

我想,跟你在一起。

目 录

把日子过得特二

"二",不是数字,却是个特别得体的形容词。在我们小圈子的语境里,跟"扯"差不多。日子被我们扯来扯去,也显得二了。我们用这种朴实的精神抵抗时尚的诱惑,谁叫我们一没钱二没品位呢,不过,可贵的是,我们谁也不装,知道装也得露馅。

没病找病 3

在你的洞房游戏 7

提起作文就发怵 12

球形也是身材 15

裤子不分性别 18

有上进心的厨娘 21

我不在烂菜地就在去烂菜地的路上 25

狗也有黑社会 29

胸有多大舞台就有多大 32

把罩杯塞满 35

骂人不吐核	39
五脊六兽	42
一颗金子般的心	46
现在打劫	50
去澡堂子吃海鲜	54
鬼上身	58
找对象要会装	61
鲜花便宜给牛粪	64
那个烂鸟地儿	68
丢人也要看城市	72
个人写真	76
如何爱你都不够	80
童言无忌	84
哭场	86
老小孩儿	89
发如雪	93

BLOG 起哄架秧子

在我眼里，博客就是件起哄架秧子的事。几个朋友凑一起无论干什么，最后总有人叮嘱我："回去博啊。"然后他们好有机会鸡一嘴鸭一嘴地跟在我的文字后面反驳。被他们催着，写博客比鸡下蛋的频率还高，连咯咯叫的时间都不给留，总有一天会精尽人亡。

我们的队伍向太阳 99

奋起直追个P 102

雨潭PK白花花 107

友情的最高境界 111

人是铁饭是钢胃口是个大创伤 117

我们的胖艳 127

黄金周可交代出去了 131

一人带一孕妇回家 135

四个女人的无穷动 139

女人是需要集体胳膊挎胳膊逛街的 143

呱嗒子世界呱

世界杯是老外的事,但它像一阵龙卷风,四年刮一次,有什么算什么都卷进它的旋涡里,连我这种从来不看球、对足球运动毫无兴趣的人也被卷进去了,无论是主动的还是被迫的,你不得不接受世界杯生活。有人瞪着眼睛问:世界杯跟我有嘛关系?其实,真没什么关系,可你躲不开,连饮料瓶子上都印着那几个踢球的。

跟着你有肉吃 151

看上去很足球 154

没女的没劲 157

第 一 天：论成败奔瞧果	160
第 二 天：都是实在人	163
第 三 天：站着说话腰疼	166
第 四 天：当个睁眼瞎	169
第 五 天：一群事儿妈	172
第 六 天：干嘛吆喝嘛	175
第 七 天：能响就是硬道理	178
第 八 天：接地气很重要	181
第 九 天：谁劲儿大谁赢	184
第 十 天：没事儿瞎喊嘛	187
第十一天：起哄架秧子	190
第十二天：这托户不错	193
第十三天：谁都有脾气	196
第十四天：喂肥了再宰	199
第十五天：闷骚也是风格	202
第十六天：老鹰捉小鸡	205
第十七天：要以德服人	208
第十八天：拉大锯扯大锯	211
第十九天：欺生不算本事	214
第二十天：上赶着不是买卖	217
第二十一天：不比赛就闹砸	220
第二十二天：看谁耗得过谁	223

第二十三天：挑逗无处不在 226

第二十四天：被电视拿龙 229

第二十五天：撒娇要看人 232

第二十六天：不服就较劲 235

第二十七天：就得实打实 238

第二十八天：巫术大苹果 241

第二十九天：天上掉馅饼 244

第三十天：拾的就是鸡肋 247

第三十一天：最后的舞者 250

妖蛾子语境初级试题（附录） 253

把日子过得**特二**

"二",不是数字,却是个特别得体的形容词。在我们小圈子的词语里,跟"扯"差不多。日子被我们扯来扯去,也显得二了。我们用这种朴实的精神抵抗时尚的诱惑,谁叫我们一没钱二没品位呢,不过,可贵的是,我们谁也不装,知道装也得露馅。

日子始终不会有太大变化，那些炫目的东西都是橱窗里的摆设，路过，看一眼也就罢了，肯定不会一冲动把尼龙丝袜子从脚上扒下来直接蒙脸上，抡砖头砸柜台。那些透明的阻挡分割着我们和时尚的距离。绚烂的东西更多的时候只是假相。

生活就像烙大饼，热火朝天地翻腾几下，扔出来，特香。可要翻腾的时间长了，就该糊了。都是饼，有人喜欢自己烙，有人愿意进有背景音乐的地方吃比萨饼，这是不同的喜好，而我，喜欢能扛时候的家常饼。

没病找病

因为一些不检点的医院对患者的态度总是来一个宰一个，挤了得我们个顶个地都登上了健康快车，各种家庭保健必备书全着呢，不光闷头自学，还跟着电视上公开课。资深专家们本着对生命的爱护，经常提示我们重大疾病的前期征兆，人家从来不分析脚气、鼻窦炎、沙眼之类不值一提的病，一说就跟癌症挂着，我手心里直冒冷汗，听十分钟比看俩小时恐怖片的劲儿还大。架不住就对号入座，可越对号越恍惚，都能哭出声。

前几天我左边腰附近疼，赶紧翻书，拿放大镜把人体解剖图看了三遍，然后摸一下疼的地方，再看一眼书上的器官。先对照的是妇科那章，因为专家说是个女的就有妇科病，这句话吓得我脸都白了，抹那么多年美白护肤的擦脸油没管用，专家却能一语定乾坤。好在，我沾着吐沫把书翻得哗哗的，发现我疼的那地方根本没有妇科器官。那还能是哪儿出了毛病呢？别是肾吧？我立刻要虚脱了。我的手冰凉，翻篇儿都不分溜儿了，好不容易用胳膊肘压住，肾炎、尿毒症……人已经出溜到木地板上了，而且越看症状越像。

我哆嗦着给一个自学成材跟各大医院很熟的同学打电话，她在电话那边语音诊病："你尿什么颜色？"我都绝望了还拿这问题涮我，我说："跟你的一样。"她又问："像米汤吗？"我的肺都快气炸了，"你煮稀饭呢？问点硬可问题！"她沉吟两声，告诉我不是肾炎，但话锋一转："我怀疑啊——"故意把"啊"拉得老长，我的心揪得跟拔丝山药似的，"你怀疑什么啊？快说，患者还有知情权呢。"我这同学似乎很犹豫，死活不说了，告诉我转天就带我去做检查。我像只惊弓之鸟，喘粗气还掉了一地的毛。五分钟后，手机短信闪烁，我想转移一下自己的注意力，按了一下，我那同学发的：我怀疑是占位性病变。我急忙倚里歪斜地奔到电脑前，上网，搜索。天啊，那屏幕上赫然写着：占位性病变，是肾癌晚期经常出现的病症。

好不容易，天亮了，我抓了一把钱扔进书包，心想万一留住院呢。以什么方式把这个噩耗告诉家里人很让我绝望。我跌跌撞撞到了医院住院部大厅，我同学已花枝招展地等在那，她像个主治大夫似的，问我："你到底哪疼？"我捂捂裤口袋，她说："那儿什么器官也没有啊，肾在后面。"经她一提示，我立刻觉得正后方开始疼。她径直把我带到肾外科，牛烘烘地把一个面无表情的主任叫出来，我吓吓唧唧地说了自己的病情，捂着后腰。主任跟我同学说："带她去骨科吧，疼的地方就不是肾。"然后转身走了。同学一溜小跑追上主任问："您看看是不是让她做个检查？"主任甩出一句："不用！"显得我特别无理取闹。

骨科主任很热情，把我领到重症室躺下，让我一会儿伸腿一会儿侧身，一个小榔头在我的麻筋儿上没完地敲，弄得我一个劲儿弹弦子像癫痫发作似的。主任终于让我起来，在诊断书上大笔一挥，"你去照个X光片排除一下。"可我在自己腰上抓了一把，除了肥肉压根没骨头啊。我狐疑地把目光转向我亲爱的同学，她举着交费单子笑容可掬地问："主任，您觉得有可能是什么病呢？"那个瘦老头上下打量我一下说："如果骨头没炎症，估计是长期座姿不对，造成肌肉疲劳。"

我们迈着狐疑的步伐从骨科出来，一路沉默。终于到了交费窗口，我撩起臃肿的眼皮："你说咱有必要照这个相吗？我觉得还是肾的问题。咱还是照B超吧。"她点了点头，自己拿笔就把检查项目给改了。

做B超的人很少，到那就能上床，当大夫把冰凉的胶水涂在我肚子上，问我："憋尿了吗？"我吃惊地说："肾脏检查没说让憋尿啊。"那女人很不耐烦，"起来起来，这是妇科，查子宫的。"我赶紧抓了一把草纸，一边抹肚皮一边提裤子，亦步亦趋地辗转到另一张床上，躺好。又一个女人把多半瓶胶水挤在我肚子上，鸡皮疙瘩都出来了。"哪不好受？"那女人问。还没等我答，我同学仗义地说："她说不出来具体哪不好受，您受累给看看有没有肾积水肾结石之类的，要能连心脏一起看了，您也受累给看看。"那女大夫真是好人，胶水涂了一次又一次全抹我中段上了。她指着屏幕自言自语："肾没事，心脏没事，妇科也没事。你起来吧，别查了。"我同学笑得特别安慰，拍着我的肩膀，"行了，这次该放心了！"她这话一出，我立刻腰不疼了。

晚上,在MSN里遇到赵文雯。

赵文雯:你干吗去了,一天没见你。

王小柔:我不是担心自己肾有问题吗?

赵文雯:瞎担心,肾能有嘛事,你又不纵欲,吃点猪腰子羊腰子了事,最多肾虚。

王小柔:我同学说了个词,我在网上一查,说肾癌晚期才出现我这症状,我能不害怕吗?

赵文雯:那天跟我姐说,我输卵管疼。我姐说别胡扯,你捂的那是肾。有一天晚上,我正怀疑自己肾虚呢,然后电视里正好播那种肾虚自测节目。咱就跟着测吧——先是夜里多汗,这症状我没有。第二点:尿频。这点我也没有。然后,第三点,居然是让摸摸阴囊湿不湿。奶奶的,原来是男人自测。

王小柔:要了亲命了,自测真害人。幸亏是自测,不然拉别人互助测,还成耍流氓了。

赵文雯:你这人就算哪天当了大夫也没人找你看病,一看你就像拿病人找乐的,一点儿不真诚。

在你的洞房游戏

叶小葱终于动了结婚的心思，一个月没消息，再见面的时候居然扔在桌子上几本大相册，里面都是光膀子和男友扭捏作态的艺术照，最绝的是那一嘴龅牙全缩回嘴里去了，笑得那叫一个荡漾，简直能笑皱一池春水。我抬眼看着面前这张跟照片判若两人的脸，用食指狠敲封面上那个男人的小眯眯眼："决定嫁了？"她得意地挺着胸脯："那是当然，我得追上你们，明年我也生个孩子让你们开开眼。"我盯着她的肚子，大声嚷："不会是已经有了吧？"叶小葱手里一盒酸奶正砸在我肩上，她用手点着在座的每一个人："我周六大办，你们都得去，不发请柬了，都拾掇精神点，别给我丢人。"

作为新娘子的闺中好友，我天不亮就起床了，然后点着灯描眉打脸，把衣柜里显得喜兴的衣服都扔床上再一件一件地试，多少年不穿的高跟鞋拿布蹭蹭，蹬脚上。早晨七点半，我像一朵大桃花，摇曳着就出了门。到了叶小葱家，她甚至没多看我一眼，更没对我破天荒的打扮加以赞赏，催着我拎上她的小坤包陪她去化新娘妆。

我坐在牛皮凳子上呵欠一个接一个,叶小葱倒精神抖擞,每隔五分钟问我一句"你觉得怎么样",那语气明显透着得意。我都快眯一小觉了,叶小葱才跟个天仙似的扒拉我。我掀了她下巴一下,惊呼"美人儿",手被她打掉,她像一个吃了兴奋剂的斗牛士,把裹了婚纱的大红包袱皮扔给我。

婚宴期间,我疲惫地跟着我的主子,紧紧捏着装细软和红包的口袋,她喝不了的酒我得替她干了,她要吃东西我得递筷子,她吃完了我得把餐巾纸送上,看见有小孩喊她,我必须以最快速度把钱少的红包掏出来,同时还要替她记着那些给大票儿者的模样,我想,西太后也就这谱儿了。因为我的亦步亦趋毕恭毕敬很滋长叶小葱的得意忘形,在她眼里我哪是伴娘啊,整个一奴婢。

那些没事都冒坏水的男人在婚宴上成了主导者,他们游移不定的眼神儿瞟着换衣服跟变魔术似的新娘玩命地干杯,新娘一来,一个借酒撒疯的人居然一把搂住了新娘裸露的肩膀,把一杯白酒硬往叶小葱嘴里灌。我拼命将那个有耍流氓企图的男人拉开,把酒拦下。在我闷头看酒发愁的时候,一个魁梧男人已经把四喜丸子推开,站桌子上了。叶小葱瘦弱的小眼睛丈夫双眼已经离畸了,不知道被灌了多少,但他还是借着酒劲儿把体重跟他差不多的新娘抱了起来,叶小葱单手上仰,挥舞着打火机,魁梧男人叼着烟东躲西闪。眼看新郎的丹田气快绷不住了,叶小葱的红皮鞋还一个劲儿往空中踢,跟无常女吊似的。双方僵持了两三分钟,我偷偷把酒杯里的酒洒椅子底下,他们的演出才因为新娘急了要点魁梧男人裤裆而宣告结束。

一个大了(liǎo)似的人物打远处晃晃悠悠过来，叮嘱新郎新娘不能急，说什么新婚三天没大小，没人闹不热闹。想洞房，还真不容易。小两口重新打起精神满脸堆笑再战江湖，男的喝酒，女的表演小节目。最后不知是谁用绳子吊起一只大虾，过关的要求是新郎要用嘴剥出虾仁送进新娘嘴里。我站在叶小葱身后觉得浑身发冷，这哪像婚礼，就跟一个青楼女子终于找了个相公赎身却遭到其他客官百般刁难和戏谑，但你得忍辱负重不能表现出半点愤怒。小眯眯眼新郎干脆也不反抗了，闷头先把大虾脑袋咬下来，拿绳子的人还总挑逗，虾米在新郎眼前忽上忽下，别说剥虾，能再叼住都不易。叶小葱哪能看着自己心爱的人在哄笑声中把口水弄得满嘴流？她一把抱住新郎，跟母狼似的一口咬下大虾，连皮好歹嚼了几口就咽下去了。

好不容易熬到了客人们酒足饭饱，那些荷尔蒙泛滥的男人强烈要求闹洞房，没办法，我跟伴郎架着这对喝得烂醉只残存潜意识的一双男女率众人奔新房而去。

可怜的新郎简直得了强迫症，只要看见活物就笑着抱拳拱手迎上去说："喝好了吗？照顾不周啊！"把小区里的狗吓得绕开他跑老远还狂叫。

终于把俩人放在床上，他们将就着还能坐得住，叶小葱容妆不乱面若桃花，新郎的脸通红浑身酒气。一群神志清醒毫无同情心的男人大呼着让他们表演节目，以图对二人进行性教育。叶小葱舍身堵枪眼，自告奋勇：接吻行吗？一阵口哨声中，叶小葱把嘴对准了她的丈夫，那小眯眯眼几乎是在老婆嘴贴上来的同时向后倒去，呼噜打得山

在你的洞房游戏

响，睡得不醒人事。闹洞房的人自觉无趣，帮着叶小葱把烂醉的新郎衣服脱了塞进被窝。曲终人散，我最后离开，叶小葱看了一眼床，跟我说："我看他今天晚上是醒不了了。"表情特落寞。我赶紧鼓励："你别一结婚就满脑子想着'洞房'，容人家男同志缓缓。""啊——呸！"一把喜糖砸我脸上，我头发上斜插的红喜字都给砸掉了。匆匆离开，让两位新人借着酒劲儿爱干吗干吗吧。

午夜，我的电话响了，叶小葱的名字在屏幕上闪。"你睡了吗？他睡得跟死猪似的，怎么叫都不醒。我刚坐床上把随的份子钱数了数，还真不少。洞房太没意思，这晚上也太闷了，要不你出来，我请你泡吧。"天啊，哪有一个新娘洞房花烛夜的时候还打算跟伴娘混在一起的，我坚决不同意，她不困我还想睡觉呢。

之后的一段时间，大马路上净是扎堆儿结婚的，一串一串车门上忽闪着粉气球的黑色车那叫气派，闯了红灯警察都不好意思拦。结婚典礼是收获祝福和红包的地方，前几天，我最后一个单身哥们终于大婚典礼了，人家新娘明智，不知道从哪借了一身部队文工团的演出服，还带军衔呢，一出场我们都以为董文华来了。那女子也不说话，面带微笑，端着一个倒了一杯子底儿的白水到处碰，所到之处，人们表现得都很肃穆，报以同样严谨的笑容，二话不说，杯中酒一饮而尽，好像我们在接受部队首长的检阅。那些爱找乐子的男人抱怨衣服阻止了他们跟新娘子亲热，不敢拥抱，不敢开玩笑，不敢讨点烟，只好几个人窝一个桌上喝闷酒，宴席很快就散了，我们悻悻而归。

结婚是人生大事，为了图吉利很多东西依然沿袭着老令儿，转念

形形色色的人就像照妖镜一样照着我们的内心世界,一块泛着馊味的湿毛布黏糊糊地搭在我们的大白腿上,偶尔光着膀子的人会把手不自觉地放在胸口来回地搓,绝对下意识。脱了西装和吊带裙大多数人不就是这样吗?我们挣钱不多,我们懂得怎么过日子,与其把柠檬从杯子边拔下扔掉还不如贴在脸上或放进锅里炖牛肉。

一块砖,一面墙,一些背影停顿在岁月的照片里,那是我们的生活痕迹。一别经年,字迹、回忆、诉说、信笺成了一把精致的钥匙,支撑着我们走回从前,我们始终记得沿途的景致。尽管现在简单的胡同只剩下影像,连时间都被推倒了,但在很多人的心里,他们依然从容地走着,并且面带微笑。
因为回忆,生命的花枝繁复丰盈。

一想,要是大家都规规矩矩,来了就往新人手里掖钱,吃完饭抹嘴走人,确实少了些气氛,太肃穆,跟给困难家庭捐款似的。结婚的人都有感慨,加上那天兴奋,表演什么都豁出去了,你说,人这一辈子估计也就这一回那么铁了心地愿意被别人耍,所以,也就不计较了。新郎新娘满脸陪笑不吃不喝迎来送往沏茶倒水,一天下来够不易的。当然,晚上俩人坐炕头儿,开着温馨的二十五瓦卡通小壁灯把当天收入——沾吐沫数清楚,那幸福劲儿可比洞房花烛夜。其实,百姓人家的迎娶基本如此,形式化,却充满民俗的质朴。

提起作文就发怵

昨天,忽然接到一个聚会从来不出血的同学电话,说要请我吃海鲜。对于这种天上掉馅饼的好事我从来不奢望,我甚至连说话的语气都没变,尽管脑子里已经浮现出海螃蟹傻里吧唧地被猴皮筋绑起大钳子的憨厚样子,但说出的话依然那么宠辱不惊头脑冷静。我试探着回绝,他邀请得更带劲儿了,这让我还真高兴。最后我当然在半推半就中欣然应允。

到饭馆,我客气地把菜单推到他面前,微笑着说:随便。我心里话,贵菜一般都得主家自己点。坐了没五分钟,阿绿像个被公安通缉的到处贴性病广告的,气喘吁吁地进来,手里还死死攥着一沓A4打印纸。服务员拎来塑料袋,几只未婚妈妈螃蟹哗啦哗啦绝望地招手,我跟阿绿交换了一下眼色,点了点头,螃蟹们去厨房更衣了。此时,老刘叹了口气,"我那孩子……",我瞪大眼睛,脑子里闪过几个"得绝症了",但我没说,从我嘴里说出来的是"操心吧"。老刘又叹了口气:"所以请你们来,每人怎么也得帮她写三篇作文,关系到小学毕业啊。"我一听，头都大了，当即叫过服务员问："螃蟹能退吗？"服务员说："对不起，已经蒸了。"阿绿在一旁没心没肺地笑，就跟她作文写多好似的。

我最怕我们楼小学生跑我们家来喊我阿姨，没别的，就是写作文，八百字到一千字。小屁孩娇滴滴地说："写作文就是编呗，你都给我写过三次做饭的作文了，可我从来没做过饭。谁会拿作文里说的话当真？"你说摊上这么明白的孩子怎么办呢？有一次这孩子自己写的作文很好，我还觍着脸告诉人家，你们老师准表扬你。那孩子早上还特高兴地说："我昨晚梦见老师表扬我了。"可是我一下班，楼下大姐把作文本一亮，上面的批语是：没有思想意义。大姐一把拉住我说，小孩子的知识面有限，他生活的环境就那么大，怎么能写出内容丰富多彩的作文来啊？可是作文分占得还挺多，不合格就得返工孩子睡眠都不足了。我这么仗义的人当然揽下了替三年级小学生当枪手的私活儿，可我煞费苦心写的作文也被退回来了三次，我不停地揣摩老师的心理，就差主动问人家想要个什么样的了。写的时候总得提醒自己只有十岁，有的句式不能用，同时故意写下四个错别字。给他写篇作文，比写个一万字的稿子还费脑子。

小学生作文很少让自己拟定题目，老师出的作文题就那么几个，像"记一件难忘的事"、"那一次我……"、"我第一次"、"师生情"、"最难忘的人"，我一年要换着花样写好几遍，事实证明我的作文最多能达到小学五年级的水平。但我们楼那帮孩子和他们的家长以为在报纸上能发表文章就会写作文，总是把孩子的升学压力强加给我，我妈也不拦着，每次还笑呵呵地跟人家说："我们闺女小学毕业作文满分，还上过《作文通讯》呢，放心吧。"得，吹吧，又得写两篇"我最难忘的人"。

耗子急了还上树呢，挤了得我实在没办法，从网上下载了一堆作文软件，事实证明有个"文学描写辞典"软件不错，里面的内容真是丰富，人物、风景、小动物、心理描写各个范围都有。仅"小动物"就有几千条，例如，描写小兔子的有六条，如：小白兔的嘴是"丫"字形的，好像合不拢，露出两排碎玉似的小牙；小白兔的眼睛是红色的，好像两颗闪闪发光的红宝石；小白兔的尾巴很短，活像一个小绒球贴在屁股上，蹦跳的时候，一撅一撅的，可有意思了……这东西用起来很方便，只要把要写的作文关键词输进去，就会有很多写作需要用的词汇和语句弹出来。我把这东西打印出来，我们楼小学生人手一份，终于应付过一段日子。

可我们老刘的要求有点高，他根本看不上我那些软件，人家就要我跟阿绿的真迹，说他女儿小升初的目标是重点中学，如果作文分上去了，重点没问题。我跟阿绿吃完螃蟹每人要写三篇作文让他女儿的语文老师过目，通过的，则要熟记于心应对考试。我忽然觉得从没有过的茫然，阿绿也没动筷子，我们俩跟帕金森症患者似的一个劲儿玩捆螃蟹的猴皮筋。

吃人家的嘴短，我跟阿绿回去绞尽脑汁写作文。忽然有一天，阿绿兴奋地给我打来电话："你知道吗，我的作文通过一篇，你的通过两篇！"她激动的声音让我耳鸣，终于对得起那只空了一半的螃蟹了。

球形也是身材

我毅然决然地放弃了《如果·爱》的首映，吃完晚饭去看赵文雯练武术。赵文雯这姑娘已经练了有段日子了，她经常得意地一撩衣服露出一块一块肌肤上的淤血，骄傲地说："看，我练功摔的！"别人都惊讶地叫唤："哎呀，你真行，练什么了？"随后很多双软玉般的小嫩手抚摩她的伤处，赵文雯随后一直把胖身子东躲西藏咯咯咯地笑着，跟个刚下完蛋的老母鸡似的，其实她大概巴不得大家都摸摸呢。这种哗众取宠的游戏我从来不参加，我冷眼观望，但什么功夫能让一个女初学者摔成这样我还真好奇，她要不说练武术，大部分人都得以为她被性虐待了呢。

晚上六点半，我开车一路奔到她习武的地方，推门进去，嚯！空空荡荡一间大教室，扑鼻的臭脚丫子味儿，熏得我直晃悠。大垫子上站着些人，他们两两摆出一副练家的姿势，一个个跟粮店师傅跑天桥下面打把式卖艺似的，一根带子系于腰间，都露着多半个胸脯。仔细寻了几个来回，居然不见那女人的身影。我正嘀咕着，旁边一个小伙子特别仗义,打不远处抡着一个三米多长的大长条凳子过来,示意我坐,我冲他竖起大拇指:"小师傅,好力气!"他拔出MP3的耳机面无表情地问:"你说嘛?"我赶紧谢谢。因为我不确定,这是不是中国功夫,尽管他用的是倒拔垂杨柳的架势。

我给赵文雯打手机,那厮居然举着手机从更衣室里转出来,她还没我到得早!她冲我使了个眼色,上场了,在垫子上面伸胳膊踢腿。数她的衣服白,简直崭新,大肥褂褂大肥裤子,中间还用一根大白布带子一系,我忽然想,要这帮人站墙角哭,简直就是一治丧委员会。

赵文雯飞吻的动作贤淑,估计怕我腻味,所以,三个动作中总有一个会回头跟我飞吻一下,弄得我都觉得有点烦了,她太不认真了。你看那些小伙子,大部分还近视眼,也不怕把眼镜摔碎了,一个跟头接一个跟头,跟马上要马戏表演似的。两个小时,所有人都在不停地翻跟头,背口袋。赵文雯更像一脏肉丸子似的,在地上滚来滚去,而且最可笑的是她还嫌自己滚的方向不直,没人摔她,她自己在垫子上还滚开了,最后把头发都折腾散了,跟个疯子似的。

赵文雯和另一个女人被她的师傅师兄称为"新同学",这俩新同学被男同学掰她们的胳膊掰得哇哇惨叫。那女人叫也就叫了,人家瘦弱,细胳膊细腿别说摔,看着就让人心疼,可赵文雯呢,吃一份半炒面到下午四点都得加餐的主儿也叫,这就有表演的成分了,她那胳膊一伸出来,比小伙子的都粗,还好意思叫。

在互相背口袋的练习中赵文雯跟那女人分配在一组,动作是要求两个人背靠背站着,一个人要把屁股放在对方的腰下方,然后一弯腰能把对方反向背起来。别人已经开始背了，赵文雯还在跟那女人互相谦让，赵文雯说："我胖，我有劲儿，我背你吧。"那女人说："我高，我背你吧。"赵文雯说："还是我背吧，你别把腰弄折了。"直到练习时间快结束了，矜持的女人才靠在赵文雯背后，赵文雯几乎没怎么用力就把那女人背起来了，而且还在那臭美，喊我看，也不把人家放下来，那女人在她背上直喊人。我在场外说："不就仗着你屁股大吗。"她跑过来扬拳就打，我虽没练过武，但武打片自小就看，一把就将她拉了个趔趄。我真看不出她有什么习武的天分，白糟蹋那一身粮店工作服。

赵文雯拉我入伙，我说还不如游泳。她眼睛一瞪："男不练哑铃，女不练游泳，你懂吗？搞体育的都这么说。游泳容易弄大粗胳膊根儿，比我的还粗！你看青蛙爱游泳吧，所以大家都吃田鸡腿儿，就因为它腿肥。青蛙就是游泳游的，腿上都是脂肪。"

哈哈哈哈，我的笑声已经阻断她的话音，第一次有人说青蛙游泳游得满腿脂肪。这没文化的女人还一个劲儿地说："你别笑，你听我说，你想保持体形，真不能游泳，你跟我练武吧。"特苦口婆心，但她越这样，我越笑得天旋地转。

不过，赵文雯迷恋武功的时间比我预想的长，凡是对形体有帮助的她都特上心，她的饭量越来越大，据说晚上十点还得加餐，否则饿得睡不着。因为体力消耗大，睡眠时间从原来的十二小时延长至十六小时，再练下去，我看都能赶上吃奶的孩子了，一天清醒不了俩钟头。习武之后，赵文雯五短身材更加浑圆，如果身上再画几缕黄条儿，趴那儿就是只加菲猫，都不用再化妆。

裤子不分性别

厕所这地方是坚持性别意识的最后净土，它生逼着你站在那扇小门前给自己归类，非男即女，没有中性这一说，你要迟疑，干脆憋着回家。现代人是见多识广，以前为看个人妖表演得跑泰国开眼，回来举着合影到处显摆，一遍一遍告诉你，他旁边顾盼生姿的美女其实是个大老爷们，我们惊讶地用眼睛狠扫靓女的三围，感叹这爷们真是女人中的女人。若干年后，我们的审美疲劳了，审美取向也转了风向。那些像女人的爷们如今被统称为"孔雀男"，他们穿五颜六色的紧身裤、透明衫，屁股后面插把小拢子，随时能把桌面、橱窗、玻璃之类能反光的东西当镜子，穿衬衣永远从第三个扣子开始系，非得把惨白的胸脯露出来点儿，他们人过飘香花枝招展。而那些乍一看像小伙子，然后越看越像琢磨不出到底是男是女的姑娘则被大家爱称为"帅女"，而且再也不提以前给她们起的外号"男人婆"、"假小子"了。

阿康和阿绿就是一对天衣无缝的组合，他们恰到好处，男人每周做面膜把皮肤弄得跟吃了一洗脸盆胎盘似的，而女友阿绿则硬朗刚毅，一头长发剪去更增加了几分帅气，估计走马路上打架、抓贼什么的都得归她。

他们都是我的同学，阿绿是全校第一个穿超短裙的人，为此还被请进办公室进行思想改造，当然最后的结果是裙子更短，以至于体育课和午间操的时间她的人气最旺，二百米考试的时候她的小裙子跟小扇子似的在腰上支棱着，漂亮的碎花内裤直接撞进了我们的眼里。那次她第一，我们都跟在小裤衩后面。老师们是看不惯女孩这种作风的，她又被请家长又被单独教育，后果依然不理想。我不知道中学的教育对她以后的人生有没有影响，十几年后的同学会上，阿绿大夏天穿着腰间镶了一排大铜扣子的牛仔裤来了，绿塑料框的眼镜让她像动画片里的苍蝇宝贝，那时候的她只是酷，女性特征依然明显。而阿康这家伙在学校的时候挺正常的，学习优异踢足球打篮球，都不用细看就知道是一个男的，可十几年后他进了那个时尚杂志就跟当了怡红院总掌门似的，自己都快变成他们的姐妹了。

阿康熟知各化妆品品牌，他的眼神儿只须从你面前一扫，抬头便告诉你："欧莱雅这款眼影不适合你，你下次换淡粉色试试。"没下岗的缉毒犬都没他厉害，人家不用耸鼻子就能断出你往身上喷的是什么香水，最让人下不来台的是有一次参加他们在酒吧攒的一个局，在座的皆不认识也不知道什么来头，我脸上的笑容还没完全绽放开他就推了我一把："呀，你平时不用香水我们都适应了，今天也不用特意抹上点风油精出来啊，回头我送你瓶香水。"言毕，用猪蹄子手拍拍我的肩膀，别人没好意思笑，我尴尬地一杯一杯给自己灌可乐，结果别人一跟我说话我就打嗝,我伸着脖子把一股一股热气都往他那喷,像个素质低下的泼妇。阿康不在意,笑眯眯地依偎在阿绿旁边,这个像爷们的女人一手端着一杯子底儿威雀,一手扔着飞镖,无论镖飞到哪她老公都像小孩似的拍手、咧嘴笑,就差在地上"高兴地跳了起来"。

孔雀男阿康的钱包里,除了信用卡之外,你会发现城中几乎所有顶级商场的会员卡。他比他老婆能糟蹋钱,每一季,他都在身体力行GUCCI、VERSACE这些大牌们倡导的"精品生活铸造美男"的生活信条,他说正装也要摩登,你能从那些风格柔和裁剪贴身而修长的衣服里看到女性气质的隐约存在。这样的男人大概因为干净直率而被女人喜欢。自从有了超级女声,阿绿一直跟我说李宇春的好,告诉我女扮男装的优越性,我瞪着眼睛说:"人家一米七四,你一米五四,你这把小骨头别说当男的,当女的都欠妥。"她就使劲往我手里塞皮尺,说自己一米六四点五公分。后来我才明白,裤子是没有性别的,反正男男女女开口儿都在前面,别说中性,就算跟动物搞模仿秀谁又能说什么。

有上进心的厨娘

要说人都挺自强不息的,我经常在逛书店的时候看见很多人买菜谱,也不知道那些下定决心要做一手好饭的主儿回家能进几次厨房,反正以前我也买过一本教人做饭的书,照本宣科地做了,那叫一个难吃,连我们家老猫阿花都绕着我走,而且不再耸鼻子,缩着肚子提着丹田气,最气人的是眼睛还故意瞧别处,一看就知道人家已屏住呼吸。阿花因为上了年纪,脾气很古怪,经常粗着嗓子学楼底下的狗叫,尤其在闻了我炒的大菜后,满嘴说外语,本来小细嗓门非弄得跟大老爷们似的。腻味得我老爸指着它的胖屁股说,这年头连猫都追求中性美了。

其实做饭挺有意思的,结果总是充满变数。自打买了那本书,我一下班就往集市里炒菜的摊位前一站,看那师傅跟杂技团出身似的,连西红柿炒鸡蛋他都得抖把勺,尤其仰脸的姿势,特帅。他每次拿大长勺扗完作料都得在锅边上当地一磕,有多少作料咱不知道,但那一声挺响,倍儿有韵律感。有一次赵文雯在集市买黄瓜,见我跟要饭的似的两眼发直看着锅里的肥肉片,排队的人都换好几轮了,我还站在人家摊位前死活不走,她用胳膊撞撞我,还故意压低了声音说:"晚上去我家吃!别站这,多烤得慌。"我就不喜欢她这样,好像我的行为多丢人似的,我大声说:"我正偷艺呢。"赵文雯一把拽起我的胳膊就走,"就你,还偷艺,手把手教都不见得能学会,整天弄一脑袋油烟子味儿,下次再出来别忘了把你们家抽油烟机挂身上。"

为了证明我确实在努力往家庭妇女上进步,我直接进了赵文雯家的厨房。她作威作福的地主婆本性立刻显现出来,把俩脚丫子往玻璃茶几上一搭,不知道从哪拎了包瓜子,又随手拿了个不锈钢小盆,架在她几乎没什么起伏的胸脯上。我帮她把电视打开,她呾了下嘴,眼睛都没看我,"行,有眼力见儿。做饭去吧。"茶杯旁边的脚尖朝厨房方向摇了摇。那厮眯缝着一双比我还厉害的近视眼,就差怀里抱只猫,嘴里叼根水烟袋了,典型一副需要被人民斗争才能教育过来的样子。

我进了她的厨房,捋袖子穿纯棉面料的围裙,赵文雯小资多年,家里积攒的都是特别花哨一点用没有的东西。地上居然摆着两桶"鲁花",我眼睛一下就亮了。在我家过油时最多在锅里倒一薄层,在这,倒半锅!平时练习红烧肉,在这怎么也得练习做菊花全鱼。

我战战兢兢地把一条收拾好了的死鱼摆在案板上,端详了至少十分钟黄金切割点才敢动刀子,每一刀都很谨慎,生怕刀法不漂亮。好不容易把鱼浑身划得都是道子,才发现左手食指也挂了花。我拎起"鲁花",咕咚咕咚可劲儿往锅里倒,煤气一开,听着抽油烟机嗡嗡作响,心里那个满足，我一边哼着小曲儿，一边挑逗趴在我家阳台正对我练口语的阿花，从口型上判断，它一定又在说外语。不一会儿，油开始冒烟儿，我拎着鱼的一个肉边儿隔老远把它扔进锅里，为了躲避飞溅而出的油，我还原地转了个芭蕾圈。鱼倍儿可怜地蜷缩着，我开始翻书，好不容易才找到我该看的程序，书上说金黄色即可出锅。我对着锅进行了严重的心理斗争，不知道多金黄算成功，依我看扔锅里就挺金黄色的，油就那色。为了保证熟，我又拿着我的手机掐了两分钟。关了火，用笊篱捞，好么，扔锅里的时候是一条鱼，搭出来已经跟出完车祸似的，哪都不挨哪。我把唯一一块缩成一团的鱼肉放在盘子里，眼瞅着那半锅还翻腾得特带劲儿的"鲁花"，那个揪心啊。

忽然，客厅里传来地主婆的声音："王长今，能吃饭了吗？都俩小时了。"吓得我一激灵。我硬着头皮端着盘子站到赵文雯脚边，从来没有过的恭敬，"这菜叫'浪花一朵朵'。"她大叫，"啊？就一朵？"我说："本来有很多，但都凋谢了。"赵文雯大笑，"你跑我们家炼油渣来了。"幸亏她心地善良，也没说我，还细致地把所有渣子都捞出来。为了表示我的歉意，我再次冲进厨房煮了一锅滥情的方便面。那一晚，我们守着一大盘子"油渣"，撒上点盐吃得还挺香。那之后我再没动要做大餐的念头。

可是后来，那书不知道怎么传我爸那去了，这下可坏了，老爷子打小就喜欢琢磨东西，这会儿正没什么可显身手的，他整天端着书在厨房呆着，拽都拽不出来。墙角那堆菜下去那叫一个快，他也不问问现在细菜都多少钱一斤，我最害怕他叹气，只要那拉长音的调子一起，一盘子菜准又进垃圾袋了。他迷做饭那一个月，水表、煤气表跟定时炸弹一样，转得人眼睛都花了，我们都不敢看了，把全楼的字儿都快转进去了。我弟弟趁老爸上厕所的空，拿着那本我花二十五块钱买的菜谱在案板上抡得啪啪响，"你说你要用买书的钱点个菜带回来，也算你孝顺，现在，一个菜没做成，几百块钱材料费进去了，你要买个大众菜谱我也不说你，非买什么粤菜菜谱。幸亏咱爸兴趣还在菜品的改革创新上，要是注意到那些盛菜的家伙就麻烦了，咱哪弄银餐具去。"我缩着脖子下楼把菜谱扔垃圾箱了，大气儿都没敢喘。

我不在烂菜地就在去烂菜地的路上

博客就像个烂菜地，你用一根小木棍儿挑着只破袜子往地上一插，这方圆几平米的地盘就归你了，你爱干吗干吗，可是自己玩多没劲，于是你得叫更多的亲朋好友来串门看热闹甚至看乐子，你希望他们跟你同呼吸共命运，其实呢，人家背地里都拿你当傻子。我的一个哥们儿不是IT，也不熟悉网络，但他整天瞪着血红的眼睛泡在网上，你要问他，他会点着鼠标告诉你："看博客呢，哪找这种奉送隐私娱乐共享的地方。如果有心，一个姑娘的家庭背景日常工作甚至连生理周期你都能在她的博客上了如指掌。"

记得几年前方兴东的互联网工作室刚建博客中国网站的时候，我们都觉得"博客"这个词特别稀奇，加上他弄了一堆"博客精神"，更让人天上一脚地上一脚的五迷三道。当时想成为博客需要经过至少一位知名博客的推荐，在核实了真实身份、上传的稿件后，并经过博客中国网站上层人士批准才能开通"精英"博客专栏，如此严谨的过程让我觉得很好玩。那时候，我的推荐人面如钩月、秋波荡漾地坐在西单马路边的星巴克，看我的时候则满脸严肃："博客精神是自由、真实、资源共享、互相帮助。"而我也被咖啡因弄得心里扑通扑通的，要不是在那么高级的地方，我一准去集市买只鸡，再往它脖子上抹一刀，弄一大海碗鸡血一饮而尽，如果环境允许我还得跟我的上线跪地上磕俩响头什么的，以表对组织的忠心。后来当我的文章整天挂在博客中国首页最显著位置推荐的时候，我的虚荣心得到了极大的满足，我屁颠屁颠地以为博客是最时髦的东西。直到有个叫木子美的女人出现，我才知道时髦的根源，几十万甚至更多的人在同一时间奔她的博客日志而去，博客成为优雅的下三滥代名词。

没几年光景，博客普及得跟麻辣小龙虾似的，都吃，有人还上瘾。网络里废弃的博客也很多，残页不再会产生新的窥视欲，很多人不再来了，把它忘了。新的网志人又会出现，博客就这样交替变化，相互影响，相互遗忘。每个人都有好几个博客，精力旺盛的人一天能博好几次，跟壮劳力赛(似)的。

我刚开始的时候觉得不就是挂在网上写日记吗，平时还能到熟人的博客上瞅几眼，看看他这些日子的私生活是什么样，外带甩几句闲话，觉得博客挺轻松娱乐的。可写着写着就写出虚荣心了，页面上都显示着点击数，人家那都四位数了，你这还两位数，自己都觉得寒碜。最后，博客变成博数了。

普通人的博客需要自己憨皮赖脸地拉别人看，还得强烈要求别人跟自己做链接，这样成天眼睁睁地看着，点击数也增加不了几十，而且大部分还是自己点的。名人们可不一样，陈芝麻烂谷子往外一倒，那都是真诚流露啊,不管那一篇篇"博"是不是真的出自名人之手,追星族都觉得,我可以留言,人家看不看回不回无所谓,至少我近距离接触到名人了,兴奋!尽管人家隔三差五地仅在博客里写几句,对点击者而言那都不是敷衍,而是亲切。

亲切感挺重要的。就像你站在演唱会现场老远的地儿,举着望远镜都看不见台上的人在干什么的时候,一样能扭着屁股在椅子上蹦。博客也一样,当一个名人在你面前闲扯淡的时候你会觉得他特人性化,因为我们这些俗到骨子里的人都惦记着听点名人以前怎么受的苦,怎么被人甩,后来怎么遭罪,来获得心理平衡,这样才能让咱这些百姓体会出人间自有真情在。

我不太喜欢现在的博客,变得像内衣表演秀,没人看还得自己满楼梯贴小广告,自己张罗人。而名人呢,今天炒盘鸡蛋,拍成照片挂在博客里就能赢得上千点击率,我不喜欢这种招摇的表演。我几乎不动陌生人的博客,我只对我熟悉的朋友的私生活感兴趣,我需要跟他们感同身受。我们安于自己的小地方。

我最反感有人唐突地冒出一句:"看我的博客吧。"而且你问他什么他都回答一句:"打开我的博客!"我的回答也非常有个性:"我不想知道你那点破事!"于是有人知难而退了,可有的人还在使劲给你发带BLOG的链接。

门户网站发了疯似的到处拉所谓名人到他们那去开博客,我看着屏幕上博客后面不断闪烁的那串字符就在想,这群人就跟野鸭子似的,以为找到一个世外桃源,于是高兴得一个劲儿地下蛋,屁股还没

我不在烂菜地就在去烂菜地的路上 | 27

焐热，蛋就被人拾走了，最后下得精尽人亡，那些拾蛋的人却拿这些烂菜地里的绿色食品满处吆喝赚了大钱。

有些胆子小又不够骚的女博最多弄点小情小调，或扔满菜地自己的照片，整得跟寻人启示似的。而更多男博就像吃剩饭误食了春药的猪，目光涣散，一路撞着墙走，你能在他们的菜地里看见他们无比自恋地分析整个春天和全世界，从痴呆眼神就能看出他们满脑子想的都是跟荷尔蒙有关的事。他们还很有圈子意识，在页面旁边拉了一溜让人花眼的友情链接，每个博后面捧臭脚的回复越多他们越自恋，跟入了邪教似的。

博客，就是一面可以贴大字报的墙，缺少规则和自律。但同时，博客，又像一个新媒体，它甚至在对主流媒体察言观色指手画脚。

狗也有黑社会

我从来不知道咸水沽在什么地方,但这个早晨,送完土土我却出现在咸水沽集贸市场里,连我自己都觉得不太容易接受。在一片简易的空地上,被砖墙隔成了三个区域,第一个区域遍地是一笼子一笼子的猪崽,干干净净细皮嫩肉,小皮肤都粉扑扑的,像刚做完面膜;第二个区域是绵羊,有的被集体关在笼子里,有的被拴在一起,无论在哪羊们都把脑袋扎在一起,把屁股对准买主,它们大概在说离别寄语;第三个区域,也是这里最大、人最拥挤的地方,到处是狗,狗像牲口一样被主人拉着。那些小区里穿着衣服狗模狗样到处找电线杆子撒尿的家伙在这里是不受待见的。这儿的狗大多是德国黑背,长得像电视里的警犬,全都又高又壮,你刚有经过它的企图,它就瞪着眼睛看你。我立刻喜欢上了它们。

我们是来看斗狗的。一块军绿色的帆布围起一个不大的小场子,人站在四周,中间宽大的场地被一个半米高的铁栏围起。我们几个像十足的二溜子一样,站在高处互相问:"你押吗?押哪只?"其实连钱都没带。两只比特犬被带进场子里，各把一角，我看这与人类搏击比赛没任何区别。俩狗特有职业运动员的范儿，一对眼神，立刻跃跃欲试，呼哧带喘。主人拎一个大水桶，从里面捞出一条脏里吧唧地皮色的毛巾，先擦擦狗脑袋，又擦擦狗的后背，最后把狗嘴扒开，用淌着水的脏毛巾擦擦狗的口腔，我原以为要给狗带副假牙呢。

当铁链子一解，两条狗噌地奔对方蹿出去了，那架势，灭九族的心都有。大狗一口咬住小狗的耳朵，小狗的牙已经像钳子一样死咬住大狗的胸口不放，还像狼一样使劲左右晃头。血顺着它们的牙流下来。小狗的主人一直像教练一样鼓励着自己的爱犬："好皮皮，好皮皮，咬！咬！"狗在人的激励下越战越勇，尾巴支棱着，使劲摇晃，谁也不服，简直俩黑社会遇一块儿了。因为谁也不松口，这么坚持了几分钟，人用钢质的撬板才把狗嘴撬开，把双方拉回到原位，用凉水擦头，擦身，擦嘴，就差给它们做按摩了。刚一松手，俩狗又扑向对方，撕咬，僵持，再战。皮皮的脸已经血肉模糊了，但在主人的鼓励下，邪教徒一般发了疯地扑咬，没有任何比赛经验的大狗一次次被它掀翻在地，露出脆弱的肚皮，那层小嫩肉我看不怎么禁咬。

据说这样的比赛要持续几小时，而比特狗生性好斗，似乎出生就为了加入黑社会，咬不死对方就不罢休，除非你把我先咬死。我们看了一个开场就退出来了，因为实在残酷。

整个集市也没几个女的，赵文雯始终扮大小姐状一会儿惊呼害怕，一会儿做小鸟依人状尾随在两个同去的男人身后。我则始终保持女二溜子状，看见一条体态跟牛似的、长相奇丑的患有老年痴呆症老

现在老外写的管理类和发财类的书多得看不过来，那上面描述的世界简直到处都是金币，你上趟厕所没准鞋底儿上还能沾俩，挣钱在人家外国人的书上怎么就跟吹泡泡似的那么轻巧呢？刀快不怕脖子粗，我们立刻就被普及了，还弄出一堆本土化致富信息，我们迫不及待地拔苗助长，最后，砍了一马车稻草回去沤粪。

也不知道是从哪届学生传出来的,说有驾照好找工作,那时候很多人都像蛤蟆跳坑似的,起早贪黑地学起了车。我们中大概没人想过学车干什么,反正一说跟找工作有关,就像被人点中穴道,毕业时大多数人都成了司机,我总觉得自己上的更像个驾校。我骑自行车包里倒经常放着驾照,当身份证使。

狗的时候立刻伏身蹲下，强烈要求跟它合影。那狗缓缓抬头，满脸的不情愿，但我还是春风拂面地笑，并用右手特别二百五地给它刀毛，还充满爱意地拍了拍它那比我大五号的脑壳。当我摆完POSE，那狗缓慢地站起来，一脑袋撞在前面面包车的车门上，一个那么大的车停在那，它愣没看见。赵文雯在旁边没完没了地笑。

  后来，一个哥们猴子说他也养过比特狗。他的狗叫斗斗，小时候用可乐瓶子逗它，它一口咬住就不撒嘴了，你可以甩着瓶子到处逛悠，能像拎个书包那么随意，不用担心狗，无论你怎么晃悠，它咬住瓶子至少一个半小时不撒嘴。斗斗稍微大点，他拿自行车外带训练它，经常往狗面前一扔，斗斗一口咬住死活不动了，猴子说，他把车带往树上一挂，该干吗干吗，半天过后再回来看，斗斗还自己吊树上呢，咬得特别心甘情愿。一条好斗的狗，一个好斗的人。他说，他让斗斗把他们小区看见人就叫唤的狗都咬死了，有一次，斗斗把一只狗活活咬死在窝里，他一看出了命案，扭头就带着凶手跑了，当然也有被抓现行的时候，他赔了条小狗给人家。当赵文雯听到比特只咬狗不咬人的时候来了精神，她伪装一上午的慈悲没了，纠缠猴子再弄条比特来，把她小区那些到处拉屎、见人便狂叫的狗也咬死。最后，猴子建议，我们几个人一人养一条，隔周出来互相咬一次，看看谁的先被咬死。我们赶紧摇头，皮皮血肉模糊的脸又出现了。

狗也有黑社会 | 31

胸有名 $_{儿}$舞台就有名 $_{儿}$

中午吃完饭,随手打开电视,看见一个光膀子的胖男人在台上挤眉弄眼地笑,他手里拿着的话筒挂着"梦想中国"的小牌儿。记得去年也看过一眼这节目的海选,有个男的说他叫"张学友",很多年前就给自己起了这个艺名。我捏着鼻子非常好奇这个四十多岁的男人到底打算干什么,只见他屁股一撅,在台上拿起了大顶,两条腿向天上叉着,伴随着这个非常不雅的姿势他扯脖子喊开了,听声音像个专业喝破烂儿的。终于到头朝上的时候,他边磨磨唧唧地擦汗,边解释说,如果不以这个姿势唱,自己的歌简直就没法听。他还挺自信,以为这样唱大家就能听得进去似的。镜头一转,几个评委全男不男女不女地留着长发,为了表示他们还有点性特征,在下巴上多少留着些怪异的胡子,打着灯笼都找不到那么多长相猥琐的评委,坐那儿跟列好队的潮虫似的。有个最喜欢点评几句的"潮虫",胡子搓开了数也没几根,如果再在太阳穴上贴两块橡皮膏,跟《十五贯》里的娄阿鼠就是亲兄弟了。此人一个劲儿质问台上跳舞的小伙子:"你表达了生活没有?你对生活有感觉吗?那是生活!"台上疯蹦了将近五分钟的傻孩子面对这样一个充满哲理和想象的问句都蒙了,胆怯而小声地问:"您指什么生活啊?"顿时,台下暴笑。

到今年,这节目拉了俩歌手跟李咏一起海选,歌手说的那些话多少还算正常,再看中国名牌节目的男主持,拉着长脸对选手连讽刺带挖苦,还弄了满脸的凝重表情。跟我一起看电视的哥们骂上街了:"丫要敢这么当众寒碜我女朋友,我进去扇丫的!"我赶紧换频道,为这么个娱乐节目怄一肚子气太不值当的,其实盲目自信的人也是值得肯定和欣赏的。

海选了一圈也没找到能看的节目,我愤懑地关了电视。一进对门儿赵文雯的家,她正痴呆似的看那个不知道重播了多少遍的《还珠格格》,见我进来,她眼睛勾着我,笑眯眯地应和着电视唱:"你是风儿我是沙,缠缠绵绵绕天涯……"弄得我浑身发冷。她自恋地抱着自己的脚丫子,脚边是一瓶打开盖儿的嫩绿色指甲油,空气里的酒精味挥发着这个夏天的闷热。赵文雯每涂完一个趾甲就把胖腿往我眼前一伸:"好看吗?"听着像问句其实语气很肯定。我强忍住翻心低头看了一眼,一对三十九号的脚还满是肥肉,由于常常穿高跟鞋,小脚趾还有些变形,因为经常光脚穿凉鞋,脚后跟儿上都是老皮,估计用四十摄氏度的水都泡不软。可她就是觉得自己那脚是最美的,就差往脚面上淋紧肤水了。我实在没心情欣赏一对跟猪蹄子似的胖脚,敷衍着进了她的书房东翻西翻,我那自恋的女友依然一边哼着小曲儿一边打理她的绿脚趾。

电视里换不出什么能看的频道了,赵文雯悻悻地拎了拎我的耳朵:"走,咱美容去。"想想躺在床上被一双软手摸脸,那感觉倒也不错,就合上书跟她下楼了。刚躺下没多久,旁边一张糊了面膜的脸开始往外吹气,十分钟之后,吹气声没了,取而代之的是打得山响的呼噜,赵文雯大声问我:"你旁边的是女人吗?"被她这么一问我吓了一跳,费力地仰着脸从床上坐起来,花被单底下确实一马平川没什么起伏。"男人还是女人?"赵文雯快成泼妇了,那么大声喊也没打断呼噜声,这绝对是一种挑衅,她把音量提高,呼噜声也跟着高亢,赵文雯开始喊已经进了休息间的美容师。那个细皮嫩肉的小女孩慌不迭地跑进来。"你们这儿怎么男人跟女人一起美容?"赵文雯声音都颤了,她那张石膏脸上就露俩眼睛,所以看不出什么愤怒。

美容师很不以为然,还跟挑战者似的问:"你们又不美体,怕什么?"这句话一出,赵文雯几乎直接从床上跳下来了,她那暴脾气哪容得下这个。刀枪箭雨从嘴里喷薄而出,那女孩惊得直往墙根儿躲。暴躁的声音终于打断了惊天呼噜,那男人吧唧着嘴催美容师洗脸,他也很不满意这个美容院顾客的素质。我们像哼哈二将站在那男人的床边对美容师不依不饶,可那张脸洗出人样后我们就吓得再也说不出话了。他是赵文雯的同事,住在隔壁小区,晚上遛狗的时候偶尔能碰到。

我们曾经议论过他的长相,他有一双水汪汪的大眼睛,眼睛上面是夸张的双眼皮,可这次,眼皮上的肉光秃秃的。赵文雯问:"小宁,你那双眼皮呢?"呼噜王说:"女朋友喜欢周杰伦,我整容了,现在也算人造美男子了。"我们差点跌倒。

这年头,甭管男女,真是胸有多大舞台就有多大,根本就没人觉得会丢人。

把罩杯塞满

女人的胸衣如今已经不是什么私密东西了,大商场里总有一块地方摆着几个光溜溜、起伏恰到好处的惊艳的塑料身子,上面统一套着半透明的花边布片儿,薄的厚的软的硬的带钢托的镂空的穿不穿没什么区别的,反正要嘛样有嘛样,只要你交代出自己的罩杯尺寸以及个人喜好,售货员一定能从波涛汹涌的胸衣堆里拎出一件符合你要求的,那东西轻飘飘,像一个被切开的葫芦。赵文雯就喜欢这种感觉,拎着小布片儿进更衣室,臭美够了再出来换另一种花色。每到这时,我都会绝望地被她拽进更衣室分享她的秘密,女人的亲密无间我简直受够了。

赵文雯每次至少选三件胸衣,最可贵的是,别人只买合适的,她是只买喜欢的,也就是说,不论大小,只要样子喜欢她就得要一件进更衣室试试,那些罩杯像干粮袋似的都搭在我的手上,我们如同两个搞色情活动的不良女性,攒着一把胸罩挤进一间小更衣室里,半天不见出来。赵文雯的自恋是具有传奇性的,她能在镜子里扭半天而不觉得厌倦，人家卖东西的女孩在外面直拍门，她却在里面大声埋怨人家服务态度不好。当赵文雯把一个浅绿色跟纱绷子似的胸罩往自己身上比划时，我怒不可遏地阻止了她，能不能兜住东西咱先不说，那东西明显小啊。赵文雯咬着一嘴玉米牙，白白胖胖的肉肩膀上已经被文胸带儿勒出了红印儿，她歹毒地目测我的上半身，知道她没什么好话等着我，我劈手一把，把手里带着她体温的几个罩杯都扣在了她脸上，夺门而去。

那些花花绿绿的胸衣摩挲着我的胳膊肘，像"农家乐"里吊着的瓜，摇摇晃晃春风拂面。为了等那个还在更衣室臭美的赵文雯，我还不能走远，但作为一个女人，在这么多小布条罩杯中间徘徊不做拿捏状似乎多少不正常，所以，我也会摸一下离我最近的那个罩杯的质地，抽冷子扫一眼标价。这些多余的动作引起了服务员的注意，她停止跟另一个服务员的聊天，把蹬在开票柜子上的脚挪开，径直走到我旁边。"我看这个适合你。"不由分说，一个鼓得跟冲了气似的嫩粉色一点温柔花都没有的罩杯猛地套在我的衣服外面，那女人动作麻利，后背的小挂钩都挂上了。我挺着"高耸"的粉胸被她拽到镜子前，觉得实在滑稽，双手拽起俩鼓鼓囊囊的罩杯，一松手，又弹回来，然后对着镜子哈哈大笑。那女人倒像受了侮辱，把我推进另一间敞着的更衣室。"你把衣服脱了，你不会穿，我给你穿，听我的没错，这款绝对适合你。"两个陌生女人在一个狭小空间面对面站着，其中一个眼帘低垂，等着另一个把衣服脱光。命令我脱衣服的理由居然是她认为我不知道那东西怎么穿。我迟疑中，那女人冰凉的手已经搭在我肩膀上，惊得我起了一身鸡皮疙瘩。非礼啊!

我坚决不脱衣服,她说:"你不试怎么知道合适不合适?文胸就是要塑造女性美。"我脑袋一热,说:"你这儿的质量都挺好的,把钢托抽出来,拴上松紧带儿能做弹弓子打鸟,把罩杯扔水里还能当救生圈用。"我话还没说完,那女人摔门出去了。

当我也从门里转出去,亲爱的赵文雯惊异地看着我。那次她从A到D各型号均买了一件,我狐疑地问:"这些布片儿有收藏价值吗?"可她说她都能穿。

忽然一天,赵文雯的老公蹬着大拖鞋到我家,非让我去他家吃水果。我一进门就看见餐桌上躺着五六个木瓜,切开的估计也得有三个。我还没坐稳,一块木瓜已经递到手里,咬一口挺甜。赵文雯在翻杂志没说话,她老公一直在抱怨:"大概木瓜降价,她一下买回这么多,吃不掉该烂了,这东西清热止咳,你帮我们打扫一下。"之后,我们谁都没说话,像清洁工一样猛吃,最后时刻把我那位也喊来一起打扫。临走的时候,我对赵文雯说,你下次别那么疯了,我们都快清热得拉稀了。她那晚第一次抬头,一缕头发耷拉在右眼上:"你感谢我吧,木瓜是我买来丰胸用的,明天你就得用D杯。"我还没反应过来,身边那两个男人明显晃悠了一下。这歹毒女人,自己丰胸不惜把我们全拉下水。

再见面没别的事,她见到我就说罩杯的尺寸,一边做丰胸操一边嚷嚷:"你只能用罩杯自我弥补,我看你不如去做个手术,把肚子上的脂肪抽出来点儿塞乳房里,松松垮垮的罩杯能填得满满当当呼之欲出。"

赵文雯收腹、背部稍微弓起,合十的双手用力向前,边吐气边操作,一次大约十秒,重复五到六次,她说这是丰胸操。后来她还跑我们楼下做胸部按摩去了,几双小软手在她身上又拍又打,外部涂抹、揉搓,连牵引都用上了,还是收效甚微,最后落一结论,说她的发育基础不好。当女人易吗?如此辛苦就是为了把那大号罩杯给撑起来,也不知道把胸搞那么醒目有什么好处,她老公也不阻止一下。

赵文雯还是比较胆小,她能玩命吃木瓜、疯狂锻炼胸肌,却没勇气往自己身体里灌硅胶,这还稍微让人放心点儿。美,对于女人太有杀伤力了,那些漂亮的罩杯制造着美丽的假相,挤了得女人都想把脂肪直接往罩杯里灌。

骂人不吐核

我一直不明白"骂人不吐核"是什么意思，难道在骂人之前吃了冬枣或者橘子之类的东西，一边叫嚣一边显摆自己口齿清晰？就跟吃葡萄不吐葡萄皮，不吃葡萄倒吐葡萄皮似的？我把这个疑问跟一个刚见了十分钟面的秃头男人说了，那人明显认为我在无理取闹而误会了我是在没话找话，他揉了揉已经开始耷拉的眼袋问："你会不知道？"随后这个男人解释了几句，在我一再追问为什么把脏话比喻成"核"，到底是什么东西的"核"的时候，他开始烦躁不安，不停摆弄手机，大拇指半残疾似的狂按，谁看不出来啊，他是连敷衍我的兴趣都没了。

其实这男人跟我毫无关系，他是赵文雯刚钓到的客户，因为她婆婆刚好今晚六十岁大寿，不能不去，而秃头男手里又攥着赵文雯公司六百三十万元的合同，他的约会也是不敢推的，而我，作为跟赵文雯一样的女人，为了朋友，只好摆出一副舍身的姿势，穿着一件再创新低的矮领衫提前一刻钟就到了上岛咖啡跟秃头男周旋着耗点儿。尽管我在形象上尽量靠近他的品位，但我实在不是温柔体贴小鸟依人型的，所以，没说几句，秃头男就认为我句句针对他，连我随口说的"伪文化人"也很不满意，并且很气愤地把烟盒扔在桌子上。真让人感叹，这年头，连一个做麻辣牛板筋生意的都拿自己当文化人了。

这样的见面是古怪的，男人低头不停地发短信，女人干坐着东张西望。后来，我干脆也掏出了手机，告诉赵文雯如果她再不到，合同一准泡汤了。手机屏幕黑了将近十分钟后，赵文雯穿得跟夜上海的舞女似的来了，就差用门牙叼枝月季了，也是一副舍生取义的样子。当然，结局是出人意料的，当两个女人笑得花枝乱颤看着对面昏黄灯光下秃头上长起的一层绒毛时，那男人，伸着胖手指头在桌子上敲了敲，说公司有事得先走了。赵文雯立刻急眼了，特懂事地一下子从座位上蹿起来："您的意思不会是合同的事没戏了吧？"秃头男笑得很猥琐："怎么会，下次有机会请你吃饭。"他扭着大屁股离开了，甚至没结账。我以为赵文雯会跟我发火，但她没有，她掏出手机没命地发短信。

忽然，赵文雯猛拍了一下桌子："你那有猛点儿的段子吗？给我俩！"我认为秃头男用这种方式暗示一个姑娘，显得很低级趣味。我立刻从我的存储空间里找了两个温和而"骂人不吐核"的，但都被赵文雯否了，秃头男对她而言是块软玉，如果合同签下来，提成就够赵文雯在最繁华地区买上半间房子，这样的人哪敢得罪。女人干市场营销真不容易啊。

我的手机里有很多有创意但内容非常不健康的短信，那是别人发给我的，我用另外一些内容不健康的短信回复他们。我知道这很不好，我经历了很多的思想斗争才狠下心来把短信发出去，然后我体会到与他们达成趣味媾和的心境悲凉，以及感受到他们庸俗的快乐。赵文雯还在闷头发短信，如果按一毛钱一条算，那一小时她至少发了二十块钱的，手指头都得关节炎。

忽然，我的手机屏幕一亮，显示有一条未读短信。打开一看，又是跟生殖健康有关。我本想隐忍不发，但这个短信太猥琐了，让我的近视眼晕厥，我终于产生了回敬的念头。我仔细挑选了一条别人发给我的短信之一回复过去。手机提示发送完成，极大地满足了我的报复心理。后来再没人那么无聊地骚扰我，我和我的邻居赵文雯赶着夜路回家。半夜，我的手机短信提示音一直响，我按开一看三个"？"，手机号是陌生的。我没理会，一会儿，手机响了，屏幕显示还是这个电话，我刚要接，电话断了。我估计是骚扰电话，成心的。但还是在手机里查找了一下，天啊，这个号码是那个秃头男刚落座没多久给我留的号，而更可怕的是，他的名字跟给我发不健康信息那家伙的名字挨着，而我心境一乱，竟把那条龌龊短信发给了他。我猛然想到了赵文雯那就快到手的六百三十万合同和那半间市中心的房子，脑门子上的汗哗哗地流。当我准备大事化小小事化了，以不予理睬作为策略时，没五分钟，电话又响了，还是秃头男打的。我也想过主动澄清一下，比如发一个短信过去，说自己短信发错了。但转念一想，这可能会带来不必要的麻烦，只好继续装聋作哑。可他还是没完没了地打我手机，太没素质了，还让不让人睡觉！我把手机关了。

这个世界，一点儿奇迹都没有，赵文雯果真没签下合同，我没敢告诉她，是短信惹的祸。

五脊六兽

全中国的房子好像都在涨价,城市里得抻着脖子仰视的楼宇越来越多,每户的面积都那么大,我这辈子的钱也就够帮别人分摊公共面积的,房价让人绝望。也不知道那些空着的屋子都被哪些人买去了,富得流油且没脑子的主儿不多啊。后来我才知道,本着买涨不买落的原则,动了买房子心思的人还真不少。

阿绿是个气性大的人,自打我们班六子没完没了穷吹自己刚买下的那套小户型地理位置如何好、内部设施如何人性化开始,阿绿眼睛就开始离畸,她认为六子是在向她叫板。没几天,在首都房价一个劲儿飙升的当口,阿绿放话说自己要买房。我上网查了查,阿绿喜欢的几个地点房价没有一处是小于一万元一平方米的,就她那点积蓄,把全身器官卖了再搭上两塑料桶热乎的O型血估计也不够。可阿绿就是有勇气想,而且还有实际行动,她在肯德基里当着我的面甩在桌上一张卡,是招行的。她说:"带卡看房,说明我是有诚意的,合适咱就订了!"我一哆嗦把番茄酱都抹自己手背上了,刚要拿餐巾纸擦,阿绿一把抓过我的手,用半个面包一挑,又一擦,动作干净利落,我的手背跟涂了一层嫩肤霜似的,还反光呢。我说:"哎呀,多脏啊。"阿绿笑着瞪我一眼,"装什么干净人啊,咱俩过这个,没事!"我亲眼看见番茄酱在她舌头上翻滚了两下,没了。我说:"你整天带张卡看房子多危险啊。"她说:"危险什么,卡里就五百块。"天啊,首都人就是能胸怀天下,拿五百块钱就出来买房子了。

开发商说今年流行大户型,最小面积都在一百三平米左右,我看见阿绿在楼盘模型那直嘬牙花子,手里还下意识地抓着她那张五百块钱的招行卡。不知道首都藏着多少有钱人,每套房子都至少有两个人预订,得先交两万元押金,如果前面先订的人退订,你才有机会第一个被通知到。我看见在登记簿上有的房子后面已经排了三四个人。那些人让我有了仇富心理,我瞪着眼睛问售楼员,设计那么多大户型有必要吗?最后一个字的音还含在我嘴里,人家就跟伤了自尊心一样,就差指着我脑门了:"几个卫生间?几个阳台?厨房是开放式还是传统的封闭式?要不要保姆房?要不要设置一个杂物间?要不要设飘(凸)窗?等等问题你应站在市场角度、从项目整体定位的高度来审视。"他挺激动的,话一出口,嘴里呼出的二氧化碳把我脑门前的刘海弄得很轻浮,我往后退,他还步步紧逼。直到我的后腰差点把墙角的巴西木撞折,他才停住。而且不由分说,指着我斜后方的一个小门说:我带你去看样板间!

在没有别的路可走的情况下,我只好高呼一声——阿绿!那丫头目光涣散地往我这边转头,我向她招招手,好歹她还神志清醒,在被一个大爷的脚丫子绊了一个趔趄后朝我走来了。

样板间,那叫一个邪行,整个像由花果山改建而成的色情场所,那小色调整的,你脑子里要没点歪的邪的都不正常。我们俩眼睛看得都直了,眼神里只有欣赏,由衷的欣赏。那男人把我们往样板间一带就把我们拿下了,阿绿两只小眼睛忽闪的频率明显增加,跟受了电击似的,眨巴得特别不由自主。桃红色的双人浴缸没什么稀奇,尽管它做成了心形,奇迹在马桶上。那马桶是连体的,也就是可以两个人并排坐在一起拉屎,这创意简直绝了!再看洗手池子也是两个连着的。我眼睛里反射着桃红色的光,问那卖房子的男人:"大户型是给连体人准备的吧?这么设计简直浪费啊。"

他又不干了,好像我就没资格说话。那男人眼睛一直看着阿绿,似乎知道她带了五百块,而我兜里除了回程火车票就五十块钱。他像公鸡一样缓慢地仰起脖子,我预感到他要长篇大论了。他说:近段时期在建材市场中双人浴缸的定购量明显上升,尤其是文化层次较高的消费群体更为热衷。你们知道为什么吗?你们一定不知道(废话,我们又不是来挑浴缸的)。大户型热销使大卫浴空间成为可能,双人浴缸才有了"生存空间"。你看,尺寸为1.6×1.62米的带双人座位的水疗按摩浴缸,里面还配备了水下指示灯,能够映衬出美丽的胴体(洗澡又不是表演节目,得多有病才能生出这嗜好啊)。此外,十个按摩喷嘴的超强运作,使背部、全身重要穴位都得以放松,你们(真晕,谁们?)沉浸在木制裙边的超大浴缸里,可以编织出无法想象的浪漫。如果你想(谁想?居然看我!)追求更原始的感觉,还有直径为0.9—1.8米的圆形木桶可供挑选。你们看这儿，现在的卫浴间流行两个脸盆的设计，它们像两个相依相偎的情人，各自独立又不可分割，龙头、台面，甚至是毛巾架都像"克隆"一般，线条、颜色都很简洁，很适合爱侣在清早互不干扰地洗漱……

在他没完没了介绍连体马桶好处的时候，我从后面拽了拽阿绿的衣襟，她冲我点了一下头。我们开始怀疑这男的是推销洁具的，正常人谁买这东西啊？可你别说，我还真眼睁睁看见有人订了连体脸盆，也不知道户主的脸面积得多大，那盆里养四条三斤多的黑鱼地方都富余。那男人跟失忆症好了似的，忽然说起了房子，他说有某名人刚在这儿买完一套房，说要作为周末聚会的地方，而且谁谁谁那些名人都来捧场。如果你买了这的房子，会经常见到他们，随时可以签名。

一下午的观摩，我们一分钱没花出去，还喝了两杯茶外加大开眼界。三周后，阿绿发短信说她周末又去那观摩了，我问，遇到名人了吗？她回：屁名人，这地方连正常人都少。自此，阿绿再不提买房的事。

一颗金子般的心

冯冬笋是我认识的最会过日子的男人，此人生得肥头大耳看似憨厚，常年穿衬衫，而且所有扣子永远系得严严实实，本来就没脖子，被领子一勒那大脑袋在肩膀上出现得更突然。而且由于勒得年头儿久了，脖子上有了一道一道的紫印儿，要赶上件稍微松快点儿的衬衫，他灌肠似的脖子就跟刚自杀未遂差不多。我说："你能解开一个扣吗？看着都让人觉得憋气。"他立马眼睛一眯，莫名其妙地抬起右手，摆一个被水发开了的皮影戏造型反问我："我这叫守身如玉。你们女的怎么也那么色？这算调戏吧。"我狂吐！天啊，他也不往地上撒泡尿照照自己嘛样，深灰色的衬衣领子都能看见一圈锃亮的油泥。最让人看不起的还不是他的车轴脖子，而是他的鞋号，一个肥胖的成年男子才穿三十七号鞋，真让人怀疑是不是打小裹过小脚，要不走起路一个劲儿晃悠呢。但他有好工作垫底儿，有两处房产壮胆，可以傲视全天下未婚女姓，他觉得以他的才华能找个天仙当老婆。

冯冬笋最大的爱好是存钱。整天穿得油脂麻花，怎么看怎么不像白领，像个炸油果子的。他从来不在乎别人怎么看他，赶上一群人出去吃饭，他能很随意地抓起临座刚抹完嘴的餐巾纸擦自己的嘴，你要"哎呀"一声，他会很仗义地盯着你，眼睛瞪得像牲口："没事，咱俩过这个！"一般情况下还会更猛烈地再在嘴上蹭几下表示跟你关系"瓷"。冯冬笋认为这叫实在，估计他心想，我不嫌你脏，多够意思。他从来不管别人是不是膈应这个，尽管是张废纸。吃完饭，他永远冷静地等着别人先掏钱，冯冬笋能在一边把免费茶喝得滋儿滋儿的，最隆重的举动就是端着茶壶张罗倒水："满上满上，咱再说会儿话。"临了，他故意磨磨蹭蹭，把桌子上没用过的餐巾纸都抖落一遍，然后塞在兜里。我们对他这行为早习惯了，经常不用他自己伸手，主动就把自己那张纸交过去了，跟随份子似的，关系好的多给。若偶尔赶上个地方厕所没手纸，只要你跟他开口，他立刻能从裤兜里掏出一包又一包写着不同饭馆名称的餐巾纸，跟变戏法似的，带香味儿的，有印花的，你随便挑，不满意香型色味？立等可取，咱就是不缺货源。

冯冬笋有好工作，学历不低，积蓄殷实，能存钱，脚小点儿肚子大点儿走路喘点儿，这似乎不能算缺点，所以耍光棍的他在婚介市场很抢手，一时间一群一群女的排队约他，那场面如同八十年代买洗衣机，得托关系，还得拿号。冯冬笋以为自己是耍双节棍的周杰伦，口齿不清地给我们讲那些跟他见面女人的表现，特得意，瞳孔都放大了。他说有个女的约他晚上六点见面，他一寻思，那不是饭口吗，想占我便宜？没门儿，见面时间改七点！

终于见了面，他对那姑娘的面相身高还算满意。大晚上总不能在风口里站着,姑娘提议去金街逛逛,冯冬笋坚持坐公共汽车,车一到,他先上去了,从口袋里掏出个卡,回过头对那姑娘说:"我有月票,你买你自己的吧!"我若是那姑娘,车开了都得从窗户跳下去,可人家有涵养,真跟他到了金街,俩人像巡逻的似的走了一趟。好不容易冯冬笋吐口儿,进了肯德基,屁股刚坐下就跟姑娘哭穷。他说:"现在什么都那么贵,结婚千万别有孩子,买安全套目前就算投资,一旦失败人工流产要花钱,生下来要每月奶粉钱,不吃奶了得交学费了……如果是儿子,得考虑给他买房子,如果是女儿,得攒嫁妆。家里人不能有任何闪失,病不起啊。骑自行车也不能在外面打气,回家用气管子揣……"人家闺女憋了一肚子火,就差把咖啡浇冯冬笋脑袋上了,那闺女也对得起他,笑着说:"你要死了,骨灰盒都可以省了,捡个有钱人吃剩的月饼盒,应该装得下吧!"然后甩着头发就走了,告诉介绍人吹的理由是"这人有病"。

冯冬笋觉得很委屈,因为他其实看上了那个女翻译。他一个劲儿问我:"你说吧,谁都想找颗金子般的心,怎么现在女的只认金子呢?"我说:"就没你那么哭穷的,也太专业了,跟科班出身似的。"很长一段时间冯冬笋都在跟各种单身女人周旋,女人们显得很宽容,年纪大了成了种劣势,冯冬笋可抖起来了,见得越多越不拿见面当回事。

前些日子说挣了笔钱,他又怀揣存折买了套西班牙式住宅,窗外就是罗马柱,柱子下面有三个大理石圆球,据说喷水时候这球还会转。但自从冯冬笋住进去,那球就没转过,他可咽不下这口气,拒绝交物业费，说买那房子就为了看转球。物业给治得没辙，答应一周让球转一次，他还是不乐意，整天找物业，说欺骗业主。最后经过多次交涉，物业终于决定：星期六再加一次，一个礼拜让球转两回！冯冬笋依然不满意，说要继续交涉下去，一定要球天天转，而且要从早喷到晚，这样他的房子才显得物有所值。冯冬笋那颗金子般的心光在他的豪宅里闪光了。

别人经常问我，这么抠门的人怎么你还跟他交往啊。可他经常像影子一样跟着你，三十好几了，满心觉得自己才刚到青春期，看你的时候总是一副你中有我，我中有你的样子，那眼神就意味着，又得出血请他吃饭了。好在我们这些人经过这么多年意志已经坚强了，蹭车的时候我们可以坚决不往前开把他扔路边，蹭饭的时候我们义正辞严下次必须他请，冯冬笋都满口答应，但他一如既往地说了不算。蹭吃蹭喝还显得很义薄云天，他经常拍着自己胸脯说："我有一颗金子般的心。"在这句话之后，我们都觉得再跟他提钱，就显得没劲了。

现在打劫

赵文雯摇着把扇不出风的塑料扇子穿过她家的空调来到我家,伸着冰凉的胳膊指指中午十二点的太阳,"你们家空调制冷吗?你别一糊涂把暖风开了吧,怎么这么热啊?"她那只染了一个红趾甲的大脚豆儿还总一挑一挑的,看架势简直像个找茬儿打架的"耍儿"。我没理她,接着擦我的地。

她往桌子前一站,啪的一掌,"咱去北戴河乘凉吧,离得近,三个小时就回来了。"我翻翻眼皮,心想,能吃到活的螃蟹也不错。

在她话音落了的两天之后,我们就挤上了前去乘凉的大闷罐车。空调列车是挺高级的车,整个人进去就跟进了冰箱似的,别说汗,就连喘气都给你分解成雾了,最绝的是有的车窗还结了霜。赵文雯身上单薄的束胸衣明显丧失保暖功能,她把行李里的布片都掏出来围身上还一个劲儿地往我这儿挤,可我也没长御寒的毛,一边没完没了地打喷嚏揉鼻子,一边把窗帘往自己身上拽。车里人都在做着防寒准备,大茶缸子里装的都是冒着"烟儿"的热水。我穿过两个车厢终于找到一

高级小区里都有自动饮水处,像国外街头那样,手轻轻一按,下面的开关,一股细水柱就会往上喷,你张嘴就行了,然后往下咽。新贵们削尖了脑袋买这儿的房子还不就图一出门像欧洲,可你猜他们用那个自动饮水处干吗?冲脚!夏天经常有人高抬腿脚丫子一伸,净化水就成了洗脚水,还有老太太在那儿给孩子洗脸洗手,偶尔还能看见洗菜的,我不禁笑煞足欧式生活的附庸自然,原来花那么多钱就是为了返璞归真,简直太像以前的大杂院了。

城里马路边大广告上都卖上别墅了，英文大字母跟国际接轨，文化浅点儿的都不知道上面说的嘛。以前咱追求"港"，现在追求"欧"，小区里弄上点儿水沟假山石头子儿房价就能噌噌翻几倍，谁叫有人就好这口呢！他们以欧洲为蓝本，屋里三口人得弄俩厕所，从马桶到椅子腿垫都得有外国字，穿出口转内销的真丝睡衣，肥得一家人能在衣服里玩捉迷藏。

有人说房价还得涨，我把心一横，让丫往黑里涨，反正我也没钱。时髦与我无关，我当小市民的时候经常乐得屁颠屁颠的。

个列车员，问她能不能把空调开小点，人家压根不正眼看我："不能！"多一句废话都没有。

车启动半小时后我就开始仰着脖子给自己灌感冒药了。好心的赵文雯拆了三个窗帘搭在我身上，这期间差点跟一个人发生口角，我迷迷糊糊地看了一眼，知道她吃亏的几率很小，就带着一身鸡皮疙瘩睡着了。再睁眼的时候车已经到站，我们在美丽海滨城市的大街上站着，出租车热情地停下，大哥大姐把我们围住，"去哪呀"，"住咱家吧"。赵文雯看着我，我看着她，半天才缓过神儿问价钱，十五块钱的车程已经成了六十元，而且少一分钱都不拉。一赌气，我拉着她就往公共汽车站走，每个车门口都围了一堆人，表情姿势均做好了随时拼老命挤车的准备，我们在最外围哨着。车门还没开利索，已经有好几双手把它扒开了，挤在最前面的都是小伙子，他们用手或者包为后面的女伴占座，而那些生命力不旺盛的老人和抱孩子的妇女都从队伍里给挤了出来，我和赵文雯站在最后面感慨，差点儿没挤上去。

车到了终点，我们用鼻子搜索着海的方向，想在临海的地方找个住的地方。看上去人气冷清的大宾馆不接待我们这样的散客，好不容易找到个能落脚的地方，人家说："标间，六百元一天。"我说，六百块钱能买个床垫儿了。服务员用眼角夹了我一下，轻蔑地说："那你买去吧，还来咱这干啥。"然后扭着屁股，走了。

我们只好拎着行李像逃荒似的沿着大街走。赵文雯估计走不动了，唧唧歪歪地边走边用脚踢我的行李箱。终于到了刘庄，乡亲们开的小旅馆一间挨着一间。一个单身男人正在问住店的事，我们站在他身后支棱着耳朵听。"有带空调的屋子吗?""还要求带空调,有空床就不错了。五十元一张床位,而且你只能住一夜,因为所有房间提前都预订出去了。"那男人认为没空调对自己是种侮辱,摇着头走了。我们像俩女无赖似的跟在他身后,弄得那人走几步回一下头,而且步伐明显加快,两个拐弯后就把我们甩掉了。

转了两条街,终于有地方收容我们。找到床位后,赵文雯说要去厕所,我斜倒在床上。忽然从院子里传来一声尖叫,我翻身就往外跑,院子里的厕所门居然被一个尿急的大爷强行拉开,看样子是憋得够劲儿,门内侧的插销都弯了,赵文雯还惊恐地蹲着冲大爷尖叫,我跑过去把门关上,盯着那大爷夹着腿走了。

我们惊魂未定地去海边,趟了两下水之后我的小腹也有了反应,可放眼望去哪有厕所啊。疾行两公里后终于发现了用大红油漆写的"WC",欲进,被拦,发现有个小木牌立在角落里:小便一元,大便五元。我自言自语:"怎么这么贵啊?"看厕所的人说:"贵?这还不赚钱呢!"

到了海边怎么能不吃海鲜,何况每家小饭馆的主人都那么真诚热情,三言两语就把我们诓进去了,活海蟹,点!扇贝,点!象鼻螺,点!海虹,点!俩女的吃不了?吃不了带回去!很快,我们的眼前有碟子出现了,螃蟹明显比我们捞的小;扇贝估计死了有些日子,壳都臭了;象鼻螺傻子看了都知道被调了包;海虹还算正常,除了缺斤短两也没多少可吃的肉;蛋炒饭根本看不见蛋,饭还是捞饭剩下的。赵文雯"蛾眉倒挽",刚要拍案而起 几个服务员比她还横,光对眼神就知道我们要吃亏,所以我用脚踢了一下赵文雯,"就当是施舍了吧",然后离座,从旁边超市买了高价方便面充饥。

自投罗网地被打劫之后我们转天就买了回程票,在火车站目睹两个家庭的群架大战,心慌慌地想,家虽热点儿,可至少有安全感啊。

古澡堂子吃海鲜

每次开车经过灯红酒绿的洗浴中心我都会特鄙视地看那些刷了金漆的石膏，心想里面不定多龌龊呢。但当赵文雯晃荡着两张洗浴中心的免费券，我就有些眼晕，因为那上面写着海鲜自助餐和包间住宿，占小便宜的丑恶心理此时明显占了上风。其实她也从来没去过那种地方，却表现出我所没有的大度，她说："在哪儿睡不是睡，可你能拿扇贝当饭吃吗？咱还可以看别人玩火！"言毕，挤了一下小肉眼，估计以为自己那样子还挺调皮的。我心想，还看人家玩火，别自己先被火玩了就不错。

我还是跟她去了，混行在几个行迹可疑的姑娘中间被转进旋转门。

为了能多蹭点儿，我们中午以前就到了。大概洗浴是夜间消费项目吧，金碧辉煌的大厅里空旷得瘆人。服务生带我们到一个吧台前，让我们脱鞋。换了鞋，发了两把钥匙，接着就把我们送到了电梯口，关上门下到地下一层，期间服务生就没说一句话，跟个哑巴似的。为了避免露怯，我们也没说话，当时的状况很阴森。电梯开了，看见一个服务生深鞠一躬，胳膊一伸，我们接着跟他走。"更衣室"几个字意思明确，是让脱衣服，估计到了可以洗澡的地方。

打开柜子，我傻眼了，柜子里面空空如也，连毛巾都没有。出来的时候赵文雯还骂我没见过世面，说去洗浴中心这么高级的地方洗澡人家什么都发，把我精心准备的沐浴用品全扔在一只布绒兔子身上。几百平方米的大房子连个人毛都没有。赵文雯看着我问："咱干吗呀？""是啊，该干吗？脱衣服？可这漂亮的厚地毯和华贵的衣柜，怎么也不像脱衣服洗澡的地界儿，再说服务员们穿得都全乎着呢，就在门口。我仗着脸皮厚，绕出门举着钥匙问服务员，"是在这脱衣服吗？"服务员斜了我一眼，用鼻子"嗯"了一声表示肯定。我缩回头，准备脱，可想想还是有点不甘心，万一我们脱光了从前面的门走出去露了光怎么办，在单位还要混呢。

我又跑回去问：是全脱吗？服务员有点不耐烦了，十分不屑地扫了我一眼，全脱！我们乖乖地脱光了衣服，屋子那么空旷冻得我们直打哆嗦，赵文雯很紧张，手都不知道该捂哪。

我们光着身子迈着狐疑的小步伐终于到了前方的玻璃门。我们用包子剪子布的方法选出一个倒霉蛋先推门，她握着拳头就去了，浑身的肥肉直颤悠，估计是吓的。好在看见一个女服务员，刚想张口要衣服，她朝里面一指，"请您进去沐浴。"还沐浴，小词儿整得那么惬意。没觉得这地方跟大澡堂子有什么区别，水还总是忽冷忽热。赵文雯郁闷地说，早知道在家洗完再来了。

穿上了渴望已久的衣服，终于轮到我们期待的时刻：上二楼吃自助餐。说是不错的海鲜自助，实际上跟海沾边儿的只有点虾米皮，在赵文雯一再坚持下，我用不锈钢夹子把跟冬瓜混在一起的虾米皮都择出来了，最后弄得我眼睛都快失明了。因为人少，根本没发现任何可疑的痕迹，所以我们郁郁寡欢地牙缝里沾着虾米皮就回房间睡觉了。

晚上六点半，晚餐自助开始，这是真正的海鲜自助，赵文雯眼睛都蓝了。基围虾、河蟹、扇贝、三文鱼等等，比外面的海鲜自助还要实惠。我端着大盘小盘冲锋陷阵，很快就摆满了一桌子鱼虾蟹贝，其实我并不怎么爱吃海鲜，但觉得既然贵，就得多吃才不亏。赵文雯在充分估计了各自的实力后，为了防止不够，她在第二轮菜刚上一分钟内又扫荡了一大盘海鲜回来。我们的眼前跟海底世界似的，但我已然没了胃口。她一边嚼一边劝我快吃，不停地提醒：那边还有，一会儿去拿。语气既满足又满意。可我胃里直翻腾，我不停地用纸巾擦嘴以提示她我吃完了，终于耗尽了我最后的战斗力，我瞪着俩眼珠子看她吃。

赵文雯还真行，饿一星期的难民都没她这股拼劲。她以视死如归、逐个击破的精神搬过一盘虾开始闷头吃，起初是每只吃干净，后来是吃一半，最后是咬一口，实在吃不完的几只索性拆开了混在虾皮里，真糟蹋东西。其他的海鲜命运亦如此。

我们差不多是横着出门的，上三楼，还有免费晚会。到处都是沙发，所有人半死不活地半躺着看表演，每隔几分钟就会有美女搬着小凳走到某一位客人脚前，抱起脚笑着边陪客人说话边做足底按摩，满屋子敲打声、鼓掌声。赵文雯把从胃里一次次汹涌而来的东西反咽回去，一边说："估计这就是传说中的玩火现场。看，有人开始动手动脚了。"我踢了她一脚，然后朝门口灯光明亮的地方走去。门口服务生说免费宵夜已经开始供应，两个女人跌跌撞撞，我们往餐厅相反的方向走。

早晨七点钟，起床、洗漱、吃早点、下楼，顺利用免费券结账，一分钱没花，出门。阳光明媚刺眼，有种终于回到人间的感觉。我们得出的结论是，再也不能拿澡堂子当饭馆了。

鬼上身

看恐怖片我喜欢一个人看，关灯关门拉窗帘拧紧水龙头，然后脱鞋上沙发，双手抱膝，姿势是充满期待的且忘我的。PLAY一亮，干脆缩成一团，任电视屏幕哗啦哗啦地闪烁，跳跃的光亮弄得我的脸也人不人鬼不鬼。即便这样，我还是热衷看那些矍铄的男人满大街追着厉鬼往它们胸口戳桃木棒子，看那些美女舔着猩红的舌头龇出俩一点儿不搭调的烤瓷獠牙。一个人看恐怖片如同豪饮烈酒，你伸手指头玩命勾嗓子眼儿都没用，那叫一个爽，只要天不亮你就没胆把脚丫子放地上。内急？憋着吧，你蹲着的工夫没准从马桶里爬出个什么东西来。我连大气儿都不敢出，总觉得有人跟着我。对于恐怖的感觉就像吃芥末，就对蹿鼻子眼儿那劲儿上瘾。

看恐怖片，不同的人有不同的反应。我很不喜欢阿绿，她只要从我这翻腾出"厉鬼缠身"的盘就要拉着我一起看，跟以前在学校去厕所似的，一到课间她往我身边一站"走吧"，我说我没尿，她说你陪我去，然后没完没了地晃悠我的左肩膀，一学期下来我都快得肩周炎了。被迫去厕所闻味儿就像如今拉着我看早知道结果的恐怖片，没意思透了。但经过几场联合观影，我发现阿绿的心态极好，她一边嚼泡泡糖一边哼着小曲，偶尔还能抠抠指甲，在恶鬼面前表现得十分大无畏，她觉得电视里发出的那些惨叫太小儿科。她的泡泡糖在嘴里噼啪乱响，整个人仿佛处在搞笑片情境中，看完她能嘻嘻哈哈地关上电视洗洗睡了，只剩我郁闷地把那些来自日本、韩国和欧美的厉鬼从盘仓中退出来摆在CD架上，一张张狰狞的面孔让人半夜不寒而栗。

几天后，忽然有一天她惊恐地问我："你说，美黛到底是怎么死的？那口井里有问题！"说话的同时颤抖着抱住我的肩膀。我仰面大呼：苍天哪！原来阿绿属于那种脑子慢的人，她看完的时候剧情并没有完全消化，所以她不觉得有什么恐怖，睡醒后天光大亮更不会自己吓唬自己了。但恐怖片对于她这样的人来说，后劲儿大，几天下来越琢磨越惶恐，所以在我早把片子忘得一干二净的时候她忽然跟恶鬼纠缠起来。后来我逐渐习惯了，尽管我们昨天还一起看过恐怖片，但她跟我诉说的一定是上星期看过的那个。我们共同坐在电视对面的沙发上，披散着头发，一人端一个盆，一边吃西瓜一边吐籽儿，我眼神发直盯着屏幕，可满脑子想的、嘴里分析的都是阿绿上星期看的那片子，所以恐惧是错位的，舒爽的感觉大打折扣。

跟阿绿的观影风格截然相反的是我的另一位好友图图，她从小熟读国外探案推理小说，对什么凶杀、僵尸、厉鬼之类的东西见多识广，应邀跟我一起看恐怖片的时候永远是一副母仪天下的姿态，影片放了没半小时，她就会指着屏幕说："别看了，这瘸子是凶手。"我狐疑，怎么会呢，那么善良一个老人。她不屑地瞥我一眼："不信你看!"然后自己把我的笔记本开了打游戏去了。一个小时以后，事实证明那瘸子果真是凶手。图图以她的高智商每次在我看到将近一半的时候都提醒我"别看了"，然后指认出一个祸害，结果是她次次说对，弄得我对恐怖片兴趣索然。就像下棋的时候不喜欢有人在旁边支嘴儿，看恐怖片的时候我也不喜欢有人把恐怖气氛破解殆尽，可图图经常在我们这些脑袋瓜子一个比一个转得慢的人前显摆，搞得我很烦恼。她说她也烦恼，因为她长那么大从来没把一部恐怖片看完过，她总能猜到结局。

有一天，我们三个在某个鬼片结束后一起出去吃饭，阿绿一落座就从包里掏出一个卫生巾往桌上一拍，很仗义地说："谁用纸我这有!"我惊讶地倒吸冷气。图图并没理会，转身就去了洗手间。不一会儿，我们点的西瓜汁上了，我的胳膊不知道碰了哪，半杯洒在桌子上，我大喊："纸！纸!"阿绿也跟着惊呼："哎呀，怎么是卫生巾?"我说，那本来就是卫生巾。她眼疾手快地撕开包装把卫生巾往桌面上一扔，西瓜水很快被吸干净了。图图落座后显然受了惊吓，她睁大了眼睛瞪着我问："为什么要把用过的卫生巾放桌子上?"我们同时低头，确实太像真的了！一起尖叫：恐怖!

找对象要会装

这几天忙着帮别人找对象快神经了，才发现，那些三十来岁还没对象的男女内心是多么不正常。幸亏我在该婚嫁的时候把自己交代出去，搁今天这年头儿，真是只有死路一条。

那天跟呆呆及美女一起坐在水煮鱼的二楼，守着一桌子颜色黯淡的菜大谈相亲，并庆祝美女终于逃脱一位身高一米六五被其称为才俊哥哥的坑蒙拐骗，但她似乎不太领情，对于我们这种饱汉子不知饿汉子饥，目睹柔弱女性失恋依然能大吃大喝嘻嘻哈哈很看不惯。美女始终对她提出分手后才俊哥哥忽然收起满脸的殷勤对她说"我早就觉得我们不太合适"而耿耿于怀，他们都想在心理上战胜对方。美女吃了一块水煮鱼，同时把一堆滴答着油的豆芽扔在我面前的盘子里说，"我听那话都想把他腿打折"，但沉吟数秒，忽然想起什么似的自言自语，"唉，算了，他已经那么矮了，跟打折腿没什么区别，我还是把我自己的腿打断吧。"我们对聪明女人的领悟力报以热烈的掌声和笑声。

美女为了证明自己是抢手的，主动介绍了诸多与其见面的男人，我笑得已经记忆混乱了。

据女当事人交代，有个男的第一次见面就带她去狗不理包子，美女诗人认为这对自己的美貌是一种贬低，但作为一个有修养且吃过见过有礼有节的新女性，她还是提着气挑起十五度微笑的嘴角坐在了塑料椅子里。那男的要了特别有情调的饮料，于是，在美女诗人面前摆着一盘子咬一口就流油的包子外加一杯珍珠奶茶，很不搭调，像行为艺术。美女说她当时没心情说话，只能特别从容地吃包子，一个一个速度均匀，吃完都没用那个大哥递过来的纸擦嘴，就跟他拜拜了。一周后，还见了一个机关里的政工干部，一上来就问：你哪个单位的？美女话音未落，那大哥就问，你们上级单位是哪的？就差顺藤摸瓜把美女家所有亲戚调档案查组织关系了。当然，在老实交代了她弟弟及舅舅的上级主管单位后，美女诗人奋起离座，她可咽不下这口气。

忽一日，有人给她介绍了一个做人事管理的干部，美女正好要去那地方办事，就匆匆地去了。那男人坐在办公室里好像很得意，屁股上的劲儿还不小，忽悠得老板椅小规模地转。他抬头扫了一眼拿着表格的美女，带搭不理把那些纸往边上推了一下，说材料没带够办不了，之后一语不发，继续练屁股上的肌肉。美女那叫一个窝火，她出来的第一件事就是把小镜子从包里掏出来。不就是没化妆吗？美女站在马路上当着所有老少爷们的面把自己的化妆用品往脸上抹了一层，转身，又回去了。那男人，不仅毕恭毕敬在表上盖了章，还给美女倒了水，最后恭送到楼梯口。美女的小高跟还没走到最后一层，就在电话里把介绍人骂了个透。

在被我们笑话了三分钟后，她介绍了最近的一次见面，显得特别淑女，介绍人的阵容强大，两辆车共五个人，在扬沙吹得睁不开眼的日子，居然让美女跟那个男的绕银河广场转一圈，这帮人在后面看着。美女正寻思怎么让自己的背影看上去更优雅，这个愚蠢的举动被及时制止，他们一干人等去了个咖啡厅，单独把这一对陌生男女发配到相邻的包厢。美女脸上始终带着似有似无的微笑，端杯子的动作缓慢轻柔，小身板挺着，微微前倾，说话声音大小适中，传到对面即止，绝对闭月羞花。那个某领导秘书则始终梗着脖子，耳朵支棱着想听听那些介绍人唧唧嘎嘎地在后面说他什么，而他开口的时候始终在介绍各区未来几年的发展展望。最终，美女对此男并无任何了解，但对天津各区县哪要重点开发，哪还要拆弄得门儿清。她语气着重强调在房价上，压低声音介绍了几个有涨势的楼盘让我们赶紧买，我们都怀疑她这次见面是上当受骗了，估计是一卖房子的跑这蒙事来了。

美女见面的故事实在让我仰慕，她整天在MSN里说自己再见不正常男的就要疯了，可每次遇见她，依然是忙忙碌碌随时准备出击的样子，她一点都没有要疯的迹象，并且一次比一次端庄。

鲜花便宜给牛装

最近金牛座老妈有些不对劲儿，平时到点必看的韩剧也显得有一搭无一搭，我端着杯子故意在她眼前晃悠了四次，她眼睛还是直勾勾地盯着电视机方向，要搁以前早高着嗓子让我躲开了。韩剧里那些小姑娘，还有那些长得像小姑娘的小伙子都是金牛座老妈的最爱，我失恋的时候她从来都跟没事人似的漠不关心，但电视里那些长得好的，只要稍微一吵架她眼圈先红了。这多少对我是个打击，原来在老年人心里长相也是那么重要。

看韩剧走神儿，且对着电话窃窃私语次数明显增多，当年我弟毕业找工作我妈都没那么频繁地打过电话，她准有心事！我故意支棱着耳朵听了一下，听得满腹狐疑。我可是个心直口快的人，在我妈笑嘻嘻地放下电话后，我也眯缝着眼睛嬉皮笑脸，仿佛看透一切地问："妈，不会是看上别的老头了吧？"我妈愣了一下，手里的报纸直扑我的面门，"呸，别胡说八道，我给小宋介绍对象呢，她以前找的那个男的太次了，可算吹了。就知道你们年轻人不爱管闲事，我们老太太可得帮着找,小宋那孩子不错。我给以前的同学同事都打了电话,本来有个候选,可那孩子前几天告诉他妈他看上了单位食堂管盛饭的闺女,我这不赶快得再找一个吗。"我张了张嘴,我妈接着说:"现在男的稍微高点儿长得好点儿,就抢手。要实在找不到合适的,我都想做一个大牌子去中心公园替小宋参加父母相亲会去。"我那金牛座老妈打小就有股不服输的劲儿,她要是决定的事一准儿豁得出去。看着她坚毅的眼神和耳朵后面那绺没被染发精涂到的白发,我一狠心说:"这任务交给我,就算要去中心公园举牌子,也是我的事。大学毕业的女孩怎么会找不到对象呢?总比食堂刷家伙的适应市场需求吧。"我仗着胆子把话放出去之后,我妈不再满处打电话了,看韩剧又开始跟着剧情抹眼泪了。你说老太太们晨练也不消停,非看人家小宋姑娘的对象不顺眼,天天盼着俩人散,最终如了她们的意,还要张罗着把人家闺女再嫁出去,老太太们要求还挺高,要个头要长相要身高要学历还要好人家。

　　金牛座老妈深知这事的难办,所以看见我的时候从来不主动问,她就那么看着你,让你主动交代,那眼神儿绝对有压力,你要今天没打几个踅摸对象的电话都不知道怎么进家门,没脸啊!一周之内,我跟中了病似的,别说身边的人,连打毕业就没联系过的同学都问到了,可线索一个个地断了,才知道茫茫人海想找个男的是多么蹊跷。一周后我打第二轮电话,首先设定了行业,比如公务员、IT业、银行之类的地方。我省略所有寒暄,就一句:"你那儿有三十岁左右没对象的男的吗?"电话先打给在政府机关工作的同学,那个毫无同情心的男人怀疑地问:"你找?"我说:"快想,到底有没有吧?"他在电话那边长嘘短叹,就跟我打的是交友聊天电话似的,故意拖延时间诓资费。他嘬了半天牙花子,吐出一句:"我们这里男的谁拖那么大岁数不结婚啊,别说三十岁,连二十七岁的都没有。我帮你问问其他单位吧。又不是你要找对象,那么着急干吗?"我心说,幸亏我早把自己交代出去了,要耗到今天,跳河的心都有。这个线头先甩着,我又找了一毕业就在银行当领导的一个女生,她闻讯首先强烈的反应是:"你找的年龄段就是个盲区,我们单位这岁数离异的都剩不下,你非找银行的吗?"我说只要工作好学历差不多就行。女领导说帮我考虑着,然后话音一沉,"你办几张我们银行新出的卡吧。"

之后我找了通讯公司的哥们,那厮拍着干瘪的胸脯向我打保票目前单位有俩男的肯定能解我燃眉之急,我满心欢喜地回家报告了,而且当晚为了庆祝任务完成金牛座老妈还开了瓶红酒。当我喝得晕头涨脑,电话来了,那哥们语气也不运筹帷幄了,"我刚问了一圈儿,三十五岁那个双硕士学位的以前感情上受过创伤,他想找个比他大的未婚女性。二十八岁那个就一个条件,要求女孩必须长得好,你能先给发张照片给他看看吗?"我当时就急了,借着酒劲儿把那哥们骂了一顿,问他,"你们单位还有正常人吗?"他也不敢挂电话,一个劲儿对付,"是没正常人,是没正常人。你别着急,实在不行,我去见个面儿,帮你把这难关过去。"我更来气了,又不是婚介公司找婚托。

接下来,我找了IT业的哥们,据说他们朴实,在我电话和MSN双胁迫下终于给我不知道从哪翻出来个三十四岁还没有对象的男的。据说是个网站总监，工资不少，还是MBA毕业。我一再要求对方先定个见面时间，等得我都着急了，我那朴实的哥们来电话说："总监答应见面，说就当是给王小柔捧个场。但他比较忙，能不能先交换个电话或MSN，不见面，如果聊出感觉再见。"我心说，你还真朴实，这烂话也一五一十地原样告诉我。我要求必须先目睹男方照片再告诉电话。照片很快传过来了，一打开，好么，猪找对象都未必能看上他。身高也就一米六五，眼睛耷拉着，眼皮上的肉剔下来怎么也得有半斤，鼻孔外翻，其他五官没敢仔细看，赶紧把照片给关了，我也怕给自己留下心灵创伤。此男都长成这样了还有条件，他每天出门照镜子吗？

看样子鲜花盛开的时间长了是不太好，贫瘠的土地都被占领了，最后鲜花们只能便宜给牛粪。

那个烂鸟地儿

北京只要老外出没少的地方都跟个猪圈赛(似)的,到处都那么脏,而且也没人扫,幸亏这冬天有风,可省心了。

每次跟我亲耐(爱)的在金山城吃水煮鱼,都不由自主怀念天津的沸腾渔乡,顺便把我们在北京住过的所有地方都怀念了一遍,最后还是落到水煮鱼身上,都对对外经贸大学对过的住所无比留恋,那的水煮鱼不论斤,论盆,一盆二十八,足够三个人塞的。

崇文门是我住过的所有地方里最次的,房价最贵,生活成本最高,我们骂街也最频繁的鸟地儿。据说我们隔壁住着一位三陪小姐,整天半夜出没,还往回带人,一万多一平米的房价,人家小姐好几处房产,她回这儿,就跟皇上临幸赛(似)的,你天天等还未必排上。

因为有采访,顶着腊八瑟瑟寒风直奔北京,火车上,坐在我旁边的男人耳朵里插着 MP3,咣当咣当的动静还真不小,塞那么严实,乱七八糟的声音就跟下水道堵了似的,咕嘟咕嘟地直往外冒。MP3电够足的,耳机简直就是插销,那男人浑身就没停晃悠,嘴里特别陶醉地跟着念叨，一点听不出是人话。后来他的手机特别变态地发出母鸡下蛋的声音，可他听不见啊，那母鸡叫得还特亢奋，声音由小变大，最后简直成了只公鸡。我用食指捅捅他的胳膊，"叫了叫了"，那男人居然身子一歪，还躲了一下。就是这么一小下，大伤我自尊心。在变态母鸡扯脖子叫第二轮的时候，那男的接了，用假声说："宝贝，我一小时后就到西单了。"我在心里这个窝火，敢情这男的跟他的宝贝与我要去的是一个地方。

首都就是好，到处都透着股热情劲儿，每次进地铁口的时候，都有一群特朴实的人围拥你，目光热切地望着你脖子以上的位置，"发票，发票"，你要不理他，他会追加一句，"要发票吗？"上了地铁，卖报纸的特有范儿，振臂一挥，跟要起义似的，"谁谁谁差点被暗杀，谁谁谁有了新情妇"。还真有捧场的，五毛一块简直像场募捐活动。卖报纸的刚走，车门一开，又上来一对面部被烧走形的男女。男的拿着话筒唱流行歌曲，女的用只剩肉坨子的断臂挑着一个纸提袋走到每个人面前说着吉祥话，你要没实质行动她就一直在你面前赞美你生活美满幸福安康。你能欺负残疾人吗？不能，所以，接着捐。

他们一点也不自卑，估计要是手富余就挨个握了。我目光呆滞地迎着他们望向门口处的地铁线路图，表现得像个智障。那俩生活的强者往我面前一站，男的把话筒对嘴一戳，"祝你平安，哦，祝你平安……"我心说，我就没同情心了，有本事唱两站再走！人家也很讲效率，悠扬的歌声很快就飘到我前面大娘那去了，大娘把钱都准备好了，一毛！扔进纸袋子毫无反应，小肉棍还在她面前挑着晃悠，五毛！还晃！一块！才给了句"寿比南山"走开了。

　　出地铁,你依然能浸泡在首都浓厚的艺术气息里。两个闭着眼的小青年拉着欢快的胡琴,仔细一听,原来是网上流行的那首《猪之歌》,他们面前的大罐子里已经有挺厚一层零钱了,当然,当更大面额飘下来的时候,一个小青年会用最快的速度眯缝着眼睛瞄一下。我就不明白,同样是搞艺术的,人家怎么就能那么刻苦呢。尤其在他们旁边蹲着的一家表演形体的,男人怀里抱着一个躺着的七八岁的孩子,女人五指戳在头发里做痛苦状,三口都衣着整洁斯文得跟知识分子似的。他们总那么蹲着腿也不麻,好功夫!没有零钱,给发票人家也没处报去,只好冷酷地从他们身边走过。

　　首都高楼多,好车也多,但别管你排量是1.8还是2.5,在马路上都不比谁速度快,人家比谁开得慢,无论多宽的路面大家都很礼貌地挨个,一点一点往前挪,有股子韧劲儿!我特别惊喜地在一个写着"P"的蓝牌子下面看见两个大字:免费。在这么火爆的地方居然还有免费停车的地方?刚要把笑意写在脸上,又惊见"免费"下面画着辆自行车。简直晕倒,表达得太细腻了!

　　途经一个大商场,想进去上厕所,眼睛还不知道该看哪儿的时候,一个男人拿着个塑料棒追上我前面的女孩,在她身后大呼:"按摩器,免费使用!"那女孩刚一侧脸,大棒子就在她身后划拉了一下,女孩吓得往商场里跑,那男人转身看见我,在他把大棒子刚举到肚脐眼的时候我掉头就跑。我宁愿被尿憋死,也不愿意被一陌生男人在大商场里追着感受按摩器。

楼下一个女的丢了电动自行车打110，警察来了第一句话就是："谁家没丢过自行车就不正常了。"当时我就想再拨个110。我们宽容到把丢车当自然现象了。又不是摘黄瓜，到季节不揪下来，全得烂地里。当我们家的自行车丢绝了以后，我拔了四颗后槽牙买了汽车，这东西大，不用一停就找小树或者铁栏杆，可前几天小区里流行丢汽车了，大发夏利桑塔纳一样丢了一辆，那几天我就想，这贼不是逼家家买飞机吗？

活着有时候像玩一副斗兽棋,你手里捏着大老虎,也没准儿一扔骰子,心里数着数,棋子儿落下的那个红圈儿里正写着"陷阱"俩字,不过早晚能把小旗子插对面去,不就是多耽误几个时辰吗。我经常仰着脸看那些手气特好的主儿,人家甩手全是大数,一路吃着兔子狐狸之类的就过了河。

任何一个路边都会有一群一群人手里拿着小卡片递给你,你不要,想躲?没门呀,他们会呼地全围上来,往你书包里塞。我以为我躲得还算及时,得意地把手伸进口袋掏手套,摸出来一大把的卡片,他们放的时候我愣是浑然不觉。最夸张的是我还从脖领子里掏出一张订飞机票的广告卡。首都人民真热情啊!

丢人也要看城市

本着宁走十里路不花一分钱的指导思想，跟一群人蹭上了一架民营小飞机，谁叫你图便宜，什么也别要求了，能到目的地就行。可到了才发现住的地方那么惨，被旅行社安排在一个连民工都少的郊外以外的消防招待所。热水是限时的，估计都用作救火了。导游说，要是运气好，夜里还能赶上紧急集合，看消防员怎么出发，这也算参观市容市貌的一部分。

我在第一时间跟一位我仰慕多时的美女诗人联系，但在频繁的短信和电话中，我无法确定自己的具体位置，于是她说，你在宾馆呆着，无论多晚，我去宾馆找你。我站在武大郎炊饼摊前一个劲儿跟她说："你千万别来，这儿太偏。"阿绿在我旁边一边听我跟手机矫情，一边挑大拇指："千万别让你的朋友知道咱住哪儿，太丢人，以后人家准跟你绝交。你不让她来，明智！"很晚的时候她打来电话，说问了几个朋友，都不认识我们住的那个地方，然后诧异的声音从电话那边传来："你们怎么住那儿啊？"我怎么能说因为图便宜呢？终于，由于我们住得实在太偏僻，阻止了一个女人见另一个女人的愿望。因为几天后我们还回这个城市，所以，又顺水推舟说回头见。

南方真是干净，几天来我的鞋上居然一点尘土都没沾上。终于又回到了叫人丢人现眼的消防招待所，大家说集体进城，我说打车，一个特会过日子的人说，都是帕萨特，这要遇到堵车得跳多少个字儿啊，我们狂笑，真成乡巴佬进城了。最后我们决定坐公交车，在站牌底下站了十几分钟才发现站反了，又集体跑到马路对面。十几分钟后，远处晃晃悠悠来了辆316，我们跟站牌一对照，票价才一块钱，美！我刚要往上挤，被后面的同事一把拽下来，说："别上错了，问清楚再上。"

此时，美女诗人已经等在了我们约好的地方，并一个短信接一个短信问我是否已打到车出发，我在短信里含含糊糊，因为我也不知道几点能到。看样子她挺着急，电话直接过来了："你到哪了？"我刚想照刚才那站的站牌说，但觉得不行啊，人家准以为我是打车出来的，只好支支吾吾在那对付："我已经出来了，你就在那等着我吧，到了我给你打电话。"我本想草草挂了电话，但我的话音还没落，我脑袋上面喇叭响了："丁——冬，现在××站到了，下车请走人行道，过马路请走人行横道。"我的同伙在我旁边暴笑，我特别尴尬地抓着手机，当她再次问我在哪的时候，我说："我在公共汽车上。"别人则笑得东倒西歪，最后我跟他们一起笑。

当我们一群人终于都混上座的时候，车死活不走了。司机说："都下车，车门坏了。你们都等下辆吧。"我都惊了，本来就晚了，还赶上辆坏车！我说咱打车走吧，我那些明智的网友说，你没看见都堵车，打车也开不起来，还蹦字儿，反正也丢人了，还是等下一辆吧。他们话音刚落，谢天谢地，从远处又晃悠来一辆316。刚安静地坐会儿，美女诗人的短信进来了，她说：家里有事，她妈让她赶快回家。我当时正跟网友们随大溜地笑，眼睛一看那内容，脸上立刻没表情了。阿绿用胳膊肘捅捅我："又催你呢？"我说："不是，她说家里有事，等不了我了。"那些没人性的网友那个笑啊。阿绿大声当着一车人说："你的朋友那是找借口，想跟你绝交。人家没想到，一个媒体的，大小算个名人，到外地住鸟不拉屎的地方，赶个约会还坐公共汽车，人家准想不到，当公共汽车坏了的时候你不打车，还坚持等下一辆，而且为一块钱坐了两辆公共汽车而沾沾自喜。你还等着人家请你晚饭？这回知道了吧，人家借口家里有事，你还是跟我们吃饭吧。告诉你，以后你别来了，你那书最好连这的市场都放弃，丢人丢到底。"她话刚说完只听喇叭里"丁——冬，现在××站到了，下车请走人行道，过马路请走人行横道"。我都快疯了，但我还是有节制地跟他们一起笑得前仰后合，这事发生得是太离奇了。

　　美女诗人大概也觉得放我鸽子不太合适，坚持见我一面再走。我呢，也只好硬着头皮等着绝交。她让我在一个大厦的过街天桥下等，我一蹦，站在一个高台子上，眼前过来一辆公交车，上写"5路"，我掏出手机正欲给分别的队伍通报，腿则被一个人撞了一下，声音从下面传来："这人怎么这么眼熟呢？"她来了。标志性的方便面头发，桃红色的羽绒服故意敞着，一条略显肥大的牛仔裤上写了一屁股外国字儿，因为看惯了她在MSN里摆出各种姿势的自恋照,所以她站在眼前也觉得无比熟悉。我从高台上蹦下来,几乎没停顿,跟着她一路小跑进了个喝咖啡的地方。她说她五点半走,我就开始不停地看手机,跟倒计时似的,生怕耽误人家的事,而心里的内疚越来越多,见面反倒成了压力。

其实见面很短,我要跟我的网友们汇合,她要回父母等待的家中,大概她觉得把我一个人扔在马路上不太合适,于是僵持着不走,直到我搭了她一段车,直到有人催她,最后,我终于如释重负地独自徘徊在陌生城市的街头。

个人写真

忽冷忽热，终于感冒。头晕脑涨，吃完感冒药，开着车，简直比喝多了还可怕，随时都想闭眼睡觉。我把嘴唇都咬破了，想克制困意，真是自己跟自己的战斗。方向盘握在手里，前面绿灯亮了，我还愣愣地看着那灯，后面喇叭频繁响起，我才意识到我挡了别人的路，我该起步。步倒是起了，加速后，我忘了该怎么加档，我踩住离合器，晃荡着档把，一档、二档、三档、四档、五档，直至滑行得没了速度，重新挂了一档接着起步。短时间的失神是令人恐怖的，我赶紧打了闪火把车停到路边，下车，仰着脖子，无比希望冷风往里灌，可我那衣服还特严实，于是，一个中年妇女在大白天背过身去，悄悄拉开衣服拉锁，而且还自己薅着自己衣领子使劲喝腾。亏我平时没花枝招展的习惯，不然，一准把可疑男人招来。

对着斜侧面的路灯打了四个响亮的喷嚏，擤了一把鼻涕，上车，开了没五分钟困劲儿又来了。就这样睁一眼闭一眼地开进了五大道，因为约好了老莱，他要用已经淘汰了的120相机给我照个人写真。照之前,那男人千叮咛万嘱咐多带点儿衣服,化化妆。可我除了一个红鼻头和迷离的眼神就没带什么有特色的装备。

老菜背着摄影包跑到我车前,他的脚步一点没有停顿的意思,所以前半句我都不知道他是跟谁说的,后来他用勾着的俩手指头在我的机盖子上敲了敲:快点儿,咱马上照一组,就五分钟!语气特别肯定。我迟疑地瞪着他,他跺脚:你愣什么神啊,快点,天快黑了,赶紧下车!然后转身头也不回朝一棵树那儿走。我就像被拍花子了一样,嘴里嘟嘟囔囔还得跟着他。

他边走边问:你今天带什么衣服来的?我说:就普通衣服呗。他说:有鲜乎点儿的吗?我说:没有,全是乌涂的。他说:有嘛算嘛吧。他指着一面墙说:你靠墙上,冲我笑,然后抱着树,再冲我笑。这样的安排,让我嘴角一个劲儿抽搐,笑得跟抽风似的。他倒不怕废胶卷,闪光灯闪得我眼冒金星。

路上有个女孩,我并没注意,但老菜眼睛一个劲儿扫人家,最后把身子都整个转过去了,他给那女孩特流气地敬了个礼说:"姐姐,您这帽子不错啊。耽误您几分钟,把帽子借我们这姐姐戴一会儿行吗?"那女孩满腹狐疑,问:"你们想干吗啊?"老菜故意拉长了声音说:"姐姐,我们能干吗?借你帽子用一下,最多耽误您五分钟。我们这姐姐得拍组片。谢谢啊,谢谢啊。"

人家良家妇女见不得这个,转身就想走,但几乎是被老菜一把推到了前面,而且我们都走在她身后,挡着去路。女孩只好谨慎地跟我们到了停车场。路上,老菜又突发奇想,把自己的皮夹克脱下来一把扔给我,"你穿上,效果绝对!"我心里话,绝对个P啊,他快一米八了,我穿上他的衣服下摆耷拉到屁股下面,跟一个大皮裙似的。简直就是跳大神的转世,一女大仙儿。我说:"这怎么照啊?"他说:"听我的,没错,咱就照上半身。"我往身上看了看,就上半身见不得人,下半身至少还能看见我自己的裤腿儿。

我接着那女孩的一顶黑色鸭舌帽,穿上老菜的皮衣,如同一个风流倜傥走街串巷收旧冰箱的。老菜又发话了,指着一辆至少两个月没擦的夏利车,"你趴车顶上。"啊?穿成这样就够寒碜的,还做那么古怪的造型?但他端着相机非让我趴不可,反正也是他的衣服垫着,我伏身上车,只听见相机喀嚓喀嚓地响。

老菜东看西看,忽然,眼神又停留在那个借我帽子的女孩身上。他拽着人家胳膊:"来来来,姐姐,您受累把衣服脱下来给我们这姐姐穿上。"女孩脱得特麻利。但那女孩身高也就一米五,我比她高出十几公分衣服怎么穿啊,可带着人家体温的衣服此时已经耷拉在我手腕子上,不穿对不起她。我还真穿上了,还竖起了毛领子,那衣服短得像防寒胸衣,我把鸭舌帽换个方向,反过来戴。老菜又找了个稍微干净点的垃圾箱让我靠着。喀嚓了好几张。

夜色将至,老菜蹲地上翻腾包,仰着脸说:"你补补妆,还有红点的口红吗?眉毛也弄重点。要不照出来没效果。"我迷迷糊糊,听见指令连脑子都没走掏出口红就往嘴唇上擦,仿佛一面鲜红的旗帜。此时,一个妙龄少女拎着小坤包一边发短信一边往我们这走,不时撩起眼皮往我这看看。老菜一个箭步蹿到她面前,又敬礼又作揖,然后伸手就把人家包拿过来了，交给我，"你，把包拿到肩上，往前走，然后回头笑。快点！"那嫩蓝色的坤包小巧精致，但怎么看跟我都不合辙，可我还是照老菜说的做了，回眸浅笑。只是照片里人家妙龄少女的书包跟装了多少砖头似的。

　　事实证明装淑女真不容易。

如何爱你都不够

在土土还没上幼儿园的时候，我只要从日历旁边一经过，就看见那个用红笔画过圈的数字，唉，我一边叹气一边扫地，心想，刚两岁就往幼儿园送，离开家也不知道会不会好好吃饭，能不能跟小朋友一起玩，拉屁屁能不能自己脱裤子……终于，那个鲜红的日子明晃晃地摆在眼前了，我五点就起了，六点多，给土土穿齐了衣服，他高兴地问："妈妈，是去动物园吗？"我摇了摇头，"咱去比动物园更好的地方，幼儿园。"他说："不去幼儿园！"这事能听他的吗，钱都交了。

已经很久没像正常人一样在上班的高峰被夹裹在车流之间，我像只潮虫眯缝着眼睛，逆着阳光看车玻璃外的自行车，按喇叭是没用的，早晨七点，急得我脑袋上直冒痱子。这是土土第一天上幼儿园，他穿得整整齐齐，蹲在后排车座的脚垫上，鼻子以上部分探出坐椅外。外婆使劲把他从"地道"里拽出来，但他的身子像弹簧一样瞬间又缩回去了，这么折腾了几个来回外婆懒得理他，只好自己暴露在"敌人的枪口下"。在狭窄的空间蹲了十五分钟以后，土土终于从"地道"里站了起来,双手扒着裤子口,"尿——尿。"我慌忙拿了个纸杯给他,他问:"喝水用的。为什么要尿在杯子里?"我没时间解释,利索地吹起了口哨,他显然憋不住了,一会儿就盛了多半杯,末了,他还特专业地在纸杯上面点了点,那最后的几滴尿都便宜我手背了。刚把尿放好,他又开口了:"拉㞎㞎!"我的眼前一串绿灯,"你真拉假拉?能憋吗?"他已经开始自己脱裤子。我急忙把车靠边,从后备箱里把尿盆拿出来,看着他自顾自地使上劲儿我才放心。

一路上,我和我妈语无伦次地把幼儿园往好里夸,仿佛自己这辈子都住那里头得了无数实惠,其实土土在这个幼儿园的亲子园已经呆了一年,对里面的地形地貌比我们熟悉。我说,幼儿园的小朋友都特别棒,都愿意跟你玩,老师都漂亮,也都爱你,你一会儿去屋里玩,妈妈在院子里等你。我掰了一下后视镜,在水银面上正碰上他的眼神儿,他看着我,我笑得非常心虚。我听见我妈说:"幼儿园的饭可好吃了,比咱们家的饭好吃!还有各种水果,都特别有营养,你吃了就能长舅舅那么高,当飞行员,还能去威虎山打座山雕。"我随声附和,土土自己老实地坐在座位里,眼睛看着窗外,一言不发,看样子他对当飞行员和打座山雕并没有什么兴趣。

幼儿园门口,人手一个孩子,穿白大褂的大夫坐在人们必经之路的道边,孩子们需要张嘴或者被摸一下脖子来确定扁桃腺是否发炎。土土没见过这阵势,看见白大褂条件反射地以为要给他打针,开始大哭。我抱着这个一早晨没吃没喝的忧伤孩子往他的班里送,腿跟灌了铅似的。"妈妈,回家,咱回家吧,我乖啦!"他一遍一遍地重复着,双手紧紧扒着我的肩膀。我还面带笑容地在他耳边说:"你看,小朋友都多高兴啊(其实一路上好几个哭的),大家都喜欢这里(一个撒大泼的女孩刚被妈妈抱回院里),男子汉可不能哭。"我拍着他的背,就像当初给他断奶的那个夜晚,他到处找妈妈,而我只能藏在厕所里哭。没有再见,没有对视,老师跟摘桃子似的把他从我身上抱走了,哭声里我慌忙跑开。到了马路上,我越想越委屈,越哭越生动,抱着电线杆子抽泣得浑身直哆嗦,不断有人在我身边停下指指点点。

终于,我妈从幼儿园里出来了,她说土土进班哭了几声就没事了,现在正坐着跟小朋友一起吃早点呢。后来才知道,土土一直在做着逃跑的准备。他先稳定了自己的情绪和心态,然后找了一个口袋里有手机的老师,让老师给妈妈和外婆打电话接他出去,而且过一会儿就问一下:"老师打电话了吗?"在电话求助失败的情况下,他又想出了新方法。他大呼:拉屁屁!老师把他带到厕所,他说:"在这我拉不出来,老师带我去亲子园拉吧。"老师多精明,怎么能让他的小伎俩得逞?最后,土土以他两岁两个月的智慧选择了狂奔,在集体户外活动的时候拼命往门口跑,当然,十步之内就被老师一把抓住。

幼小的孩子往往是明智的,从反抗到认命就用了一天的时间,但每天哭得生离死别似的,他不说不进班而是使劲喊:让我再看一眼妈妈吧。我妈叹着气说:唉,酽心啊。

老师一再叮嘱我们要坚持送,所以他偶尔出现的低烧也没阻止我每天去幼儿园的决心。因为离幼儿园比较远,路上又堵车,所以要提前一小时出门,土土每天早晨一看见我拿着衣服站在床边微笑,就像看见那个往白雪公主嘴里塞苹果的巫婆,立刻嘴巴一撇,挤出眼泪,大叫:"我还没睡醒呢,还没睡醒呢!"并且让我也把鞋脱了跟他一起躺着。为了安抚他,我只好躺着。此时我妈会大呼一声:都几点了,还不让他起来,哪有你这样当妈的。我只好哀求土土,咱起吧。土土又开始挤眼泪,他认为这几滴答从眼睛里流出的水对降伏我比较管用。可迫于我妈的压力,我将他一把从床上拎起,打挺儿也没用,穿衣服!出门!

一周下来,尽管去的时候还很不情愿,但他似乎已经明白他的命运就是一周五天要在幼儿园里度过。我最愿意每天接他放学,站在半敞的门外,老师对屋里一喊:小土!土土立刻从屋里蹦着往外跑,那高兴劲儿是从心底里荡漾出来的,我蹲下身,张开双臂,那是我们一天中最快乐的拥抱。

车里的CD早就换成了张艾嘉的《心甘情愿》,"当我偷偷放开你的手／看你小心地学会了走／你心中不明白离愁／于是快乐地不回头／简单的心简单的要求／最怕看见你把泪儿流／原来是没有梦的我／如今却被你来感动……这世界到底有多大／握紧我的手／有我陪你看你长大。"

土土明显长大了,长胖了饭量大了,自己的事开始自己完成,我微笑地看着他,看着脱离我羽翼下一个生命的自然成长。

童言无忌

周末,阳光明媚,我对土土说:"咱去大商场坐电梯玩吧!"他立刻扔下手里的塑料宝剑,自己穿衣服去了。

金街上人溜儿还真大,奇装异服行色可疑的男女时不时闯入眼帘,土土一脸坏笑地问我:"阿姨干吗呢?"我回头一看,一个留着辫子的男人在逗弄路边贩子的小巴西龟,满脸坑坑洼洼一看就是一大老爷们,长得一点不细致。估计土土也看出他是男人了,但因为我做早期教育的时候忽略了这个细节,以至于给他造成了留长发一定是女生的错觉。一般遇到这种情况我会采取声东击西的策略,用远处花花绿绿的广告牌吸引他注意力。

土土忽然特高兴,撒丫子就跑,那么多粗细不一的人腿在他左右晃悠,他身手还挺灵敏,一会就把我甩了。我在后面一边喊一边追。他终于停在一个落地大广告牌下,转过身大叫:"妈妈快过来!妈妈快过来!"我以百米冲刺速度赶到,刚要走,土土兴奋地靠在广告牌字上。他身后有几个大字:无痛人流。

土土一脸灿烂笑容,指着"人"叫:"妈妈——人!"他是因为看见了他认识的"人"字而激动不已。土土一点没有走的意思,一遍一遍用小手指着,肯定他认识的"人"。我随声附和面带尴尬。一分钟后,土土仰起小脸:"妈妈,这个字念什么啊?"他指的那个字是"流",我本来想说不认识,但又觉得这样撒谎有点低智商,就说"念——流。"然后拉起他的手,"咱吃比萨饼去吧,用刀叉,今天让你自己切。"我的故作聪明显然没起到任何作用,土土大声说:"妈妈,人流是什么意思呀?"

我狂晕!

但凭我的沉着冷静,马上告诉他:"人流,就是大街上熙熙攘攘的人群,你看,人们缓缓地走动,是不是像小溪水潺潺流过?"土土若有所思,用食指敲了敲那个"流"字,说:"是。"

我心想,幸亏他字认不全,要是问我"无痛人流术"什么意思,我解释起来还真费劲。土土终于绕过广告牌往前跑了,我心里一块石头落了地。不远处,他又兴高采烈地喊:"妈妈,妈妈!"天啊,又是一块"无痛人流术"的牌子,土土一巴掌就拍在那关键两个字上,大声念着:"人流!"

我狂晕!

我放眼一远望,天哪,金街从这头到那头隔二百米就是一块,而且不偏不倚全立在路中,那上面衣着单薄的娇羞女人捂着自己的肚子,她下面是一个两岁多孩子快乐的笑脸,这真是尴尬,生命的取舍就是这样完成的。

土土很臭美地站在"无痛人流术"几个字下面,还洋溢在自己多认识一个字的兴奋之中。

哭 场

离儿童节还差好几天的时候电视里就搞了个大场面用于欢度"六一"，那天超市里几十台大大小小的电视都在放儿童节目。我看见屏幕里弄了一大群孩子在台上跳舞，女孩们一个个浓墨重彩都穿着小吊带儿和超短裙，跟陪酒女郎似的，边跳还时不时往台下递眼神儿。男孩穿得倒还正经，每人都梳了个油光锃亮的分头，领结卡着脖子，小皮鞋倍儿亮，音乐一响，整个就是一副上个世纪三十年代大上海歌舞厅里的景象。有个孩子在我身边问："这些小朋友跳的是什么舞？"那孩子的奶奶说："摇摆舞。"

在大人嘴里"小大人儿"是一种赞美，一般夸人都这么夸，这种不用动脑子的客气话我也经常在摸着人家孩子脑袋的时候说，很多的时候属于言不由衷。孩子的漂亮越来越成人化，尤其女孩，脸上身上的零碎尤其多，四五岁的孩子已经有了自己的化妆包，除了抗皱霜都齐活了。儿童节你到处都能见到这种跟妈妈能当姐俩的小朋友，所以我特别怕看孩子们自己表演的节目，满目都是被阿姨被父母导演出来的神情。但土土作为一名已经进了幼儿园的小朋友，在儿童节不参加集体表演似乎是说不过去的，所以，当儿子说要去动物园看大老虎的时候，我以家长的威严告诉他今天一定要去幼儿园演节目，为了防止他不配合，提前在书包里塞了他最爱吃的巧克力和棒棒糖，拉上书包拉链的一刻，我觉得我更像一名经验丰富的驯兽员。

早晨九点多就到了幼儿园，操场上已经散坐着很多家长，孩子们跑来跑去，时而老师们会带着自己班的孩子进行一下准备活动。大人们不停喊着自己孩子的名字让他们"看这儿"、"笑一个"，然后按动快门，留下一个属于孩子自己节日的记忆。我抱着儿子站在座位旁，想让他看台上哥哥姐姐表演节目，他一个劲儿地往下出溜，非要去动物园。我深知集体主义要从小培养，便给他讲了黄继光叔叔的故事，他听得很认真，在故事快结束的时候拎着滋水枪就往外跑，边跑边说："打敌人去！"当然，没跑出五米就被我又提溜到座位上。一个不到两岁孩子的耐性是短暂的，为了让他坚持到最后，巧克力已经都进他嘴里了，唯一一块棒棒糖是最后的杀手锏，而此时离他们上台表演还有十来分钟。终于熬到可以在场外准备了，老师特意叮嘱我一定要让孩子上，哪怕不表演坐一会儿也行。我特实在地说："好吃的都快用完了，最后还有个棒棒糖，怕坚持不了多长时间。"老师转身而去，回来的时候拿了两小袋小食品塞在我手里，我又塞在儿子手里，用问一个战士的语气问他："马上要表演节目了，你能完成任务吗？"他也坚定地点了点头："能！"我把一袋葡萄干都倒进了他嘴里。儿子是嚼着葡萄干左手攥棒棒糖右手拿小鼓上场的，跟全体小朋友坐在一起还很精神,小朋友的歌声刚起我就看见他东张西望叫着"找妈妈",一分钟以后,他开始放声大哭,当哭声被歌声淹没以后他很不服气,然后简直是扯着脖子哭,歌声反成了背景。别人认真地唱认真地笑,他鼻涕眼泪挂了满脸,台下很多家长在笑。在他哭完了两首歌以后我把他从台上抱下来,一个奶奶问他为什么哭,他指了个方向说:"人太多了。"

在我躲到幕后随时准备往儿子嘴里塞好东西的时候把数码相机交给了别人,想让人家帮我抓拍几张儿子第一次见世面的真实照片,委托照相的姥姥一个劲儿按闪光灯,我还挺高兴。之后我和儿子把脑袋一起凑在相机前看刚才丢人的一幕,没想到,打开的全是近距离照的眼睛、嘴和古怪表情。照相的人把相机拿反了!儿子把嘴一撇:"妈妈,这里面有个姥姥变成鬼了,快把相机藏起来吧。"然后一天都拒绝照相。

哭场,让属于儿子的"六一"真实而可爱。

老小孩儿

我老爸肚子上有个枪眼,我从小就问他那是怎么弄的,我理想中的答案为:抗美援朝、老山前线,不过,在我单纯地摆弄他肚子的时候,他总是害羞地拽住衣服,别看了别看了,快做作业去!我后来问我妈,我爸是不是英雄,我妈一边搓衣服一边很不屑地说:"训练场上不定谁的枪走火,子弹飞他肚子上了。"说得跟落一只苍蝇那么随意。

如今我那一上五楼就大口喘气的天蝎座老爸,时不时撩着自己衣服露着大肚子给我儿子土土看他的枪眼儿,而且还把自己跟董存瑞编一个班去了,弄得对战争无比崇敬的两岁男孩开始盲目崇拜,而我那天蝎座老爸终于从外孙子的眼神中得到了英雄般的满足。他一会儿命令土土站岗,一会儿命令土土匍匐前进,当土土厌倦了这种单调的扮演把枪扔了,我老爸就会得意地把衣服一撩:小子,你打过仗吗?肚皮上那个疤瘌跟二狼神的天眼似的,被肥肉挤巴挤巴就把土土降服了。

天蝎座老爸进入老年之后经常出现两种状态,其一,开着电视呼呼大睡,只要我们一问:"怎么白天又睡觉呢?"他会盯着你看:"谁睡觉？我可没睡，我一直看电视呢。"这样的辩解没两分钟，他又能仰在沙发里打呼噜。其二，他会把他的工具箱打开先撒地上，然后看家里哪都不顺眼，都得修理修理，只是经他修理过的东西好的少，扔的多。

他上次说要给我打个花架子，从阳台上翻出个木板，用卡尺量，用铅笔画，搞得挺像那么回事，等我买完菜回来，看他对着木板发愣，我说："要太麻烦我就买一个，反正这东西也不贵。"老爸用鼻子哼了一下："你要不先买把椅子得了。"基于我以往的经验，明显话里有话，我奔过去一看，木板只锯了一半，但用来放木板的高级实木椅子已经没了一个角。我叹着气，看着这个老小孩。老爸又开口了，说："要不把这椅子改成圆的你看怎么样？把其他角都锯下去，一锉，这个我有把握！"言罢，这就抡着胳膊摆出劈山救母的姿势了，我赶紧抓住他老人家的胳膊，慢着！我就喜欢这不对称的椅子。

前几天，刚早晨五点老爸就来了我家。我正惊奇，他独自坐到土土床边，隔着被子拍着他的外孙子："都怨你呀，姥爷又犯错误了。"啊？我皱着眉头问："您又惹祸了？"他把大手套往自己裤子上抽了一下："土土发烧，我夜里三点就醒了，也睡不着。在炉子上烧了壶开水，千不该万不该我看报纸给看忘了。想起来的时候，咱家水壶底儿都煮没了。"我飞身就往门外跑，心想，万一他又忘了关煤气可麻烦了。到了老爸家阳台一看，壶底儿都炼成铝锭子了，成色还挺亮。

他总是这样，上次把一个大保温罐想都没想往煤气灶上一放，抽油烟机一开就走人。最后冒着大火苗的塑料把油烟机都点着了，要不

电脑忽然跟眨么眼似的没完没了跳窗口,开始还觉得挺好玩,开了关关了开的,一会儿就烦了。仿佛小时候看过的一个故事:农民拾了一口缸,他往里扔了一个铜板,里面就没完没了地生钱,老地主看了贪心,不但把缸占为己有还往里扔金子,一不小心自己掉到缸里,结果弄得满村都是老地主,搞得他的几个懒儿子特没辙,只能把宝缸给砸了。电脑病毒让习惯了网络的人窒息。

赵文雯说，男人的标准身高就像烂墙头，只要长胳膊的便能翻过去，要高矮适中——当他拥抱女人时，女人的下巴可以微微搁在他的肩膀上，这样他的身高就很标准；当女人投入他的怀抱，一张脸刚好贴在他的胸前，听到他的呼吸声。如果女人的身高只能贴着他的横膈膜，这个男人的身高就不合标准。还有当女人想掴他一巴掌时，手不用举得太高就行；他的高度，刚好要令女人微微抬头仰望他，而不会看到他头顶的白发或秃头。

是他鼻子还算灵，又一场火灾。

天蝎座老爸有一段时间迷恋上了套圈，一块钱二十几个圈能搂回不少石膏小人儿，为了能更准确地套住土土喜欢的一盒机器战警玩具，老人家平时可花了不少心思，吃饭的时候给我们发碗几乎都是飞过来的，筷子也是打老远就出手，我妈说："土土，别再让姥爷给你赢玩具了，他快走火入魔了。"这话撂下没两天，天蝎座老爸奉命把我洗的一摞碗放回碗橱，眼看着他连腰都没猫，碗就出去了，哗啦！全碎了，一个没落着。

前几天晚上电话疾响，一听"喂"，我赶紧问："又出什么事了？"老爸说："我觉得今天这防盗门有点儿皱巴，就用铁丝修了修，可现在关不上了，让你妈快回来，换个人捅捅。"我头都快炸了，你说平时给土土修修玩具也就罢了，怎么连防盗门都敢鼓捣啊。我放下电话还在犹豫到底告不告诉我妈，不一会儿，电话又来了。这次情况更糟，他说："我又捅了捅，门是从里面关上了，但这回估计谁也开不开了，怎么办？我出不去了！"我以前听说110比较有爱心，群众有困难有求必应，就打了个报警电话，可他们只给了个开锁公司的号码。我赶紧打，一问，开锁四十元，还要报销来回车费，老爸一听就急了："这太坑人了，开锁给二十块钱足可以，你别找那么贵的气我啊！我这儿有吃有喝不急着出去，你们先忙你们的。"他还拧上了。我那个愁啊，眼巴巴等着天亮把孩子送上幼儿园，再满马路踅摸会拧门撬锁的，巴不得能遇上个贼。

天蝎座老爸总惹祸，我们已经适应了，要没他，这生活太平静了，还真没什么意思。

最近天蝎座老爸又开始闷头写电视剧本了。他热情高涨，拦着要进厕所洗澡的我，非让我听他编的故事，结果煤气开着，白烧了好几个字儿进去，我还衣冠齐整坐在床上听老爸喋喋不休。估计也就我爸能编出那么有创意的故事，祖孙三代都要饭，从旧社会要到新社会，连个翻身的机会没给，而且里面全是妻离子散天灾人祸。我说这东西谁信啊？天蝎座老爸抓起一本杂志指着电视："我觉得我写的比电视里编的强多了，你留家里的杂志我都看了，不比他们的故事差。你看看能出书吗？要能的话都算你的，署你的名。"老爸还真大方。他说："要知道你来，我就抄一遍再给你看了，里面有好多字忘了怎么写全空着呢。写这个就是没事消磨时光，经常写得悲了我还哭一报儿，感人着呢，你认真给看看。"我赶紧答应着，并一再要求："新社会了，咱写点改革开放人民生活富裕的故事，本来就心脏病，别再写医院去。"

天蝎座老爸可是个认真的人，不但把他的几万字的剧本在稿纸上一个格一个格地抄了三遍，并且像受了激励似的，又写了俩小说。我妈说，你就让他写吧，总比不动脑子整天惹祸强。

发如雪

下雪了,当细密的白色颗粒从我的车窗前飘散而下,我欣喜地说:"哎呀,下雪了!"我的声音与"音乐之声"主持人的声音重合着。用手套一次一次狂乱地把附着在玻璃上的哈气擦去,还是看不清晰。我把车窗摇下,将手伸在窗外,寒冷紧贴着皮肤,雪花在掌心里的融化是假想的过程,事实是我什么都没有触碰到。

没有雪的冬天是寂寞的。而这样似有似无的雪更加深了冬天的寂寞。

今天中午有个属于红焖羊肉的约定。把车停在人民公园门口,我的鞋刚踩到地,收停车费的人的脚也到了,还是老规矩:要票两块,不要票一块。萧瑟的公园却有了清爽的幽静,那么简单的雪粒薄薄地覆盖着这里的冬天,像纸,还没人动过。

白色是舒展的,一直延伸到景物里的。

于是,很多个我经历过的雪天记忆忽然变成彩色的。

大片的雪花从天上掉下来,我们的自行车在早晨五点半的路灯下匆匆而过,甚至没有抬头看一眼飘落的壮观,我们小心地捏闸,在结冰的雪地里摔倒腿还被压在车下,躺在雪里我的嘴角还是笑着的,因为我跟你在一起。我跟你上课,遥望前面柱子上贴的"林子祥"大头照,你说,就喜欢他的小胡子,你问我喜欢吗?我看着你的眼睛说:喜欢。然后看你高兴地在我违心的应答中转移视线继续看他的小胡子。那十几岁的单纯友谊,今天想起,仿佛一场薄雪铺展在我们十几岁的青春里。我们像姐妹,是心地善良的孩子,我们总是想把最好的留给对方,哪怕是一口菜、一个贺卡、一件衣服,一个心意或一个笑容。那时候的给予是多么厚重的礼物,只是,我们都没在意,以为它会坚定地存在在我们的生命里。可是,在许多年后的冬天,雪里剩下了我一个人,我遥望着我熟悉的路口,太多的变故,心里的期待变了,而大段的青春也远了。

那次大雪,我是去采访吧,在脚印与脚印的摩擦间,你停下,喊我的名字,我惊厥,惊厥你身边的女孩,惊厥她的手放在你的臂弯里。你不安地笑着说,太巧了咱得照张合影吧。我们僵直地站在垃圾箱前,各怀心事地向你的女友微笑并且说"茄子"。我们匆匆说了再见,就真的再也没见。之前我们没有故事,之后我们始终失散,却曾经在某个雪天有一张照片。

大雪。我说心情不好,你说,一起去看大海吧。我说,冬天海都结冰了,能看见什么?你说能看见平静。在当时的龙门大厦买了双球鞋,还是你花的钱。火车,是那么安静。我想着我的爱情,你想着你的爱情。而我们却是被两场爱情同时抛下的女人。海凝固了,连海风都凝固了。走进偌大的宾馆,服务员小声说:居然大冬天还有人旅游。我们要了两个单间,我脑子里一直在想,为什么要两个单间,不能住在一起吗?但你没有迟疑地说:两间!我就没问,也许我们都需要安静吧。每间三十五元,你把我的钱重新塞进钱包。上楼,泡方便面。晚上八点,我说,去海边吧。你说,好。

海边那么黑,海风呼呼地轻啸很恐怖,我说:我害怕。你说,你要害怕你自己回去,特别决绝。一个人回去我更不敢,只好跟着你。雪很厚,海浪拍打着礁石。看着你在礁石间跳跃,我越发觉得恐怖,你跟海水离得那么近。我使劲喊:你快回来!你要干什么呀!声音被海掩埋了,或者我根本就没喊出来,我只是看着你,然后听见一个女人面对大海破口大骂,听见一个女人放声大哭,听见一个女人说:爱,你他妈到底是什么东西?!我站在雪里,看到你被爱伤害的真实模样,我是安静的,我发现我原来一直是安静的,我的爱是没痕迹的,你的叫喊让我解脱了。

那一年的冬天你的二十五岁结束了,我的二十二岁结束了。我们就此分别,你回到你来的城市,后来,某一年的冬天你打了个电话给我,说你生了个女儿。再后来,我忘了你的城市,甚至再也记不起你的名字,但那个海边的雪天,我记得自己站在另一个女人的身后泪流满面。

又是哪一年的冬天,你说,去拍雪景吧,我去了。你说,你真像个孩子,我笑笑,从一个转椅跑到另一个转椅里,那么厚的雪被我用手套扫在地上,你跟着我,用已经冻红的手掌扫着,可是我一直在想怎么拒绝你的心意,我该怎么说,才不至于伤害你。我团着雪球,你马上也团好一个更大更圆更瓷实的递给我,我用你团的雪球追着砍你,你的衣服斑斑点点,而我的身上干干净净,我真想告诉你,我不需要这样的不平等,可是我不知道怎么开口。与其告诉你,我不适合你,还不如直接说,我不会爱上你。可我怎么说呢,你对我那么好。

我们都无法避免被爱伤害,你知道吗,只有伤害,才能让我们获得重生。可你说,我们不再联系,你说我们老死也不会往来。

……

我被很多场似是而非的雪沐浴过,而当我真正遇到属于我的爱情的时候,飘雪的冬日才如春天般令人微醉。

BLOG
起哄架秧子

　　在我眼里,博客就是件起哄架秧子的事。几个朋友凑一起无论干什么,最后总有人叮嘱我:"回去博啊。"然后他们好有机会鸡一嘴鸭一嘴地跟在我的文字后面反驳。被他们催着,写博客比鸡下蛋的频率还高,连咯咯叫的时间都不给留,总有一天会精尽人亡。

博客在我们的心里很单纯，就是一个忍辱负重的童养媳，谁都有本事呼幺喝六，而且最后还一点名分不给人家。

我喜欢这种聚会似的互相诋毁，很平常的一次见面被众多口水淹没之后，就成了一次演义，我们像站在哈哈镜前一样，看着自己扭曲的体形，捧着肚子使劲地笑。他们是我的朋友，是所有段子里的原型，尽管他们并不承认。

我们的生活因为被集体演义而变得找乐儿，于是，起哄，无处不在。

我们的队伍向太阳

这年头儿只要在荒地上插块度假村的牌子就能发财,因为像我这样没什么脑子的人太多。为了玩打仗,我们十个人一大早就奔外环去了,半小时后呆头呆脑地出现在满是荒草的地方,那地儿让人觉得一刮风就能从土堆里钻出个狐狸精,我站在原地倒吸了好几口凉气。

我们乌泱乌泱地挤进简易房中,看见柜台上摆着一套一套农民工盖房子时穿的迷彩服,情绪格外高涨。衣服是不分大小号的,所以,我们的袖子都耷拉到膝盖,裤腰一般能提到胸口,想要把衣服跟人按在一起裤腰带起到至关重要的作用,于是,十个人默默地在一个陌生环境开始解里面的裤子,再一一把皮带抽出来系到外面。我第一个打扮好,问旁边的老白:"看我腰细吗?"她上下打量了我一番,点了点头:"腰细有嘛用,屁股是够显大的,看你怎么跟个傻子赛(似)的?"我给她立了个正,领头盔和枪去了。

枪足有七斤重,每人有二十发彩弹。我们女兵端枪的姿势统一都是胳膊半耷拉的,男兵们开始检查枪膛、保险,表现得特别煞有介

我们的队伍向太阳 | 99

事。头盔把脑袋捂得严严实实，面罩是塑料的，因为时间长了已经变得模糊不清，但被要求不得私自摘下。我们像一群得了白内障的人，都站在院子外互相嘲笑，其实谁也看不清谁。对方，也就是此次战斗的敌人共十七人（不知道是哪来的旅游者）被安排先进战区，我们随后进入。刚走了没几步，就有人吆喝照相，我们在草丛里摆出各种姿势，有照单人的有照合影的，最后敌人都急了，从很远的掩体举着手跑过来说："你们快点行吗？我们都藏半天了。"

终于要打仗了，我的心狂跳，不是激动，是吓的。对面壕沟和碉堡里全是头盔在晃悠，他们倒也逍遥，几个女的聊着聊着还伸起了懒腰。猴子和蛛蛛要求大家停下来安排战略部署，猴子说："一个男的带一个女的，男的打完子弹用女的枪打。"还带这样布置任务的，合着我们就是帮他们拿枪的？所有女的没往下听独自进了战区，我先进了碉堡，这安全。邱姐姿势无懈可击地俯卧在一个大汽油桶上，老白跟另几个人站在明处还讨论到底从哪边攻最有效果，但此时战斗已打响，噼里啪啦都是子弹往外弹的声音，我缩着脑袋从砖缝里往外看。打仗之前被告知这枪的有效距离在三十米，可我跟敌军火拼的距离也就在十米，怎么不见他们中弹啊，当然他们也打不到我。后来仔细一看，那子弹从枪膛出来最远三米便掉地上了。心里有根就不藏了，我从碉堡里出来扭着屁股往外走，有人向我开枪但我一点都不怕，我还上去踩他们掉在地上的彩弹，听见敌人气得直砸枪。

男人们钻进了一人多高的荒草一直跑到敌人后方了，猴子用枪指着敌方女兵的头说："不许动！"那女兵吓得赶紧趴土上了，没职业道德的猴子还是向她的头盔开了一枪，子弹里的红色流在面罩上。那女人很委屈："你说不让动，我就没动，你怎么还开枪？"当然，敌人也采用了同样战术，几个男兵把老白她们包围了，因为这几个光研究怎么打了，连窝还没挪。胆小的老白赶紧举起手说"我投降我投降"。对方哥们很仗义地说，我们没子弹了，并押着她们往外走用于随后交换俘虏。我想看看怎么回事从草里站起来，那几个男的咣咣就是几枪，我听见老白喊："你们不说没子弹吗，怎么这么玩赖呢？"只看见一个男人举枪就给了她太阳穴一下，老白头盔红了，另几个人没完没了往其他俘虏的屁股上射击，那子弹虽软近距离打身上也疼啊，我想都没想从掩体里跑出来抢着枪就拼刺刀去了，差点让整个事件演变成打群架性质。

　　风波结束我又进入战斗状态，刚趴下就听见身边有人说："你枪里还有子弹吗？"我说有，他说："把枪给我！"我以为是我的同志，豪爽地把枪交了过去并接过一把空枪，等我抬头定睛一看，发现他的头盔上没红彩条，天啊，我二话没说把枪给了敌人。

　　战斗最后结束，刘浏抱怨："最倒霉的是既没打到一个敌人也没被打到，而且连子弹射哪了都不知道。"阿汪的枪是坏的，看着枪膛里的子弹就是打不出来，扛着七斤重的铁疙瘩跑一上午，自己还挨了好几枪。猴子踩了一脚屄屄，还有几个人屁股肿了，小康打战斗开始就藏草里，结束了才钻出来，并耐心地把子弹都从枪里抠出来说回家给孩子玩。后来，我们集体恬不知耻地唱着胜利的歌儿骑马去了。

奋起直追个卩

一早李未就通知我去雅虎中国在线专访，我一直耗着。但总有耗不下去的一天，于是约了王玲和春春这两个美女陪我前往。之前，我问李未，你提问题我不用自己敲键盘吧？因为SOHU的在线专访都快把我整神经了。他语气鄙夷："您难道没参加过在线聊天？"一个"您"把我快寒碜死了。他接着说："我们有速记员，你放心吧。"放什么心啊，我的心一直扑通扑通的，因为咱确实没见过这大场面，多少年来都是我采访别人，生把那些被采访者往绝路上逼，还透着股真诚劲儿套人家私房话，这招术我用多了，可事情反过来我就心虚了，比较含糊，而且表现得比较怯阵，比较怂。

因为上午一直没去厕所，所以我的第一个强烈要求就是去洗手间。李未阴阳怪气地说："以前您《把日子过成段子》里有句话我记得特清楚，说中国人连上厕所都搭伴。"尿急，没跟他理论。

李未跟个领导似的叫一个女孩领我们去，可那女孩一没抬头看我们，二面无表情，几乎只给我们开了办公室的门，说了句左拐右拐的话没作停留便独自回去了。我们三个探头探脑,我觉得压抑,因为太安静,太干净了。王玲到了防火通道口,又折回来,我在另一个方向确定没厕所,后来集体按年龄大小排列,整队奔赴另一个地方,途中看见了门上一个穿小裙子的阴影,我高兴地说,在这呢,推门就进。瞬间,狭小的空间里我发现前面有个人,而且那女的走路像驴一样,往后蹬,你说哪有这么走路的,第一反应就是膀胱紧缩,往上蹿。在我蹿来蹿去的时候那女的已经转入第二道门,我自己夹在两道门的小空间中,蹑手蹑脚推开里面的门,这里面还真敞亮,显得挺高级。可王玲和春春没进来,我可没有吃独食的毛病,又转身出去叫她们,她们正花枝乱颤地靠在墙上笑呢,我兴奋地对她们招手:"快进来呀,里面地方可大呢!"她们鱼贯而入。我们像三个刚进城的乡下人,而且在如厕完还集体站在大镜子前讥讽高级厕所的水龙头没什么品位,居然让我们没怎么走脑子就把水拧出来了,甚至嫌擦手的纸太硬,损伤皮肤。后来我把对厕所的不满对李未说了,李未捏着个嗓子说:"呀,是吗?我来这么久还真没去过女厕所,不知道里面那么复杂。"真废话,一个大老爷们去女厕所干吗啊。

一进直播室,李未就让我坐在大紫沙发里,他跟个话痨似的,贫里贫气:"您来了,借(这)就算层(成)了!借(这)就层成(成)了呀。"还拍自己那张胖脸。我刚喝一口水,他就说:"您千万别紧张,千万——别紧张!"其实我根本就不紧张,他没完没了地提示,我心里真嘀咕开了。第二口水还在犹豫是该喝还是不该喝,他又说上了:"我们上次来一电台嘉宾,我们准备的是农夫山泉,两大瓶啊(他比画得足有两大桶),两大瓶全给喝了。我就问他,你怎么喝那么多水啊,他说,我紧张啊。我问,你们主持人还紧张,他说,我们都是录播啊。可见他们这些主持人的水平了。"我在心里说,娘的,这不是明摆着不让喝水吗?我把水杯藏在沙发后面,以至于在节目结束后我一脚给它踢翻了。

他越贫气我越紧张,我很茫然,因为我不知道自己该迎合这种假幽默还是该假正经地、掏心掏肺地跟网友交流。我回头看了一眼春春,她还乐呢,而且还过来鲁莽地让我把外衣脱了,途中趟掉迎面大灯的电线,耽误了十五秒。我紧张地拉住衣服,摆出一副死也不脱的架势。

李未递过一张蓝色纸:"擦擦鼻子!"然后自己跟青衣似的擦上了,我看他还擦了脑门。我问:为什么?他说:"鼻子上有油,不擦会很亮。"切!能有多亮,我就不信了。所以我故意留着脑门没擦,想最后看看反差,当然,结果是哪的光都很正常,根本不像他说的!

倒计时开始,才数到三的时候,他已经矜持不住,擎着大胖脸笑眯眯地对着摄像头说开话了,我又开始惶惑,不知道看他还是看镜头。后来看直播的朋友告诉我,那会儿我低头玩我手里的书,转得跟陀螺似的,一看我就紧张。其实我那时候在盘算,我到底该怎么迎战,因为这个对手比我贫得可不是一点半点,简直到了肆无忌惮的地步。

当然,还是要感谢李未,因为他嘴跟过了电似的,不停地说。一个问题出来,我刚说我的观点,沉吟没一秒他就把话接过去了,以至于我看到的聊天记录，我多半在回答：对、太多了、当然会等等，这哪是人话啊，太有损我语言魅力了。都是让那胖脸肥猫逼的。这样的局面造成的结果是，他说的比我多，跟多了解我似的。

我终于放开了，时间也到了。屏幕中网友还在不停地刷屏，而我，已经跟王玲和春春下楼，东转西转终于找到了"天使冰王"。王玲很小资，对哪都门儿清，而且拿单子就能说出要什么，不像我跟春春，光看画了，偶尔瞄一眼价格，真他妈的贵，一个破冰激凌值二十五块钱吗？我们俩东翻西翻最后还是随了王玲的大溜，想跟她吃一样的。我们像两个跟包，心甘情愿什么都听她的，可她偏摆出一副高雅姿态，要听我们各自的。我们就又茫然了。

几个女人在一起，都不用多耽搁，一个一个抢着掏心掏肺，都拿大手电照自己的私生活。这次春春抢答的时间比较长，我决定拿她当我小说的原型，她很愿意，而且还拽着王玲的胳膊使劲摇晃，激动地说："小柔你快写吧，我的、王玲的生活多典型啊！"我用余光看了一下我们的职业女性，她暗自微笑，也没接话，不定此刻沉浸在什么幸福之中呢，就看春春对人家那好料子职业装的袖子下毒手呢。

我要去坐最后一趟火车，所以，打断了春春的独白，我得走了。王玲要等男朋友来接，春春说要去单位加班。我们就这样匆匆地分别在王府井地铁站的入口。后来得知她们又在一起厮混了一段时间，交流了各自的私生活。搞得我坐火车上都不安宁，很向往。

王玲跟我们不同，她对自己的生活有规划，她有理想，按部就班稳扎稳打，属于大女人型的，能包容且能合理地控制局面，估计前途无量。电话中,春春说:"咱支持王玲出国吧,等她回国咱俩跟着她混。"我跟春春性格相仿,比较家庭妇女傻里吧唧,也没大目标,很多事筹划很好但琢磨出的困难更多,所以更多的时候我们在说,而不是主动去做,王玲事必躬亲,她会做,而且做得很好。所以,人生的风景她会看到更多波澜壮阔的场面,而我们呢,或者说我呢?

郁闷。真是郁闷啊。我跟春春说:"要不咱俩也奋起直追一下?"她说了几句,总体意思是追不上了,鼓励我自己追。娘的,我追谁去,人家都跑那么远了!

雨潭PK白花花

我在若干年前见过雨潭一次，当时没跟她多说话，因为她嘴里经常像念咒语似的甩出一句"他妈的"，我不知道她对我有意见还是对工作有抱怨或者就是一爱骂街的女孩，所以第一次的见面整体是没印象的。直到若干年后，工作需要，给她打了电话，她已经从北京转战到了上海。

在MSN里我们说话的次数很少，直到有一天她不知道抽什么疯给我发了几张像素极高的照片，我才想起这厮的长相，后来她说，她要来天津带着《我为歌狂》的作者搞签售，我很仗义地说我会去捧场。一早晨她的短信就说十点到签售地点，我十点十分到的，连个人毛都没看见，只好自己在超市的童装区逛悠。这女人把我干晾半小时后，终于电话示意已到。

当我探头探脑地在不多的人里踅摸矮个儿女人时，身后一声又一声地有人轻唤：小妞，小妞。我下意识回头，这厮居然站在我的身后，那么多年过去了也没长个儿。她含糊其辞地介绍了一下围绕在她身边的其中一个朋友，重复着说：我以前来天津都住她家。切，就她还想住谁家啊，人家收她就不错。最无厘头的是，雨潭居然跟她这朋友的朋友告别的时候一边喊着小妞一边挥胳膊伸着手要掀人家下巴，表现得很小流氓。被她调戏的女人面无表情地往后闪身，似乎表现得很厌恶，我在一边哈哈大笑。再次见面的雨潭确实令人耳目一新，我真没见过这样跟人拜拜的。

半小时后，我的最佳拍档老白兴匆匆地赶来了，我热情地给雨潭介绍过之后，这女人脑子都没走特别直接了当地问："白老师，您眼袋怎么那么大啊？"老白支支吾吾，显然没有了采访名人时的从容。我为了化解尴尬，往老白肩膀上狠推了一把，"你去采访吧，好歹聊几句。"她瞪着大眼袋说："啊？还采访，你不说照个合影就行吗？我没准备啊，连她的书都没看呢，我问什么啊？"其实我也没看书，但我还是沉着地为她奉献了一个问题。然后老白开始磨唧，一会说没带采访笔，一会说没采访本，她一边拒绝一边特别卖力气地在她的民工包里狂翻，里面的小零碎噼里啪啦地往外蹦，终于，掏出个本来。她把笔尖在本子的人造革封面上磕了磕，摆出一副流氓相："你说我问嘛吧？！"我下巴一扬，看着雨潭："你！"雨潭哗啦呼啦地一口气说了三个问题，老白跟速记员似的把字写得像准备作弊那么小，她每记完一个问题傻了似的满眼茫然地抬起头看着我们："还有什么问题？"然后我再像傻子一样看雨潭，雨潭像傻子似的"还有——还有——"还有不出来别的。我们仨在曾炜前方两米嘀嘀咕咕，人家面带微笑地给读者签名。在读者已经走绝了的情况下，为了避免冷场我几乎把老白一把推了进去,"有四个问题足够你使了,名记!"老白一个趔趄,但在这样窘迫的情况下,还是回头冲我们招了招手,并且用短粗的小胖手挨了一下性感小嘴唇,在众目睽睽下给我们来了个飞吻,此时,采访过度成了小品表演。

老白一屁股坐在曾炜旁边,装模作样得特别专业,嗯嗯啊啊地一个劲儿往本上记,那四个问题,居然让她撑了四十分钟。雨潭此时脑子进水地问我:"白老师有四十吗?"她这问题一出,我肝都颤了,急忙拽住她的小细胳膊一通抚摸:"求求你这样的狠问题别问老白,你有什么疑惑一定要忍着,哪怕你出了天津再跟别人打听。赞美人成熟,也不带你这样的啊!"

采访间隙,曾炜低头沉思的瞬间,老白又转过脸冲我和雨潭一会儿飞吻一会儿哦耶,雨潭一个劲儿龇牙花子,"白老师太牛了,她是我见过的最牛的记者。"我心说,我们老白文字功夫才叫好呢,够你哦耶一星期的。

在我对着整面墙的书东翻西拣的时候,老白边走边把采访本在大腿上拍得啪啪的,走到近前,她笑着说:"王八蛋,我采访完了。"我说:"你真哦耶!"雨潭跟忽然还魂似的,不再称呼老白白老师,而伸手就捏了一块老白脸上的肥肉,"小妞。"老白惊喜地在那干笑,看着我说:"她居然叫我小妞!"这么对一个三十多岁的女人确实让人称奇。当老白还没从惊喜中缓过神儿,雨潭又捏起了她另一边脸的肥肉,"小妞!"老白真惊了,但还在那傻子赛(似)的笑,看着特无辜。老白说:"嘿,你怎么还调戏上我了?"就跟只能她调戏别人似的。

几个陌生人经过这么糟践之后忽然就熟识了,而且表现得简直亲密无间。

席间,我们摄影部的老段刚掏出烟,雨潭就用手指头敲桌子,中年男人很懂风情,立刻递上烟并啪地打了打火机,雨潭口吐烟雾,老白也不甘示弱,嘴里叼了根更猛的。雨潭喷个烟泡儿,眼睛斜着老白:"宝贝儿,什么星座的?"老白也嘬了一口,并不接茬儿,说:"你喜欢什么星座的?"美女作家和一个北京姑娘被晾在一边,为了让大家打成一片,我笑眯眯地撅屁股站起来跟她们说:"宝贝儿们,有QQ号吗,咱交换一个。"但她们显然没见过这么二的,人家连看都没看我,都被那俩更二的吸引住了。

老白说:"我喜欢过双子座的。"雨潭说:"我也是。"这句话音未落,她忽然对着老白拍案而起:"我知道咱俩什么关系了,咱俩是情敌!"当她们的关系明朗化后,矛头逐渐指向了我,我多聪明啊,她们语气一停顿我就发现风头不对,立刻得转移话题,"老白以后也得写本书,咱也签名售书去。你得起个炫点的艺名。"摄影部的老段煞有介事地沉思,我说:"你叫如花吧,如花姑娘!"老段说:"叫白如花!"雨潭说:"还不如叫白花花。"我一捋袖子,赞道:"没错,叫白花花,书里一个字没有,想签名随便翻到哪页都行。"雨潭说:"我去找保洁公司或心相印纸业公司,白姐姐可以用新书给他们代言。"老段接茬说:"对,去厕所都方便,撕一篇就能用。"

午膳用到一半,老白有了新名字——白花花。

转天,白花花一早打来电话急切地跟我说:"我今天没眼袋了!"

这年头性别有些错乱。"super girl"是一场一场待"男"的女生。再看"加油！好男儿"演节目，多数评出来的男孩都叫秀气。穿上裙子就是女同学，长胡子就有被认为是欧美化妆。我亲眼看见一个特"男"的女生在公共汽车站探着身子对一个清秀男孩说："你怎么啊！"还伸一把抱他的脸蛋儿。过世道，彻底乱了！

现在谁不去超市呢,你站在存车处看看那些罩在自行车车座上的塑料袋就能知道超市概念多深入人心,以中老年妇女为首的女人们可以在敞开销售的货架前尽情剥生菜叶子,可以仔细地把一枚枚樱桃西红柿底部的茎掐掉再装进袋子里,顺手还能尝尝今天的货甜不甜,小孩子懂得不想买的东西随便放也会有人来收拾,大家固守着先尝后买的法则嘴里总是鼓鼓囊囊的,跟孙悟空似的,年轻姑娘们会把装在盒子里的内裤拿出来摸摸是不是纯棉,购物环境真省心。

友情的最高境界

我们有一次的对话我一直记得,场面是这样的,我们各自对着电脑写稿,艳艳忽然不知道哪根筋搭错了在屋里大声说:"你们说要是搞同性恋谁跟谁能配一对?"根本没人理她。

她的胖肚子一下就顶到我的桌前,桌子忽悠一下,电脑屏幕一闪,"王小柔你选。"

我说:"我选男的行吗?"她说,让你选同性恋。我翻了她一眼,"我就是选同性恋啊,在我眼里到处都有我的姐妹。"然后我闷头工作,不再理会这无聊的配对游戏。

但艳艳死盯着我不放,又"哎哎哎",我只好抬头看她,这样显得我有教养。

她扬了一下脖子,上面都是褶子,"要不你跟老白凑一对儿。"

我这还没表态呢,半天没动静的老白倒急了,"我可看不上她,别给我买一赠一。"

这不是找茬吗,我当时眼眉就挽起来了,"你以为我看得上你。就算搞同性恋我也找个年轻貌美像女人的。"

老白也急了，"我还看不上你呢，我要找女的，也得找个罩杯大的。"

我说："你找去啊，找一堆，罩杯是够大的了，全聋拉，有意思吗？"

老白说："你怎么那么黄色呢？"

我说："切——"语气特别轻蔑。

站在旁边的艳艳还一个劲儿说："你们还没过磨合期？"

我说："快磨烂了，问题你非把我们俩放一块儿，我们就算是同志，充其量也就是女同志里的男同志。这辈子培养不出暧昧关系，你死了这条心，让我们安心把稿写完吧。"

逛街的时候给老白买了条贼红的皮带，想着她那倒挂肥肉的腰枝我都没好意思让售货员打眼儿。若是老徐看到这，又得语气缓慢地提醒我："老王，你别再说老白了，人家已经被你糟蹋得够呛了，你就、你就手底下积点德吧！啊——"然后主动摇摇我胳膊。其实呢，你不懂，只有最坦荡的朋友才能受得起这个，这是友情的最高境界。

后来，看到白花花在报纸上感慨我们的革命友谊：

朋友这东西就这样，闹了一大圈，到后来还是只有几个名字让人轻易忘不掉。当然朋友不是用来回忆的，但回忆有可能让人坚信生活这玩意儿从来就不会"过去"。这是一种细碎的幸福。

生日那天，小柔拉着我去北京，她有两张《电影之歌》的入场券，她决定舍弃我而和另一哥儿们一起去欣赏。这让我很不满意。当然不满意的还有另外一个女友艳艳，因为她连去北京的愿望都被我们无情地给否决了。艳艳的任务是在天津买宾果士蛋糕和鲜花等着我们从北京回来。艳艳说她没听说过"宾果士"，她只能在她家楼下买"可可士"。

小柔怕我寂寞，她给她在北京的所有朋友打了一圈电话，不久，我的短信丰富起来，都说要邀请我在首都过一个疯狂的生日。我拒绝了，我不能给小柔这个面子，不然她以后会捯后账说她从来没做过对不起我的事情。我决定到一个朋友的音乐工作室打发这个无聊的晚上。

回到天津，已经是半夜了，厚道的艳艳已经像望夫石一样在冷风中拿着蛋糕和鲜花痴痴地等待着我们。小柔因为没有吃到宾果士很不甘心，她缠着艳艳说她要提前半年过生日，让艳艳一定买宾果士。艳艳一点儿都没犹豫就答应了，这倒让小柔郁闷了一会儿，她跟我说：你说她那么痛快就答应我，怎么也应该推三阻四一下吧，不然多没劲。我"哼"了一声说：就你那素质，估计到你生日那天也就吃面包渣。小柔摇头晃脑地嬉笑着：那我也匀你点儿，谁让咱俩好呢？

小柔的确是个好人，心肠比我善良。她和我一起去看《无极》，看着没意思了我就一个劲儿往凳子底下出溜，或者摆各种POSE以示我的不满，小柔从来没那么耐心烦地对待过我，她一次次把我从凳子底下往上拽，嘴里还念念有词：别这样，给陈凯歌一点面子，你看别人都吃吃笑，声音也不大，说明人家有涵养。

许巍演唱会那天，我正在家里看碟，忽然手机响起来，里面传来小柔悲天悯人的喊叫：来吧来吧，你来占个位置，也好显示咱天津人的热情。我笑嘻嘻地说：等着啊，两小时以后我就到。小柔翻脸了，她说我从来不懂得体贴别人。这我就不乐意了，我从来不跟女友因为一个男人翻脸，她倒为一个不相干的男人跟我吼了几嗓子。

但我还是喜欢小柔，跟她厮混了将近十年，在她面前我从来都是无所顾忌。

评论人：老徐

对于王小柔"作践"老白的言论，本人早就义愤填膺了。王小柔笔下的老白让我感觉就像港台剧中的"十三点"，虽然亲切可爱，但总是有些神经质。要说我认识老白比王小柔早，因不在一个部门，后来我又离开了我们大家共同的那个"大摇篮"，跟老白的联系就少了。老白给我的第一印象就像个亲切淳朴的小姐姐，对好姐妹总是关怀备至，嘘寒问暖……老白的外表柔弱，但内心坚韧，在那种不公平的机制下，忍辱负重地付出着自己的大好青春。但是，无论怎样，老白在我的心目中始终就是一个小女人(这也是我不能原谅王小柔那样写老白的原因之一)，当然做了母亲之后的老白有了些许变化，有了做大女人的趋向，但如果生活不给老白那么多的磨砺的话，老白小女人的本色应该是不会变的吧？

女人之间最可怕、最可贵的是能彼此看到骨子里，即使不经常在一起。而我一直认为，女人之间的友谊，其最高境界是不掺杂心机的，无论她是否漂亮，是否富有，是否风光，是否走运，都会彼此真心祝福。其实，一直想对老白说：无论怎样，无论发生什么，你都是我最初认识的老白。

当然,王小柔也是如此。

评论人:我是白花花

老徐为我抱屈,我感激万分,可惜她碰上了小柔,她说的话就变得没什么意义了,因为小柔压根儿就不理那茬儿,还美其名曰友情的最高境界。切!

我,小柔,老徐,都是从红字头的那个报社忍辱负重走出来的,小柔没离开过我的视线,因为我无论到哪儿,她都坚决要求跟我坐对桌,用她的话说,虽然我看她的目光日渐暗淡,时常用蜜蜂一样的尖嘴互相戳对方,但只要碰上什么事儿,好的坏的,都想到告诉对方一声。厚道的老徐开始跟我好,后来被小柔抢走了,我抗议了很多次,但两个人都乐呵呵地看我发疯。其实我心里不在意,既然都是朋友,怎么着都成。有一阵儿好像有好几年没看见老徐,偶然碰上了,居然一点儿没有隔阂的感觉,我想,这真是朋友的缘分了。

最近跟老徐联系得比较密切,因为一有好电影,她都想着把我和小柔的票给搞出来。有一次等着电影开场,我在大光明影院附近的加州牛肉面馆吃牛肉面,快吃完的时候才发现老徐正跟几个朋友在我旁边坐着聊天,我们居然都没注意到对方,等我抹抹油嘴抬起头来的时候,老徐像发现古董一样冲我灿烂地打招呼。邪门儿了,世界上最远的距离不是我喜欢你你却不知道我喜欢你,而是明明知道我喜欢你却不能在一起吃牛肉面,哈哈!

当我和老徐隔着过道伸着脖子聊天的时候,小柔鬼头鬼脑地在窗外转来转去,我和老徐冲她招手,她傻笑着在窗户上像瞎子一样摸来摸去,我俩吃惊地看着小柔,好大一会儿,小柔红着鼻头走进来,她大言不惭地说:我找不到门儿了。

哼,就她,还写出《都是妖蛾子》,就小柔自己才是妖蛾子,我和老徐是人精儿,嘿嘿。

人是铁饭是钢胃口是个大创伤

每年都要去首都开几天没任何意义的会，赶场一样奔赴饭局，到处跟陌生人寒暄。

因为前天喝了两袋过期牛奶，一直吐了又吐，居心不良的都恭喜我"又有了"，只有小凤一个短信接一个短信问我怎么样了，还跑北京站接我，她打算以她的膀阔腰圆来搀扶我在北京的日子。她问我吃药没有，我说我连吃饭的欲望都没有，更没吃药的欲望了，她短信说：大爷的，吃个药你还得要欲望。我就对着手机屏幕笑，心满意足地想，她准给我买药了。

小凤又绝食又练跆拳道在单位还受气，可还跟气儿吹的赛(似)的，她让我猜她多重了，我可不敢猜，说实话伤人家自尊心，说假话我实在说不出口，只好隔衣服摸着那跟大水管子似的粗胳膊连连摇头："不好说，不好说。"她知道我满脑子坏水儿，所以挥拳就打，我根本不躲，就知道她的胖拳头只会轻轻落在我肩膀。

因为胃还是不好，请小凤吃饭的时候只能看着她吃，我喝热水。

她吃饭速度比我喝水都快，转眼碗里就只剩汤了，我连她吃的是什么都没看清楚。一会儿WL短信就到了，催我上楼。我们东绕西绕才找到一个写着"读者止步"的门，还迟疑能不能进，已经有好几个人鱼贯而入。进了间大教室，看见WL跟大了赛(似)的跟人又握手又点头，她第一句话就问："白花花呢？"估计那个点儿白花花正在家洗白白呢。

到国展那场会的时候小屋里已经塞满了人，话筒没声音，所以我们只能看着讲话人的口型猜测他在说什么，跟出版方问了几个问题，我就坐在外面的椅子里透气。不一会儿，一个熟人从里面挤出来，说已经给我占了前面的位置，我一天没吃饭哪有力气啊，他看我执意不肯进会场，就举着胳膊跟游泳似的又挤回去了。很多媒体的男人在我面前晃来晃去，有的脏里吧唧也不知道哪弄件不名军种的假军服穿身上，留着虚头八脑的胡子，头发东倒西歪，跟几个月没洗澡似的。要不是出现在这场合，穿这身职业装拿钩子刨垃圾都成；还有的，长相猥琐，明明是个男人身高最多一米六，也打扮得跟收废品的似的；也有光鲜的，光头锃亮，唯一一点儿毛都在下巴上，高领毛衣，西服，条绒裤，傲视一切拾垃圾和卖废品的。反正我觉得他们都那么古怪，而且都特自以为是。

接下来是酒会。真是酒会，连热水都没有，唯一一碟子小点心还在会议厅的中间，那地方的食品很落寞，因为没人好意思在那围拢，大家都靠边站着，煞有介事地手里都端着红酒。我实在有点饿，跟小凤说，我去拿点饼干，然后直接冲到点心旁边，拿了两片回来。把一块放进嘴里，一块给小凤，她说："我不饿，不吃。"我说："只当是你替我拿着吧。"等我幸福地嚼着饼干的时候，看见她手里空了，天啊，她不是说不吃吗？吃那么快。

东西一进去，真是吃一块想两块，吃两块想一盘子啊。我只好再次现眼，又冲了一把，没好意思多拿，抓了两块，为了显得我有爱心，又把一块交到小凤手里，她很扭捏地说："哎呀，我不吃了！"我说："你拿着吧。"可是，可是！当我刚要把饼干放嘴里的时候，眼睁睁看着一个说"不吃不吃"的人把我的干粮放进了她自己嘴里，还用手背抹了抹嘴角的饼干渣子。我都快气蒙了，但没好表态，我怒目而视："你不是不吃吗？那这次你去拿！"我心想，这要是老白办的事我早把她嘴撬开让她把饼干吐出来。小凤倒是听话，主动走到饼干盘子那去相面了，最后两手空空告诉我："我不好意思伸手，要吃你自己去拿。"这主儿，太丧失革命感情了。

一怒之下，迈腿走人！我去参加别的饭局。当我征战到下一场的时候，天已经黑了，我饥肠辘辘。签完到，屁股还没坐稳，小凤问我："为什么不给我礼品？你不什么都得拿两份吗？"我差点晕倒："我那是给老白留的。"她说："反正我要台历。"我咬了咬牙："行，我给你要去。"我径直走到签到处，指着后面的提袋说："礼品，再给我一份！"我自己都觉得特别栽面，尤其我面前站着的都是熟人。里面的人笑着问："白老师怎么没来啊，不说一起拼酒吗？"我眼睛直勾勾盯着由远而近的袋子，心想，什么白老师王老师，快给我呀。

终于盼到了上菜，天啊，一桌子凉菜，不是拌海带就是拌白菜芯，我心都凉了。于是起身跟身边的眼睛都等蓝了的同行告别，我想，下一场饭局的饭怎么也能吃上点热的吧。打车,直奔另一个会场。

已经乌泱乌泱一大屋子人了,终于抢上俩座,主席台上的人真能讲啊,绝口不提用晚膳的事。我实在太饿了,一天多滴水未进,实在想起身回家,但连站起来的劲儿都没有了。终于盼到有人说可以吃饭了,我恳求小凤帮我盛点吃的,我走不动了。到这会儿她也心疼起我来,第一个冲向自助餐的盘子,一会儿回来了,满满一盘子大肉片,我都快哭了。没办法,东扒拉西扒拉,找了几个绿菜花吃掉,终于缓过来了。

第二天。

有了前车之鉴,我上午在家吃完饭才出发。WL说晚上听她安排。她安排倒是挺好的,先把我拉到天伦王朝。但还是出了状况,因为那饭局人家请了她根本没请我,我就像个没出息的硬跟着蹭似的,到门口就被拦住,问,你是哪的,然后左边的让我到右边签字,右边的让我到左边签字,但其实两边都不让我签字。站在那我就已经急了,但还是耐着性子被那几个女的支来支去。几乎是个毫无意义的烂会,WL跟几个熟识的人打过招呼后我们奔赴另一个地方吃饭。

小二猫是WL的朋友,当初WL建议让小二猫给我的书配插图,但她以没时间和不愿意给出版社画为由推了。书因为图的事而搁浅,为了赶时间,我跟阳春建议用原创照片。我们都认为小二猫太傲,于是在第一时间在MSN里同时把她的名字删了。很久后,一个不在我联系人中的对话框弹出来,她提到WL,我很好奇,问她是谁,她说她是小二猫。我就没再说话。之后她偶尔还在某些晚上跟我说几句话，我嗯啊地敷衍一下，我不知道这个人为什么要跟我说话，既然彼此不喜欢干吗联系呢？没别的话可说，只有她提起WL的时候我才能多接几句，所以，跟她的对话几乎都是有WL的。被她点击频繁的时候我鼓起勇气问：你为什么跟我说话呢？她大概不太适应这种问话，在那"啊？"了半天。

我不知道小二猫是什么样的人，当初只是喜欢她那些涂鸦。WL是个伟大的人，她试图让身边的人没有隔阂，跟我说了很多小二猫的好话，而且说，那天晚上小二猫约了我的粉丝要请我吃饭。我知道她的话里水分很大，但把隔阂化解没什么不好，就跟她去了。

一个漆黑的小胡同，一个破败的小工厂，里面是小二猫定的饭馆。饭馆里空空荡荡没有人吃饭，到处挂着的大红绸子，让这里跟洞房似的，上了二楼，让人有一种想往下扔绣球的欲望。小二猫他们是这里唯一的客官。因为在她的MSN里见到过照片，所以在座的人长相都熟悉，尤其一个大脑门姑娘。但坐下来还是有点儿惊，因为他们跟我们的年龄差距很大，都跟中学生似的，也不说话，小二猫玩自己的小辫子，另几个人就说她今天为什么害羞。我还真没见过这阵势，太突如其来了，偶尔说的话也都像在采访，这让我也变得拘谨，不知道该说什么，而这关键时刻，WL也不怎么说话，还故意去厕所，一直冷场。大家闷头转着盘子，其实也没怎么吃，气氛很古怪。小二猫估计受不了了，叫过服务员说能放点音乐吗？人家这饭馆还真有准备，放了特别浪漫的钢琴曲《爱情故事》，弄得还挺悲切。我特别希望谁能在此时给我打个电话，让我透口气，但没一个有爱心的。

我给白花花发短信，强烈要求她给我打电话，可她不理我，我只好一遍一遍地拨她手机，可算接通了。

她第一句就像泼妇一样吼："你有完没完，不理你还来劲了。"

我一听她声音简直如沐春风啊，你骂我也愿意听，我问："你干吗呢？"

白花花说："我刚才给儿子洗澡呢。"

我问："你现在呢？"

白花花说："我现在自己洗呢。"显得特别不耐烦。

我说："你是光着呢吗？"

白花花说："废话，谁穿衣服洗澡？"

我说："你别冻着。"

白花花说："我一边冲一边打呢。"

我说："我永远支持诺基亚！"

白花花说："你有病。"

我说："我穿的羽绒服掉毛，跟张倾城似的，一脱衣服第一件事就得浑身择毛。"

白花花说："你大晚上打长途就为了告诉我你羽绒服掉毛？"

这个缺心眼的，我能在洞房里扯脖子喊"我想你了"吗，这不就为了跟你多说会话吗。可这傻子一个劲儿问我有什么事，还绝情地说，要没事就撂电话吧。我捂着嘴小声说："咱再聊会儿吧。"白花花电话里稀里哗啦，再有动静的时候她说："我他妈刚才在厕所摔了一跤，你倒是有完没完啊。"

我说:"我在吃饭,可饭局太郁闷,没人说话。"

白花花嘲笑:"你就丢人吧,为蹭饭什么都不顾,你回来,我请你吃两顿。"

我们终于挂了电话,很快,她的短信进来说:我手指头又被马桶盖砸青了,但我坚持着要把澡洗完。

小二猫是一个奇人,饭量大得惊人,却依然骨感依旧,从里到外一副还没到青春期的样子,仿佛刚从哪个初中的晚自习上逃课出来的女生,嘴里的饭还没咽利索,人已经拿着牙膏牙刷找地方清理口腔去了,站起来的同时,她屁股底下的椅子失重,差点掉到楼下。WL依然像班主任一样问问大家吃好没有;然后结账开票。

我跟WL同路回家,现在已经忘了我们在车里谈过什么。我们的性格不同,她是安静的,而且也不适应我唇枪舌剑的所谓幽默,在她看来,那是无趣的,所以,我很少跟她开玩笑,我在心里喜欢着她,仰慕着她,也保持着一种距离感。

评论人:我是白花花

我觉得我做的最英明的一个决定就是没跟王小柔去凑那个热闹丢那个人。其实我早就想到小柔要在首都丢人了。因为她人还没去,就丢人现眼地说有好几个不花她钱的饭局。我一听人都晕了,这主儿怎么还本性不改呀!当初她就为了奔赴各大饭局奔波路上,有一次还误入三里屯同性恋酒吧吃得上吐下泻,还把龙虾给吐出来了,她郁闷了好一阵儿,因为龙虾不是能经常吃到的。

这次她不惦记着采访，倒是提前惦记上了饭局。我就不明白了，跟一帮虚头巴脑的人吃饭有什么意思。不但这样，她还伸手找人要礼物，还给我要了一份，我都快被她气死了。

所以小柔在北京丢人也不是那么出乎我意料的了。

其实我跟小柔那几天没太多联系。她给我发短信汇报她的行程我懒得理她，这跟我有什么关系？去北京第二天我给她打电话以示关心，她说她的羽绒服掉毛。我就想起她穿的那件嫩粉嫩粉的羽绒服，说是打折后的ONLY，才一百多块钱。我都笑死了，真的ONLY哪会那么便宜？而且我转悠了那么久，也没发现有这种土气的ONLY羽绒服。她穿着这件衣服一点儿都不好看，就像巩俐非要穿得性感一样，哪儿也不挨哪儿。但她死扛着，说她这么多年就没买过这么贵的羽绒服。死去吧！

我想象不出来她穿着那件掉毛的嫩粉的羽绒服奔赴各大会场和饭局是什么德行，居然还厚着脸皮给我多要一份。多亏我没跟她一起去。

去北京第三天晚上，小柔很主动地给我打电话，这让我纳闷儿，她从来都不打长途手机的，她嫌贵。但她在电话里特热情，弄得我很不习惯。当时我正洗澡，冻得浑身鸡皮疙瘩。小柔一听我洗澡，莫名其妙地开始兴奋，死活也不搁电话。我也不能硬挂呀，这显得我没有涵养。但因为我心里急，脚底下直打滑，小柔不管那套，坚持把自己的郁闷倾倒出来，然后装作特贤惠的样子跟我说：别让水龙头把你脚指头给砸了，你接着洗吧。刚撂下电话，马桶把我的手指头给砸了。

今天我见到了小柔，她特哥们地跟我说：哎，你那礼物，在小何那儿，过两天给你带过来，还不错呢。我斜眼看她，天可怜见，她总算不穿那件嫩粉嫩粉的 ONLY 羽绒服了。

评论人：我是小凤

我必须要说几句。

小柔告诉我她已经吐了两天，我问她吃没吃药，她说没欲望，气得我半死，然后到处找药。找药的时候费了很大的周折，因为不知道她的症状，短信问她又不回，只好按知道的情况买了中药，又一遍遍向人家确认吃了会不会有副作用，甚至想打到生产厂家去问问，但因为800电话手机打不了就没有打成。

本来约好在西单见面的，但我很担心，就在北京站前晃悠了一个多小时然后等她出站。因为很久没见了嘛，还设计了一个拥抱的程序，结果我左等右等不见人，最后她告诉我她已经在地铁口，我跑到地铁口站在她面前气得跳脚。

小柔穿了一件很是粉嫩的羽绒服，这让我很不适应，没见过她穿这样鲜艳的衣服。上地铁之前她让我猜多少钱，我问她打了几折，她说没折，就这价。我摸了摸，估计太贵她也不会买，就狠了下心猜一百块，就这都猜多了，她说是九十块。我晕。在地铁里的时候忽然看到了拉链上的"ONLY"，我大声喊，呀，还是ONLY的哪！小柔很心虚地说，你小点声，九十块钱哪能买到真的ONLY呀。花花姐说得太对了，傻子都知道，而且就连土土都看不上这件衣服。一整天的时间，这件衣服一直都在掉毛，搞得我只要一见到她脱衣服就立即把眼睛盯上去看有没有太多的毛，然后环顾四周抽冷子迅速择掉个大的。

时候尚早，我们就在上岛咖啡耗点儿，为了给她省些钱我就只点了一碗面，我认为花三十八吃这么一碗破面条太不符合我的消费价值观了，所以只吃剩了一点汤。小柔一个劲儿地夸这里多高档环境多好，我不这样认为，这里的服务生根本不理我们，要了一袋面巾纸最后结账的时候发现居然是收费的，然后去了趟卫生间里面的纸质量差极了，还不如肯德基麦当劳。不过我对小柔要的水果茶表示满意，因为可以无限量续水，如果以后想请客又不想多花钱的话可以在这里，要一壶水，坐一天。当然，这里也是相亲的好地界儿。

一下午的时间一直在赶场。小柔同志虽然没吃饭但仍然表现得很敬业，而且精神饱满，拎着一堆包装袋跑得比我还快，这让我很惭愧，并下定决心回来减肥。每到一个地方她就跟人家要两袋礼品，我以为是给我的，但她一遍一遍暗示我，说要让白花花后悔和内疚非要把礼物给她带回去等等。虽然我并不喜欢这些烂书烂礼品吧，但她一直对着我提白花花而且无视我一整天的劳累也让我很不满意，并且在我一直要求她吃药的情况下死活不肯吃，我就想如果再给她她还不要的话我就把药摔到垃圾筒里以示不满，不过最后她还是装到包里拿走了。

还有酒会的事，我是因为怕给她丢面子才不去里面拿吃的，人家在那讲话呢，我冲到场中央去拿点心这多不好，其实我无所谓呀，又没人认识我。

最后我抱着一堆东西送小柔到地铁，然后幸灾乐祸地看着她嘿啾嘿啾抱着所有的包走下去。晚上十点多收到一条短消息，小柔说这一天有我陪着她，真好。这主儿，怎么不早说。

我们的胖艳

一直想找个时间好好写写艳艳,太可笑了这女人。跟大侠似的,好好的妇产科大夫不当,去网站干,离了婚,为一男人穷追到天津,结果男人没了,她却成了我的同事,刚三十岁就被一个近五十的老大姐问:咱俩谁大啊?令艳艳无比郁闷。她的QQ窗口有无数网友,无论想买便宜货还是想找采访对象她都能从QQ里挖掘资源。她能把一十八岁的小男生勾搭到天津,就为看看真实的她什么样。白天的艳艳就是一只不梳理毛的懒猫,她能从地摊上一次买五条同一款式的裤子或者两双鞋以及一大箱水果什么的,弄得自己跟一大家子人似的,结果呢,水果都烂了,裤子很快开线,鞋帮子破了。总之,她出手的东西都很失败!

艳艳一个人独闯戈壁,自己爬秦岭,扒过火车,跟不认识的人打个赌就能只身去东北跟人拼酒,借了辆奥拓一个月撞了三次人,到处借钱了事。艳艳义气,脾气直,身上有明显西北人的影子。她每年回家都给我们往回背东西。有一次,给我们部每人背了一套兵马俑,那铁疙瘩多沉啊，她愣是一个人就给带回来了，尽管大家都觉得她特傻，而且有人眼光里还有嘲笑，她千里迢迢背回来的兵马俑很长时间放在桌子上有人一直没拿，这对艳艳一点构不成打击。她笑呵呵地，跟大家招呼着，偶尔用西安话给家里打电话，跟外语似的，我们一句也听不懂，我在一边学她，白花花傻笑。艳艳最经典的事迹是，非典期间大家都不让去单位，她在家闷得难受，招呼了若干男人到家比掰腕子，结果愣是把腕子给掰折了，在最不该去医院的时候跑医院打石膏去了。回单位时她自己像抗洪抢险英雄似的，晃荡着耷拉的残肢，笑着跟所有人说：我掰腕子掰的。在别人没完没了的疑问间，她吐沫横飞催人泪下地诉说她失败的经验。终于，她痊愈了，但胳膊却依然习惯性地横在胸前。

某一日，艳艳不再参加我们的小团队活动了，对游泳表现得很漠然，后来在我们长舌妇般的盘问中，她透露：我胸口长了俩疖子。哈哈，于是，还在承受莫大痛苦的艳艳，成了我们口诛的对象，我和白花花到处踅摸能买大赠小的胸罩，还有人则在北京，当着一大桌人诉说了艳艳得疖子的前前后后。

而夜晚的艳艳风骚无比，娘的，浑身往外渗女人味儿啊。最受不了看她跳舞，别说男人，就我们这些女人看都得浑身起鸡皮疙瘩。艳艳全身酥软目光迷离放电不断，估计桌子让她盯一个小时都得塌了。有一次我们几个去她家做饭，一会儿，她从外面回来，把两瓶可乐放我面前：知道你喜欢喝可乐，一般喝可乐的人都挑，我就买了两种，百事和可口可乐。艳艳的细心是因为那两瓶可乐感染我的。她的小屋无论娃娃还是厕所装手纸的地方都特女人,一点不像到处找人掰腕子的主儿。她认识的人很诡异,有做盗版光盘的有养马的有算命的有搞催眠术的有性取向不清不楚的,她的朋友圈子之广泛浩大超过我们任何一个人,甭管你要找什么人,她从QQ里都能扒拉出来,简直神了!

评论人:我是白花花

我由衷地感谢艳艳,因为她的出现,让小柔的兴趣从我身上转移了过去。要不我还得承受小柔的口蜜腹剑。

我不能确切地知道艳艳什么时候进入了小柔的法眼,同事这么多年,从来没见过小柔跟艳艳这么亲密过。

艳艳是个好人,好到让人都烦了,她对什么事儿都是无所谓的德行,估计要是打她一巴掌,她也会亲切地问你:手疼吗?在这种人面前,刺刀都见不了红。

艳艳没什么隐私,她能告诉你她谈恋爱和失恋的所有事情,这时候千万别同情她,不然她会说:有你什么事儿?我都过去了呀!

艳艳厚道,就在我过生日那天,小柔突发奇想让艳艳给我准备生日蛋糕和鲜花,她开始还有点儿疑惑是不是真的。小柔在去北京的车上想象着艳艳的表情,然后笑得拿脑袋撞车后座。等我们半夜从北京回来后,艳艳果然买了蛋糕和鲜花在等着我们。

我想小柔肯定受感动了,你想啊,现在谁还这么不讲回报地厚道呀!

厚道的人谁都爱。当我们这个朋友圈子接纳了艳艳后,干什么都想着艳艳。就像今天,大年初五,我陪小柔在报社值班。小柔想艳艳了,给远在咸阳的艳艳打了一个问候电话,傻乎乎的艳艳当即表示:回去请大家吃饭。小柔又乐得张牙舞爪。艳艳这傻子。

昨天胖艳改头换面,头上顶了一个爆炸头就昂首挺胸地走进办公室,如果放在外边倒是有迎风招展的效果。我一下炸了,我说:呀,鬼!

胖艳是个心理素质极高的人,她不卑不亢地说:哦,我的私人理发师说这纯属意外。意外?哈哈!

我很同情她,我说没关系,过两天你的头发贴头皮上可能就好看了。

她翻着白眼从我身边飘然而过,这时候我又发现,她穿着一件透明方格衬衫,不系扣子,不过据小柔说,胖艳外衣从来不系扣子,一定要露出里面的吊带衫,连着肚子挺起来,走路一摇一晃的。而且,她喷了香水,擦了口红,这副行头真吓着我了。我摇晃着她的胳膊:你是谈恋爱还是失恋了,快告诉我。

胖艳把我扒拉到一边,微笑着跟我说:人总得有改变吧?我笑得喘不过气来,我说人都往好的变,你怎么越来越糟蹋自己?胖艳保持微笑:是吗?我觉得自己很好啊!

胖艳没有幽默感,她总是用不卑不亢的语言和不卑不亢的身段对我们的挑衅表示不屑。我们就像一拳打在棉花上,觉得自己特没劲。

评论人:王小柔

身段也没了,年龄也大了,姿色也黄了,肉也吠囔了,还要去苦争春,也就是咱胖艳,换别人,谁这么毁自己啊,不易啊!

黄金周可交代出去了

"五一"假期的时候,我们一干人等带着孩子去了塘沽,我没带驾驶证却开了有车以来最远的路。几个孩子在各屋来回串着由土土发起玩打仗,他们用胖乎乎的小手比画成枪,对着我们嗒嗒嗒地扫射。我们都极配合地应声而倒,只有胖艳,憨厚地把目光越过土土接着嗑瓜子,土土嘴里还在猛烈地开火嗒嗒没完,一点没有要气馁的意思。心地善良的白花花看不下去了,大声指责胖艳:"你别吃了,先闭一下眼睛!"胖艳赶紧把眼皮关上,土土带着胜利的喜悦收枪闯别的屋了。

因为有了孩子,我们的开心更多了。土土像话痨一样不停地跟所有人说话,一会被白花花抱在怀里,一会骑上了艳艳的脖子,后来回家的途中我问他最喜欢谁,他把所有人都数了一遍。我一再要求选出一个最理想的人选,他沉吟了良久说:"我喜欢那个梳两根小辫子点炸药包的阿姨。"我大惊:"为什么啊?"他说:"因为她年轻呗。"晕倒!

四号参加了以前一个哥们的婚礼,喝得脸红脖子粗,我对婚礼已经没任何感觉了,没人逗新人,大家闷头吃饭,然后抬屁股走人。忽然，想起一部电视剧的名字《趟过男人河的女人》，哈哈。

六号跟老徐她们去看超女演唱会，她们把我安排在场地最好的位置就全奔蓝票区走了，我找到我的座位后，看见被一排举着冲气企鹅的小孩占据着，他们看我过来，也不问我该坐哪，一个男孩问我："你是支持谁的？"我有点蒙，但马上指了指企鹅说："跟你们一样。"那男孩特别单纯地笑，他身边的女孩高兴地从地上蹦了起来，"太好了，我们都是凉粉！"被组织接纳，我也很激动，甚至让出了我的座位，他们把一面蓝色的浙江靓颖歌迷会的大旗交给我，弄得我特别有使命感，立刻就摇起来。过了没几分钟，从前面又跑过来一个拿着企鹅的女孩，招呼他们："走，最前面还有座，咱都过去。"那几个孩子立刻收拾东西，还不忘招呼我："咱一起去前面吧，有座！"我笑着目送他们，我已经过了狂热的年龄了，我坐回我自己的座儿。身边的折叠椅子让我有点失落，目光追着那面蓝色大旗，看他们到底都坐在哪了。

后来我旁边来了两个老年人，站着都颤巍巍的，怎么也有六十多了。俩人一坐下就开始吃糖，跟着统一服装的粉丝极不协调。玉米还是声势浩大，环顾左右都是穿黄T恤的，我前面人的后背上写着"玉米不求回报，只要小宇微笑"，他们胳膊上脑袋上都扎着黄布条。海豚泛出的蓝色几乎被淹没。我前面的一群玉米是从沈阳坐飞机来的，留守在我不远处的凉粉是从成都飞过来的。

那演唱会的欺骗性很强，弄了一堆莫名其妙的人轮流登场，在摇滚的音乐里我困得一个呵欠接一个呵欠。好不容易张靓颖出来了，凉粉纷纷惊叫着举起手里闪着她名字的牌子，还没容我从椅子里站起来，后面飞来一个个喝剩一半的矿泉水瓶子，有的还敞着盖。很多人愤怒地回头，一个女孩满嘴天津话骂举牌子的凉粉挡了她的视线，还摆弄着无比下流的手势，几个男的在旁边起哄架秧子，并不时往我们这边砍东西。那些成都女孩明显不是对手，不会骂街只在那讲理，那几男几女居然直接站到了我们的背后，而且要抢折叠椅子。我身边的俩老人居然也不是善茬儿，浑身冒着热气对旁边的女孩推推搡搡。我实在看不下去，正要伸手劝架，来了六个警察。天津那伙人做老实状，坐得特别规矩，警察刚走，就又来挑衅。我真为我也是这个城市的人觉得丢人。

海豚们在李宇春出来的同时就集体退场了，身边空了很多椅子。其实无论张靓颖还是李宇春，在台上站着的时间最多五分钟，实在对不起那些从远道飞来支持她们的歌迷，对不起那些T恤，对不起那些三十块钱俩的小粘贴，对不起我们的起立，我们的尖叫，对不起那些在矿泉水瓶子飞来时依然捍卫自己偶像的人们。

我们在深夜悻悻而归。

评论人：老徐

我再补充一点儿：我把唯一的一张场地票给了小柔,本是为了讨好她,让她高兴,没想到却把她推到了险境。

开场后，小柔发来了第一条短信，跟我们炫耀说，她被凉粉收编了，组织上还给了她一杆大旗，好像她火线入党赛（似）的。我和齐妹妹在蓝票区，望着黄灿灿的玉米地,搜寻着那杆蓝色大旗，可怎么都看不到小柔的身影。没过多久,小柔发来第二条短信:我这边的人打起来了,周围都是玉米,场地太危险。我们开始为小柔揪心,怕她暴露身份,她是凉粉啊。"我后面是女玉米,已经动手,我不能表示出我的倾向,要不还得挨顿揍。玉米不求回报,只要小宇微笑,这是他们的口号。都疯了!"此时,看台上的玉米也开始往场地边上拥,我旁边的走道上都坐满了玉米,手里还举着一个大条幅。眼看着场地内的玉米越来越疯狂,一浪一浪的人群往前拥,局部战斗此起彼伏,隔一段时间,警察就要从玉米地里请走一位,光我看见的就走了六七位,年轻的荷尔蒙在玉米地里肆意释放。一想到小柔还在险象环生的玉米地里,我就感到内疚,好像是我把她推到火坑里去一样。齐妹妹说,要不咱把她找回来吧。正当我们嘀咕着是否火线救战友之时,小柔终于又有了消息,这次是让齐妹妹给她拍几张火爆场面照片,因为她的手机不能照相。齐妹妹赞道:王小柔同志真敬业啊!都这会了还想着工作呢。没一会,小柔又现场直播了一条消息:我前面的玉米热得把衣服都脱了,连胸罩都是黄的,太专业了!

看到这,我们一下子就乐喷了。

一人带一孕妇回家

开着车出城,跟在一些大货车的后面,拐了个弯,然后上了笔直的乡村公路,当千里马遇到夏利,两车停在路的正中,摇下车窗聊几句,再向两个方向开去。白花花托着胖下巴说:"哼,一看以前就是骑自行车的!"两侧年轻的杨树让风摆弄着绿叶子,模样很骚。我们到鱼塘的时候已经有很多人在坑边了,一人拿了个鱼竿煞有介事地往坑边一站,猴子还带了专业的工具,跟放风筝似的,鱼竿上还带齿轮,哗啦哗啦地在那放线。我那个竿不知道犯了什么病,不是扔水里浮漂不冒头,就是干脆躺水面上,一副死皮赖脸的样子,让我特别窝火。正好白花花在我后面一个劲儿地跳脚叫唤:"怎么没我的竿?"我赶紧转身,把竿一把塞她手里:"拿这个,拿这个!"看她往坑里甩线,我得逞而满意地哈哈大笑,又从旁边人手里要了副鱼竿。当我的小浮漂笔直地露着一小截的时候,白花花的漂就躺在我的旁边,我笑得都喘不上气了。她小眼睛一瞪,腆着肚子问:"你笑嘛?有嘛可笑的?"我撅着屁股说:"你的漂怎么躺着啊?"她扭了扭肥腰:"你管着吗?我乐意这么钓。"我向她竖了竖大拇指，她倍儿美，还笑呢。

胖艳一手插兜，一手把竿顶着自己的小腹，嘴里还哼小曲儿，远看就跟一小流氓撒尿似的。我们的精神都不太集中，心思都在互相挑逗上，我往胖艳那的时候，猴子大声嚷嚷："你看你自己的漂，你光看我的干吗？"嘿！挑衅啊，谁看他漂了。我也提高了嗓门："谁看你漂了，漂在河里，你值当那么吓吓唧唧的吗？怕人看，你用手捂上啊！"我心想，就你那张猴脸，谁有欲望啊，看了算我耍流氓。胖艳和花花一听我们这吵吵上了，立刻来了精神，抓着鱼食往这边凑合。还是老徐比较有涵养，自己闷声不响地坐在一个板凳上，就盯着自己的浮漂。不一会儿，听见她尖叫，人家开张了，钓上一条。然后就听她以成功者的语气介绍鱼上钩前的表现，后来，她又尖叫了几声，但都没鱼上钩，光听她在那抱怨鱼跑了。她也不想想，让好几条鱼成了豁嘴，人家以后怎么生活，怎么找对象啊。

而我呢，挑着眼眉跟白花花说："给我照一张，主要注意照我的神情。"她破骂街边拿相机，"就你这德行，还神情，别不要脸了。"但还笑嘻嘻地举着相机，我听见喀嚓一声，我问："我的神情你抓住了吗？""抓个屁！你自己看看。"我看了，还没说话，她特主动地说："我再给你照一张。"我伸着俩手指头冲她"耶！"她一边"妈的，妈的"叫唤，一边喀嚓。她怕我不满意，想再照，但相机死活不动了，电池没了。花花说："瞧你带的这破相机，随人！"然后接着站一边用她进水就躺着的浮漂钓鱼去了。

我也钓上来一条，猴子自己钓了三条。胖艳和白花花基本属于巡边员，就没老实在一个地儿呆住，满坑边跑，而且最找乐的是俩人的浮漂都躺着。花花抱怨自己的鱼钩小，胖艳干脆跑到大铁桶里抓鱼食一把一把地往河里撒，喂起鱼来了。

当我们回到那个小村子，一下车，白花花就跟来考察的外商一样，看见个人影就"哈啰"，她对面的傻子还挺机灵，摇着手对她说："哈啰。"白花花美得屁颠屁颠的，她前脚进屋，傻子就从水泥台子上跳下来，看着她的背影使劲喊"大姐，大姐"。我们几个吓得赶紧跟着进了屋。中途出去了一次，怕花花被傻子骚扰，把她裹在我们当中走，即便这样，傻子还是在我们后面喊："那烫头的，那烫头的！"我们当中，只有白花花满脑袋大波浪。我们毫无人性地一边起哄一边笑，村里的人说，傻子一般见女的就叫，只要跟他搭腔，他就会说："咱俩结婚吧。"傻子在方圆百里很有名，白花花打算找个机会跟傻子做一期名人面对面。

我们钓上来的都是孕妇，分别的时候一人带一个孕妇回家。我在地上铺好报纸，手拿大菜刀，跟要杀人一样悲壮。当我哆里哆嗦地用剪刀把孕妇肚子剜开，对着它满肚子孩子直犯嘀咕，都是女人啊！但我还是在午夜十二点的时候像个妇产科医生一样，把它孩子都掏出来放在塑料兜里。

转天，把鱼熬了，我一口也吃不下去，丝毫没有钓鱼人所说的成就感。

评论人：我是白花花

小柔同学的笔记做得不错,不过小柔同学,你凭嘛就写我们,怎么不说说你那德行。第一次钓鱼什么世面都没见过,远看像虾米钓鱼,近看是鱼钓你。好容易钓上一条,嚯,跟见了亲人一样,让鱼遛得没了风度,屁股撅着,脖子伸长了非要看看人家鱼长什么样儿,搂鱼的在你后头屁颠屁颠地跟着,你还一个劲儿撅着屁股啊啊叫着躲人家,我们都看不下去了。就这样你还不耽误叫我:快给来一张,主要抓表情。

到了农家,人家端上来一堆小吃,娘的,你们真不给我面子,可着劲儿往嘴里塞,一会儿就堆了一堆皮壳。二哥看了都跟他媳妇急了:快做饭快做饭,我看出他们饿了。人家说这话时,小柔同学还含着一个话梅抓瓜子吃。我只好拽拽二哥的胳膊跟他解释:别急,他们就这样没出息,吃饱了也照样抢零食吃,以前都是苦孩子。二哥不乐意了:拿我当外人啊,他们是饿了,不然不会两手抓着吃。

十六个菜很快上桌了。二哥媳妇做的本家菜,土鸡和鲜鱼最受欢迎。外头饭店买来的菜几乎没动,皮皮虾没人吃,螃蟹糟蹋了不少,小柔同学一气吃了四个,吃得丧尽天良,毫无涵养,还破天荒喝了几口红酒。等我们酒足时,最后的卷子上场了,大家吃不下,小柔从外面上厕所回来,还没落座就现眼地拿了一个往嘴里塞。二哥又内疚地说:还是没吃饱啊!

四个女人的无穷动

周五,似乎成了我们的活动日,而这个周五,我们约好去看《达·芬奇密码》的首映。同一个时间,我们从城市的四面八方往一个地点奔赴,短信不停亮起,我们的方位变成文字在屏幕上闪烁。起风了,刮走了燥热,我穿了件外套。我坐着628,看着窗外,忽然觉得有一个单纯的约会是多么甜蜜,于是,我对所有一闪而过的楼宇微笑。

胖艳并不知道《达·芬奇密码》是什么东西,她属于一招呼就走的主儿,但这次,没完没了地问我:"害怕吗?"她怕我诓她看鬼片,因为白花花以前还看点文艺片,显得挺文化的,自从接受了我的诱导,也中病似的看鬼片,看恐怖小说。我跟她说,你那么胖胆子还那么小,根本引不起别人同情,只有更鄙视你。但她还一个劲儿地问:"到底害怕吗?"

老徐一个人逛百盛,买了双近六百块钱的凉鞋,还真不存财,把自己脚丫子上的鞋直接塞进了鞋盒子,这么凉的天光着脚穿着新鞋就来了,胖艳也光脚穿着凉鞋,我跟白花花则还捂着旅游鞋。

白花花不但工作敬业，看电影都要做案头准备，就在要看电影的前十天，她把原著又看了一遍。她从电影开篇就不满意，一会嫌跟原著一样，一会嫌翻译得连意思都不对了，可我看得劲儿劲儿的。大部分时间，我睁着无知的小眼睛问身边的白花花"为什么"，她讲解员一样耐心解释了我疑惑的地方。只有我觉得电影挺好看的，可她们认为这是我没文化见识少的表现，还集体笑。

老徐的面子大，不单用招待券换了电影票，还让影城的经理下来亲自给我们打可乐，因为把免费的可乐都喝了，膀胱一会儿就撑不住了，老徐和胖艳纷纷去厕所，我和白花花生憋着，怕这一走打断我们钟爱的《达·芬奇密码》。其实，电影里老外的名字，以及他们为什么争来争去我一概没记住、没明白，可我挺喜欢那个瘸老头的，太酷了，知识渊博，还有私人飞机，最后还是个幕后的老大。晚膳期间，我们对着奢侈的四菜一汤一直在讨论教派问题，挺神经的。

结账的时候，白花花冷静地看着我们，我噌地从裤口袋里掏出一把钱，一张一张捻开，四十！胖艳也噌地掏出一张，不用捻，从票面上就能看出是张二十的，她说："我就这么多。"我说："要不咱俩凑吧。"白花花抓着她鼓鼓囊囊镶着假宝石的大钱包瞪着眼睛骂："这俩王八蛋，我结吧。"我和胖艳心满意足哈哈笑着把已经捻开的钱叠好，重新塞进裤口袋。

四个女人，准确地说是四个已经年过三旬的女人，守着一桌剩菜彼此摇晃着胳膊说："我们一定要互相鼓励保持年轻心态啊。"我拍着桌子说："咱们也无穷动！满大街铿锵玫瑰去！"我们义薄云天地又一人满上了一碗特咸的汤。

夜晚,有些凉,我们钻进胖艳的蓝色没屁股夏利里,她问送我们去哪,我和老徐磨磨唧唧地说汽车站吧,谁都没下车的意思,大晚上更没打车的意思。胖艳的车上了南京路,也许她打算送我回家,内心正在喜悦,忽然听她说:"来了辆657,我追上它!"说着,一脚油门,她的车速还没提起来,657已经超前面去了。我说:"你就开到汽车站,我等下一辆就行了。"她还挺拧,说咱就坐这辆,我就不信追不上。好家伙,打着闪火就追,657刚停,她一急刹车就把大公共给别住了。我拉开门赶紧下,屁股没坐稳,就给老白发了条短信:这胖女人也太铿锵了,太帅了!白花花很快就回了:她太牛了,今天三次占错道,硬闯,刚才还别657。

胖艳就是帅,车不上保险,哪都敢停,数她挨罚的次数多。回家的路上,我感慨万千,忽然觉得,人到中年时的女人其实是最可爱的。

这个夏天还没开始,我们却都胖了。白花花喜欢不分场合地撩起衣服告诉我她的肚子又大了,让我看;胖艳喜欢把自己肚子上的脂肪拍得啪啪的;我虽然没做任何动作,但老徐每次看见我都会慢吞吞地说:"老王,你可又胖了啊,要注意减肥。"我们这小团体里,只有猴子身材好,可惜他是个男的。

在一个城市里,有几个朋友是多么好,我们可以谈孩子谈男人谈社会,可以胡说八道,可以在黑夜来临的时候满大街铿锵。我喜欢这种能触摸得到的幸福感。

评论人：我是白花花

电影编得真很一般，编剧一点儿脑子都不动，一点儿都没给我留悬念。这让我很郁闷，我觉得就是又温习了一遍书，多没意思啊！

但是小柔喜欢看。胖艳讥讽我显得比别人强才说三道四。只有老徐为我说两句话。唉！

可是我们四个很高兴，在一起就高兴，抬杠也高兴。小柔和胖艳假装付账，拿出来的钱都不够付茶水钱，还好意思在那儿装。她们出来的时候就没打算请客，不然平时她们兜里的钱都比我多。

没有看过原著，里面很多的细节不一定明白。虽然胖艳坚持认为她看明白了，但她说出来的东西哪儿也不挨哪儿。还是小柔老实，不明白就问我，让我有很大的成就感。我可是在她面前第一次占上风呢。她也是第一次那么谦虚。真不容易。从这一点讲，我爱"达·芬奇"。

评论人：老徐

女人的约会常常是温暖而快乐的，我真的庆幸周围有那么多可爱的女友！不过，我们的"无穷动"和电影《无穷动》是不一样的。电影太黑暗，三个老女人心怀鬼胎撬人家老公，可我们这些女人在一起时压根就没把男人看在眼里，女人到了一定的年龄不能只围着男人转，也不能只把男人当话题，让我们快乐的事情多着呢！

我现在盼着下次的聚会，没有约会的日子太郁闷了！

女人是需要集体胳膊挎胳膊逛街的

逛街这事，很女人。若干年前，我跟白花花总相约逛街，经常去大商场买休闲装，大热天经常一起挤在一个狭小的试衣间里互相观摩，事实证明我们买的东西很失败，衣服缩水，裤子掉色。后来，白花花忽然就不约我了，她跟另外一群人逛街，衣服的档次明显提高，全半透明，没扣，都得敞怀，一看胸怀特别宽广，衣服全能说出牌子，而且价格几乎件件上千。我始终疑惑她怎么忽然那么有钱，眯缝着眼睛问："你坐台了？"她举起烟缸，"你才坐台呢。"但那阵子她确实追求名牌，还整容，买名牌化妆品，后来才知道，人家在电视台出镜率很高，还跑电台大晚上做起了音乐节目。可惜，她风光的时候，我都没看见，都是从别人嘴里听到的。

直到今天，她临下班的时候约我和胖艳逛街。我们受宠若惊，她说要带我们去一个特好的小店，说东西特便宜而且品质好，倍儿掏心掏肺。我们走了很久才到她说的店，一屋子牛仔裤和老头衫，贵得都离谱。但白花花一进屋就被三个热情的小女孩围起来了，从各个货架上拿衣服，均笑着说："我觉得这件特别适合你。"一件深蓝色满胸口字母的T恤，领子都快秃噜线了，卖一百二，让白花花试试，她也真实在，穿上还就不脱了。服务员一人拎两条牛仔裤，一共六条，让白花花挨个试。开始我和胖艳还认真地品评，后来，一看前六条试完都不合适，三个服务员又拿第二轮，又是六条，我都晕了。胖艳一屁股坐在门口板凳上，逗猫。我时不时进试衣间看一眼自恋的白花花，她满脑袋大汗，一条后屁股上绣花的裤子明显就瘦，那些女孩还鼓捣她往上提，我看着她跟拔河似的拽着滞留在大腿上的裤腰果断地说："太瘦，脱，别试了。"一个跟店长似的女孩说："给她开空调。"估计是怕白花花的汗把人家衣服弄脏了。

　　服务员把一条低腰裤推荐给白花花，她从布帘子里出来了，大腿紧绷绷，都快炸了，腰呋呋囔囔，她用手在裤腰里面掏，试图演示她的腰细。这裤子不合适，但服务员多会说话啊，告诉她："低腰裤得肚子大的人才能撑起来，像您腰那么细最好用皮带。"白花花嗓门提高了十六度："我的肚子还小？你看！"说罢，一把撩起衣服，还故意把牛仔裤的腰往下拽，露出她难看的肚脐，然后用手抓了一把脂肪往外揪。我看不下去了，走到门口，蹲地上笑。对于白花花没完没了地试裤子，胖艳始终发出讽刺的嘬牙花子声音，她认为那些裤子的裤口袋都让白花花的屁股显大了，为这她很不满意，一再跟人家强调："臀线！臀线！"还总指自己的屁股做比较，以为就自己那个最标准。

　　后来我们在一个店门外探头探脑，院子里的女孩粗着嗓子招呼："进来，进来，今天第一天开业，屋里很多东西。"我们猫着腰往里进，后来，老白跟那女孩彼此对望，互相指着对方大叫："你呀！"原来是她的电视台老熟人。人家自己开店，弄了一屋子可爱的小零碎，当然，那些东西不适合我们这些没品位的家庭妇女，很快我和胖艳就出来了。良久，白花花被隆重送出，店主特客气地说："你们喜欢什么随便拿，我送你们。"我们赶紧走了，怕真管不住自己的手。

再进一个店，没走几步，白花花又发出惊叫，她又被人认出。以前给她做美容的人也在这条街开店。名人效应啊。我和胖艳看上一件ELLE的大背心，问白花花喜欢吗，她说，我不适合穿这个，我胳膊根儿比你们粗。然后一撩胳膊，往我这一撞，我斜眼一看，娘的，还是我的粗。我没表态，然后放弃了那个根本不值七十八，还露大胳膊根儿的衣服。

胖艳看上的都不适合她，比如蓬蓬袖的衣服，跳芭蕾舞的短裙子之类，她的眼睛专挑带纱绷子、有金片的衣服，而且还总脑子都不动地问我们："你说衣服上镶那么大的钻是真的吗？"傻子都知道是假的，她愣问。

白花花要买包，让我们帮她选，我还真诚些，点头或摇头，至少态度是令人欣慰的，可胖艳非说一个一百七十八块钱的大草篮子适合白花花，让她买下来留着去野餐用。我笑得都不行了，只好一个人站在河北路上，抬头冲一个不亮的路灯狂笑。胖艳一屁股坐在人家店的台阶上，店主看不下去，指着椅子说，这有椅子。白花花说："别跟她们客气，她们没素质，出来就坐门槛，不坐椅子。"她看上的包，拉锁坏了，还是被我检查出来的。

女人是需要集体胳膊挎胳膊逛街的 | 145

胖艳看衣服很气馁，拎着一件夸张的衣服跟我说："也不知道是不是岁数到了，总喜欢穿低胸的衣服。"这主儿，嘛岁数啊这是，谁越老越风骚，都跟俄罗斯老大娘赛(似)的。她看见什么都嫌贵，然后扬言今年夏天一分钱也不花了。最后都丧失了逛的性质，站在一堆镶宝石的高跟凉鞋里唱："你是我的玫瑰，你是我的花……"还摇屁股，买鞋的一女的扭头看了她一眼，立刻结账走了。我跟着出去，接着在河北路上狂笑。

在我的带领下，我们进了阿迪达斯的店。白花花有个毛病，她总对挂着的衣服动手动脚，拎着一条白裤子就往自己身上比画，那裤腰都快举到脖子了，裤腿才与她的脚面贴上。她还在那问人家："这裤子够长的，我够俭能穿吧。"都没人理她。她又自己在那惊讶，摸着膝盖处的拉锁睁着无知的小眼睛看着服务员："夏天还能把裤腿拉下来是吗？"服务员把裤子接过去，挂上，敷衍地"嗯"着，人家压根没想卖她。我呼地就蹿到河北路上了，撅着屁股使劲笑，浑身都没劲儿了。我扒着胖艳的肩膀，笑不成声地说："花好几百买条裤子，到家就得把裤腿卸下来，还能当七分裤穿。"然后，接着扶着墙笑。她们俩看着我，胖艳说："有什么可笑的，你能笑成这样。"白花花在我的影响下，也面对着墙笑，都笑神经了快。

白花花发誓再也不跟我们俩逛街了，她认为我们不女人，在路上跟竞走似的，最多在店外面看一眼，连进都不进，更别说试衣服了。但我们一再强调，愿意陪她，尤其喜欢看她试那些根本不适合她的衣服，每一次，都是一次惊喜。

评论人：我是白花花

虽然小柔和胖艳有那个诚心陪我逛街，但我真的再也不约你们了。那都什么呀，两个人一个比着一个打呵欠，那叫逛街吗？整个一给我添堵。原来别人还批评我不女人，逛街一点儿耐心都没有，跟你们比起来，我女人多了我。

阿迪达斯那裤子，拉到我胸口，不是脖子，小柔以后要真实，白做新闻人那么久了。

不过我在试裤子时小柔说了一句话让我很感动。那条LEVIS太瘦了，裤腰在大腿上死活拉不上去，服务员还特没人性地鼓励我再使使劲，小柔扭头冲人家喊了一声：别用瘦裤子折磨我们家老白了。服务员再没敢吭声。我心里那个温暖。嗯，哥们就是哥们，别人没法比。

小柔是我最贴心贴肺的铁瓷，但是逛街真不是好搭档。她可以花上万买电脑、买摄像机，但是几十块钱的衣服她都嫌贵。所以我在她面前买衣服总是缩手缩脚，生怕她打击我。不过这次她一反常态地不数落我，只是用摇头和点头来表明她的态度，人成熟了，就是知道考虑对方的感受了。对这一点我很欣慰。

但是小柔不是能压抑住自己的人，不晓得哪一块儿触动了她的神经，她站在河北路边就开始狂笑，笑得声音都变调了，笑得前仰后合手舞足蹈，衣服上的东巴文字都变了形。胖艳无动于衷地在前头扭嗒扭嗒地走，我也开始狂笑，笑得路边的人都绕着我们俩走。胖艳回过头来冲我们说：有什么可笑的？我们又放声大笑，笑得我和小柔互相捶对方。

总是碰到以前认识的人,看上去都特别热情,让我们随便拿东西,不要钱,这种话吓着了我们,我们逃得更快了。电视台那小姐认出了小柔,缠着我给她介绍介绍,我把小柔拽巴回来,人家见了她像见到大明星一样。我想她要是看见了小柔狂笑的德行,估计也不会崇拜成那样了。

她俩开始打呵欠,一个接着一个。还没遛一小时就露出了不耐烦的嘴脸。她们看见我的车就迅速坐进去,死活不遛了。我问她们:咱还逛哪儿去?她们同时问我:咱哪儿吃去?

切,两个吃货。下次再不跟这两个主儿逛了,一次管够。我们仨在逛街这个问题上,绝对不是一个档次。什么衣服都打动不了小柔,胖艳看上的东西总跟她形象不匹配,价格和款式都让我和小柔耻笑。

妖蛾子世界杯

尽管"世界杯"离咱这老远,尽管人家根本不带咱玩儿,但这个夏天,足球就直不棱登往你面前一站:马路边贴着球星和大可乐瓶子的广告画,商场门口摆上了大足球,体育用品店不失时机地狂卖运动服,出版社紧赶慢赶把一批跟足球沾边的精美图书端出来,四面八方都是世界杯的花边新闻,它像个风骚女人,被人惦记,被人吐口水。

世界杯是老外的事，但它像一阵龙卷风，四年刮一次，有什么算什么都卷进它的旋涡里，连我这种从来不看球、对足球运动毫无兴趣的人也被卷进去了，无论是主动的还是被迫的，你不得不接受世界杯生活。有人瞪着眼睛问：世界杯跟我有嘛关系？其实，真没什么关系，可你躲不开，连饮料瓶子上都印着那几个踢球的。

玫瑰与臭鞋垫散发的气味是不一样的，但这个夏天，我们闻什么都是香的。那些球星就是臭鞋垫里盛开的玫瑰，因为肥好，所以花开不败。

跟着你有肉吃

妖言：很多人都在找机会让自己冲动，世界杯是个茬口，大家跟疯了似的白天睁着眼，晚上也不睡觉，还特意花钱给自己解腻味。

很多买卖人看准了世界杯的发财机会，知道球赛一开，男男女女多少有点瘾症，不管什么破烂儿只要印上跟世界杯沾边的标，准能卖上钱。刚在网上看见一套性感美女鼠标，全是身穿各队球衣的女中段儿，把一个塑料小人掐头去尾，底下是蹬着红色三角裤的大腿根儿，上面是连着电线的腔子，这东西设计得既色情又没人性，还卖一百四十九块钱一个。跟女中段儿一起销售的还有塑料足球台灯，卖一百五十八元一个，估计到家开不了几小时塑料就得化了。好几百一个的吉祥物背包上有一只特别邋遢的狮子，它后面连着的半透明塑料包比我洗澡时装毛巾的那个都垃圾。球星抱枕比较"扯"，把一身衣服塞得鼓鼓囊囊，还哪儿都不缺，大致是个人形。我始终怀疑这东西抱着能睡着觉吗，全身直挺挺，哪都不带打弯儿的，弄这么个东西摆床上，半夜上个厕所回来能吓个半死。抱枕也太占地方，等世界杯结束把它戳门后头估计还能辟邪，拧门撬锁从窗户爬进来的贼要看见它能立刻跳楼，连啵儿都不打。

现在连我们早市的地摊儿上都卖世界杯球队的运动服，这些日子，那个整天抡斧头吆喝"一下锅就烂"的胖姐姐，用染着红脚趾盖的胖脚丫子踢踢铺在地上的塑料布，大声说："耐克、阿迪、彪马、嘛牌都有，嘛队服不缺！"一斧头下去，肉渣飞起，又剁完一份！她很有市场意识，自己生意一点都不耽误，还在旁边挤了个地儿支起衣服架子卖"盗版"，我留心眼看了会儿，买衣服的人溜儿不比买骨头的少。今年夏天穿运动服的人比哪年都多，不足球不体育就不时髦，由此可见，世界杯是多么深入人心。

据说德国慕尼黑一家旅馆也特会做买卖，老板把旅馆都快弄成危房了，好端端一个地方被整治成足球场，他特牛，对全世界球迷说了句话，翻译成现代汉语的意思是，如果你能在我这儿找到一个看不见足球的地方，就算我栽！这哥们把一系列仿制的世界杯奖杯堆在门口，让身着各个球队队服的旅店服务生为你提供殷勤的服务。套房里，铺着足球图案的床单，桌子上摆着球形杯子，墙上张贴的全是球星海报，甚至厕所瓷砖上都印着著名球员的脸。这家旅店的房费比同档次的旅店高出百分之二十左右，但还是深受球迷的青睐，房间早早就被预订一空。估计我要住进去得活活被逼疯，恨不能把自己俩腿剁下去，在地上当球滚。

据网上的小道消息说，2006年世界杯，墨西哥足协为球队买了二千四百万欧元的伤残保险，西班牙确定了每人五十四万欧元的夺冠奖金，德国电视广告费达到三十秒三十二万多欧元，球迷向球场内投掷物品，要被罚两万欧元，裸奔者将被罚款十万欧元，为了迎接世界杯，德国人花四十亿欧元修建球场……

在咱眼里，那不是足球啊，踢的简直就是金元宝，硌脚也美。

男人还算冷静，半夜消费最多喝点酒，偶尔撒撒酒疯儿，抽几包烟，折腾不出什么，身体条件在那摆着。而女人眼里的世界杯就很混乱，当她们的男人把目光和并不富余的荷尔蒙给了电视里半夜奔跑的小人儿，女人被无辜地拉进这个旋涡。其实，我觉得女人不适合看世界杯，因为那些跟公牛似的男人无论长得好坏都会让女人有机会藐视身边那个肚皮里面脂肪越堆越高的男人，别说跑步，连在超市推个购物车喘气的频率都得加快的主儿，早该被罚下了。于是明智的女人，把更多的关注给了球场上的帅哥，给了他们强健的腿部肌肉，以及顺着脑门往下流的汗珠特写镜头。

看上去很足球

妖言：如果地球不爆炸，世界杯毫无悬念地成为六月全世界最重要的事情。在这个月，所有人都在以球迷、伪球迷和非球迷来归类。在不懂足球的女人眼里，看精彩的足球跟看韩剧的效果一样，我们是为了在午夜的那一刻抒情。

我打根儿上就没看过一场足球比赛，不明白怎么会有那么多人喜欢得跟中了病似的，听说还有砸电视打老婆的。我们屋有个叫猴子的年轻同志，他总忽悠别人看球，他说看球就要一帮一伙的，单个看就没意思了，我听着像打群架。后来，我问他，足球有什么魅力啊？他噌地把脖子一扭，差点断了，"以后带你去泰达，你亲眼看人家踢就有感觉了。"我想我看演唱会坐场地啥也看不见，在看台上能看见嘛呀。可猴子夸张地挥起了胳膊晃悠："你见过好多球迷举着旗子一起骂大街吗？"他还激动地骂了几句演示给我，让我打心里更腻味这项运动了，大老远，就为看人骂街我还不如去集市呢。

我们家集市那有个老婆儿，每天早上十点多就出来，往街上一站，看见什么骂什么，最找乐的是肩膀上还扛着一只大公鸡，也有好多人围观。

猴子给我做了足球普及教育，但绕口的老外名字和球队名字我总混，也记不住，昨天最后一次问他的时候，猴子跟我急了，"都告诉你四次了，你怎么还问啊，世界杯马上就踢了，自己看吧。"表现得不但不绅士而且特不人性。

我以前见过几个北京球迷，整天穿着不知道从哪淘换来的假名牌运动服，只要看见电视屏幕在放足球比赛，不管是什么环境，都要滔滔不绝评头论足，就跟他参与过那场球似的，倍儿不缴（觉）闷。

如果是在球场上看球更别提了，有人脱光膀子露着文身，也有人抓着矿泉水瓶子，看有人扔他也扔，你要让他打架，他怂了，要一群人上，他准挤进去踢两脚，这主儿！要遇到中国队跟老外踢，被灌急眼了他顾不上骂自己球队改骂对方，说什么"在我们的地盘上你还敢这样"，明显欺生，跟火车站门口那帮地痞似的，难道在谁的地盘就得由谁打嘴巴子？很多人看球就为骂街去的，平时自己骂显得素质低，一帮一伙互相壮胆儿，等喊够了，汗也出透了，回家喝个小二锅头，被窝一钻，满美。北京这样的爷们可不少。

有人说中国足球有三流的球队，二流的教练，一流的球迷。虽然不是球迷，我都觉得臊得慌。不是我口冷，什么土上长什么庄稼，一个三流球队怎么能有一流球迷呢？我记得在一篇文章里看到曾经英国的一个球队降级，最后一场比赛无论输赢结局已铁定，球迷顶着寒风依然坐满了看台，人家没一个起哄骂街的，他们打着"欢迎你们下个赛季再回到这个球场"的布标，流着泪看完自己心爱球队最后的比赛。这场面在中国上哪找去，咱在这时候早骂上娘了，砸酒瓶子什么的，这都是咱部分球迷的强项，实在不如英国球迷铁瓷。

当然，咱也有特"板儿"的球迷，无论中国队怎么扶不上墙依然让自己的期待不灭，当他们爱上世界杯上的某支球队，也会在遥远的东方，守着一台二十多吋彩色电视机，窝在沙发里不眠不休不吃不喝地让黑夜成为白天。

很多人认为我在经历了这次世界杯以后能顺利通过扫盲阶段而爱上足球，但我的眼睛只要瞄上球，立刻在心里鞭策自己，我的口号是：争取睡眠，多活几年。所以再精彩的足球对我依然构不成诱惑，不过我死心塌地地认为：真正的球迷是值得尊重和景仰的。

没女的没劲

> **妖言：**足球比赛没女的没劲，尤其当优秀球队败北，你再看看台上那些女的，泪水从那些美丽的绝望的眼中溢出，她们牙齿咬着手指（就像咬着别人的），似乎已用尽了全身力气抑制哭泣。她们不是名模，不是球星的女友，只是普通的女球迷，她们的眼泪让足球比赛充满柔情和一股子酸劲儿。

女人是水，世界杯是没皮钱儿的水龙头，一时间，全世界的足球宝贝个儿顶个儿地直往外冒。

我们，开眼了。

网上公布了世界十大足球宝贝，这个梦之队成员清一色光大腿露膀子，跟大商场里充气模特赛(似)的，都成画片了，眼神儿还那么活泛，表情很全球化。如果比胆儿，咱不跟外国女人争，她们豁得出去。阿根廷《奥莱报》为国家队选出了这届世界杯的足球宝贝，美女主持人卡拉·康蒂。这女人表示，如果阿根廷队能在世界杯上载誉而归，她会奉献更多更刺激的火辣照片。显然，对佩克尔曼的弟子们来说，这就是火上浇油，除了熊熊燃烧没别的咒儿念。

老外足球宝贝穿得太少，太暴露，在咱眼里那叫低级趣味。我们喜欢穿得特别规矩的、内敛的、保守的，同时还得是活泼的、迷人的、性感的闺女，可见选出这么个宝贝技术难度有多大。那些外国女的穿得正经的少，从走路的姿势上看，可以怀疑有人在酒吧间干过二职业若干年。你再转回头往咱自己这瞅，咱本土的宝贝们一出镜一点儿都不疯，闲庭信步，像出席重大剪彩仪式上端盘子的姑娘，乍一看，有素质！再想看，人家走了。

有目共睹，老外的足球宝贝飒利，且让干吗都行，人家跟那帮会踢球的男的过这个！比如尤文的足球宝贝就说过如果尤文夺冠人家将裸奔庆祝球队凯旋。裸奔，可得脱得嘛也不剩在人行道上跑啊（当然，你要非往机动车道上跑，罪过就更大了），搁咱这儿，那属于耍流氓范畴，衣服没脱完就有人拨110。咱们的足球宝贝绝不会那么冲动，给我件衣服穿，可以，但想让我干别的，没门！做人就得这么有骨气。

"宝贝"在这里代表女人，这样的描述多少含有色情成分。足球本是男人与男人之间的竞技，但老外为了让这些正当年的小伙子身体更亢奋，兴奋剂不能吃，只好想别的辙，于是人们弄了一群把队服裁成"三点"的女人当拉拉队，想象无处不在，一股神奇的力量让荷尔蒙像爆米花一样在身体里膨胀，劲儿一上来，撞得他们不跑都不行。这就是外国女人对足球的贡献。而我们本土足球宝贝只是在一旁微笑或者哭泣，最大的运动量就是从坐着改为站着，我们含蓄而且理智，知道也不可能有谁免费让咱来趟德国，于是我们含情脉脉地暗恋。智慧！

自古美女勾搭英雄，拿小罗来说，看长相就不是一般人，搁哪个单位都得是被工会大姐操心的主儿，可就因为这位师傅脚底下的活儿好，踢足球跟玩飞镖似的，倍儿准，光射门就能将球门踢得咣咣的，他的行情一直看涨。在巴西队一场对外公开的训练课上小罗命犯桃花，场边一位堪称波霸的女球迷凭借出人意料的敏捷性，死死地抱住小罗嘴对嘴地亲，而小罗的队友也恶作剧似的将垫子扔到他俩身上盖着。不知道这算不算性骚扰，但从小罗表情上看，他从护垫儿底下冒出来时，挺美，才艺表演同时他又羞涩地龇出了耐(爱)人的小板牙，估计他认为这回，值！故事就是这样传奇，丑小鸭变成了大白鹅，灰姑娘变成靓女勾搭上了王子。

女人就像扔黄酒里的话梅，扔一个俩的在热酒里翻腾，那叫提味，但抓好几把都扔里煮就成煲汤了。

中国人第一次看到美女和体育相伴，应该是另一项著名赛事NBA，当时场内蹦蹦跳跳的美女拉拉队员，让中国观众隔着电视叹息国内赛事之乏味。本着人家有什么我们学什么的精神，一夜之间，原本阳气甚重的中国足球变得香艳无比，每场比赛的间隙，一个个年轻的女孩大胆地跳着健美操和擦玻璃舞，足球被风情着实席卷了一番，然而香艳没能拯救中国足球。我们只好放眼全世界了。

第一工：论成败在瞧果

妖言： 因为几个朋友都要半夜起来看球，所以，我在困得丁零当啷的关口友善的短信提醒我到点一定要爬起来看，我说咱各爬各的吧，没准我比谁爬得都早，也比谁睡得都快，归齐还是嘛也没看见，就落一爬。看开幕战的时候我一直盼着放广告，好歹能闭会儿眼，同时我手里还握着支圆珠笔，困了就扎自己。

世界杯非选咱半夜磨牙的点儿踢，够"缺"的，丝毫没考虑亚洲片儿人民的作息时间。闹钟、滴眼液、烟卷、扑克牌、啤酒全摆桌上，这样没准半截还睡着了呢，所以更多的人选择扎堆看球，至少能互相提醒着点别睡死过去。一个女球迷告诉我，开幕式得看，又唱歌又放二踢脚多带劲。有球星和帅哥参与的赛事得看，尤其五大三粗汉子的哭相不能错过，借以安慰咱幸灾乐祸的丑恶心理。咱亚洲片儿的比赛也捎带脚看几场，这样，既有西方列强相互残杀的满足，又有亚非拉人民要解放的豪迈，够本了！我没说话，呵欠一个接一个。

央视五套很重视世界杯，一早就弄了一群身着"三点"的闺女在大演播厅里走台，有个姑娘在肚脐眼里还塞了粒珍珠，特晃眼，背景音乐跟起哄似的"啦啦啦"个没完。这时候，忽然有个叫张斌的胖子从屏幕旁边冒出来板着脸说："感谢这三十二位姑娘给我们带来的清凉夏天。"够会说的，再清凉就该光着了。节目最后，那胖子还在忽悠，我听见他乐着对坐在直播间的观众说，如果猜中德国队赢，你就有了今天打车的钱，二十二块，要是猜中哥斯达黎加队赢，就能得到五百多块钱。我的盹儿立刻就醒了，这节目还挺实惠。

　　开幕式我看没嘛，跟疯闹似的，还把一群女的跟灯罩一样吊在半空中，丝毫没有给放下来的意思，跟风光尤存款款走进运动场的昔日绿荫英雄比，那些在半空被人忽视的闺女简直太可怜了！阿根廷老队员上场的时候，镜头一直在找马拉多纳，走来走去的人本来就多，咱的解说员还见谁都喊一遍，也不嫌麻烦，跟叫魂似的。最后他哎呀一声，感慨地说，原来马拉多纳没来。一个小时以后，听见他解释说，马拉多纳迟到了，没来得及加入那个昔日世界杯冠军阵营。好么，卖这么贵门票的开幕式还有耍大牌的主儿，也太不拿事当事了。

　　人家那场子还真火，看台上坐的都是人，一个空座儿都没有。我忽然想起早年间，我哀求一个朋友给我弄张女足比赛的票，因为当时特迷孙雯。那哥们斜眼看着我说："女足还要票？随便进，谁看啊！我觉得连比赛都多余，干脆算锻炼身体，踢会儿，找个地方一块儿吃顿饭得了。"自那以后，我就跟那厮掰了。

　　德国队跟哥斯达黎加队实力差着，这点我可看出来了。看着那个一米九几的大个子突破德国队后防线射进一个球，我猛地想到一本二三十年代间流行于拉美地区的一部哥斯达黎加儿童文学作品《帕斯托尔的第十个小老头儿》，穿红衣服的哥斯达黎加队我看就是第十一个小老头儿，踢得一点儿不带劲，也看不出拉美一惯的细腻质感，我对他们那拨儿的守门员很有意见，也不见怎么动换，人家射一个让进一个，够不着说够不着的，你倒是扑啊，急得我直嘬牙花子。

哥斯达黎加队十口人都指着大个子，也幸亏有他，傻小子累得呼哧带喘，挥着大长胳膊猛跑，居然踢进去一个又一个，一共两个。

咱再看德国队，解说员刘建宏上来介绍俩病号，一个小矮个儿胳膊受伤打着石膏，咱也不知道足球队员怎么把胳膊弄折的，好歹不用上手，所以端着小肘就上场了，就是他，射进了第一个本届世界杯进球。还有一个今天过生日的小伙子，据说那人结膜炎没好，一个红眼病患者按说视力也不太好使，可人家这次愣进了俩！两个病人真不易，玩了命地踢，但他们拨儿那群人怎么就那么落忍呢，光知道跟着跑，连脑子都不动，后防线全成了睁眼瞎。我看只要脚丫子分溜儿，能动换的主儿都能把球踢德国队球门里去。

世界杯的揭幕战，俩队踢得都够次的！早知道这样就该奔瞧果决胜负。

第二天：都是实在人

妖言：绅士风度讲究的就是互相谦让，英格兰队和巴拉圭队素质都很高，前者能不抢就不抢能不进就不进，仗义！后者干脆一脑袋把球送进自己球门，实在！

估计全球得有半数以上的女球迷，今天晚上会老老实实地坐在电视前面等着英格兰队出场，什么几比几，什么球不球的，没人关心那个，都盯着小贝去了。瞧人家，生那么多孩子，婚后体形还一点儿没走样，照样能被无数女的暗恋。刚才接一个朋友的电话，他说贝克汉姆就是球场上的谢霆锋，我当时就不乐意了，明显是嫉妒，都是男的，瞧人家怎么长的！

有小贝的比赛是值得期待的，我一改候场时五脊六兽的焦躁状，连看广告都带劲儿，足球场子就是T台，这样的比赛看着不困，不会连自己什么时候闭眼都不知道，再一睁眼电视里全雪花。

晚上吃得咸了，多喝了点水，眼瞅着英格兰的帅哥们一人领一孩子出场，我赶紧往厕所跑，心想回来正好开始比赛，哪想到，我刚推开挡板的门,想挑个干净点的蹲位,楼道有人大喊(这点儿,不会有流氓),天啊,居然进球了?我一提气,憋住了又往回跑。奶奶的,回来就一比零了,都不知道怎么进的。后来一问,才知道是巴拉圭队的人自己顶自己球门里去的,还能这么踢球,神了!

我热耐(爱)的英格兰队和巴拉圭队这场球踢得太扯了,开始时火药味巨浓,倒地不起的主儿一会儿一个,巴拉圭队的守门员首先以自残的方式用球衣捂着脸就下去了,派一个年轻小伙子上来顶替。英格兰队更要命,裁判不知道怎么回事,总说那大个高个儿犯规,问题人家本来就高,胳膊长,一跳起来手耷拉着都像按别人肩膀上,找个短胳膊短腿的还没这效果呢。还有,我看英格兰队的四号玩命抢,可球一到他脚底下总是飞起一脚踢老高,这又不是鸡毛毽,吊那么高能进了球吗?再有欧文,传球就没一次传准过,仗着曾经受过伤,谁也不好意思说嘛。到后来,英格兰队干脆吊儿郎当了。

英格兰队拥有完美的配置,都是那么大的牌,光是场上跑的人身价加一起估计就有几十亿,可英国人多绅士啊,世界上最伟大的演员做了一次最平淡的亮相,太优雅了!幸亏巴拉圭自己打自己的球不算数,要不志存高远的英格兰队怎么列队离开足球场呢。

我实在看不惯央视那几张嘴,阴着脸抱怨英格兰队员不兴奋没斗志像睡着了一样,可人家凭什么得跟二傻子一样疯跑啊,又不是斗蛐蛐,还能什么都如你的愿。我认为这场比赛不错,英格兰队服挺好看,巴拉圭的小胡子肯定更受南美姑娘迷恋,这就行了。那么多场比赛光看进球有嘛劲,得给以后留点悬念。

没多会儿,瑞典队穿着一身黄色运动服来了,远看跟一群打着绑腿的孙悟空似的。我这儿的电视屏幕里总飞瞎蛾子,弄得我经常瞪着眼睛跟着一个亮点看,结果队员没跑几步,球忽然没了,原来又看错了,后来我就拿电视当半导体了,因为看着太晃眼。

世界杯的前几场比赛大多开场就有进球出现,瑞典队跟一个我实在记不住名字的队踢了快一小时了也没进一个,我都开始不耐烦了。瑞典队射门很频繁,可不是偏了就是被对方门将一巴掌胡噜出去,鼓捣老半天了,我猛一抬头,孙悟空们还在跟电视里飞来飞去的瞎蛾子搅和在一起。

尽管比分还是零比零,瑞典队应该是已经亮相队伍中最富激情的,没进球,那是因为这个杀手不太冷,你看人家起脚发球的时候总笑眯眯的,多有人情味啊。

第三工：站着说话腰疼

妖言：大热天，光跑就够累的了，也不给根冰棍儿，别那么没人性地总要求进球。其实，不进球才最合理。

我是个两眼一抹黑的观众，除了进球能看明白，其他一概不懂得，内心也没倾向性，对我而言谁赢都一样，有没有进球无所谓，足球就是游戏。我无法理解球迷的亢奋，就像他们无法理解我的不屑一样，上次一个人打电话，没说几句就玩命尖叫，嗓子都岔气了。我懒洋洋地说："不就进个球吗？你再没完我就打110了。"那厮说："多漂亮！你怎么不兴奋呢？"我看了看表，都凌晨三点多了，"有嘛可兴奋的，你明天上班迟到还得扣钱。你拿自己当小母鸡呢，一兴奋能多下俩蛋，产生点儿经济效益？"那厮叫嚣着挂了我的电话。

为了让自己进步得快点，我拜了个师傅，因为每次吃饭时他都说什么俱乐部的谁谁谁怎么着了，而且自己把自己夸得跟个大仙儿似的，说最拿手的是预测。为了让他能对我透露点真格的，我请他吃了不少顿，心想咱也买张足彩赢个几百万啥的，奶奶的，结果预测没一次是对的，全特离谱，我的崇拜真白瞎了。昨天荷兰对塞黑的比赛还没开始，预测大师一个劲儿打我电话，我看了眼手机，心想不定又告诉我哪个队至少能进十个呢，纯属胡天儿。

电话刚接他就倍儿得意地说："告你，荷兰队板儿赢，至少进四个。"我问："为嘛？"他说："你知道人家教练谁吗？巴斯滕，八十年代荷兰队的三剑客之一。塞黑主教练没嘛名气，没准还是一老外呢，你想啊，说一句话翻译个百分之八十，再错个百分之二十，队员能听懂一半就不错了，赢不了。"幸亏我明智地在网上查了一下，人家塞黑队的教练根本就不是老外，一直在国内执教，我当即揭露了预测大师嘴脸，他还好意思让我再请一顿。

都说宁为太平犬不为乱世人，塞黑队一进场，解说员就用找乐的语气说："塞黑队少了一个人，却代表俩国家。"要是我自己能看得懂比赛就把他的声音关了，不带这样解说的！我都怒了。我对南斯拉夫的文学作品一直情有独钟，而且自小一遍又一遍看着《桥》、《瓦尔特保卫萨拉热窝》，那是幼年对英雄的向往，凭嘛那么说人家啊。听得出来，央视的主持人把自己的倾向性带入了解说，荷兰队的门将把一个球稍微扔得远了点，他就尖声叫唤："哎呀，手抛球，直接抛过半场，简直力大惊人啊。"我就看不出那叫嘛本事，又不是投铅球比赛。

我觉得有些球进了完全是寸劲儿，跟技术嘛的没关系。

主裁判够倒霉的，先被撞了一个跟头，然后脑袋又被踢了一脚，这都赖他自己，哪儿人多奔哪儿去，这不是搅和吗。荷兰队的门将也挺怪的，腿总抽筋，你说一个守门的也没多少运动量，怎么身体那么弱呢，我看得给他吃点儿盖中盖，量还得大，就是一片顶以前五片那种。

比赛结束，当我用藐视的姿态拨通了预测大师的电话，质问他："你猜错了吧。"他很冷静地说："不就是进几个没说对吗？荷兰赢我可说对了。大热天，踢球的时候也不让吃冰棍，得慢慢踢，见好就收。我预测墨西哥跟伊朗打平。"

看着眼皮跟眼眶连一块儿的墨西哥队员，我就想起小时候看过的巨拖沓的电视连续剧《女奴》和《卞卡》，里面的闺女们都太苦了，搞个对象都得偷偷摸摸还得总挨鞭子。就为了这，我坚决支持咱亚洲片儿！虽然他们还是没能给亚洲片儿露脸，但那不是因为墨西哥队上演了新不了情么：一个队员刚奔丧回来，还有一个队员更惨，解说员也不打哪找的资料，他用沉痛的声音说，这个队员刚生出来的时候脐带绕颈三圈差点死了，七岁还被电击，二十五岁才进国家队，现在终于踢上了世界杯。

让他们多进几个吧，要不，就太没人性了。

世界杯开赛以来，强队看不出强，弱队看不出弱。反正也没有中国队的事，爱怎么踢怎么踢吧，我就喜欢看在球场上急眼的、趴地上死活不起来的、一进球就美得在地上打滚的、不服跟裁判矫情的、喜欢出洋相和互相薅脖领了的。足球看的就是激情，越不规矩越好，出乎意料就是奇迹。

第四天：当个睁眼瞎

妖言： 要实在没的可写，我就动手写半夜的伙食了，越来越硬可，越来越咸，跟喂猪赛（似）的，往死里噇。

每天早晨我们小区喝破烂的跟金鸡报晓似的，十点来钟那么一嗓子准把我喊醒，反正他不喊洗抽油烟机的也喊，所以我连吃早点都不耽误。本以为世界杯整天熬夜正好能减肥，没想到半夜还饿，又得再加一顿，好么，歇人不歇饭，搞得饭量越来越大。我都不好意思出现在老同学面前，他们一心以为我头发凌乱眼神涣散又干巴又瘦，不曾想到，我已经出落得又白又胖，脸上都快有酒窝了。每天除了吃就是睡，然后看电视，这日子过的。

德国的草皮好像打蜡了，那些小人儿在电视里跑着跑着就一出溜，弄不好还得摔个跟头，足球磕磕绊绊地被几十只大脚丫子踢来踢去，都不在点儿上。澳大利亚队和日本队的比赛让我相当闹心，澳大利亚的守门员都伸出胳膊要扒拉球了，却活生生被两个日本队员在自己球门里给挤了个屁股蹲儿，球进了，日本队欢呼（还真好意思）。门将躺地那一瞬间的表情很绝望。不带这样的！气得我都从沙发里站起来了，心想，一会儿撞他们，许你一就许我二。

过了会儿，我桌子上的电话响了，一个跟我同样热爱澳大利亚的女人气急败坏地问我到底那球怎么进的，我话没说完，她就在那喊："哎呀，哎呀，真要了亲命了！这得掰裁判祖籍啊，别再有日本血统吧？准他们娘家人儿。"

我看也是有猫腻，裁判员肺活量大，有事没事就爱瞎吹哨，哨一响傻小子们全回头，人家一挥手，敢情哨声是示意比赛继续，你说那你吹嘛呢，搅和！

尽管这样，我热爱的澳大利亚队在最后关口三剑封喉，球踢进去得那叫一个瓷实，我在屋里抽风似的也喊了几嗓子，电视里希丁克大爷在场边美得直转磨磨。好样的，"荆棘鸟们"终于"渡过愤怒的河"（《荆棘鸟》为澳大利亚小说，《渡过愤怒的河》为日本电影《追捕》的原著小说）。

那个裁判呢，请你学习一下《武林外传》：佟老板向邢捕头讲了一个离奇的故事，邢捕头不置可否地指着自己的头问：这是什么？佟老板迷惑地说：这是脑袋呀！邢捕头昂扬地说：对，是脑袋，可是这里面没有水！

第二场比赛开始前，我电话慰问凌晨依然奋战在另一个城市吭哧吭哧为某网站写球评的赵同志，他说他的面前摆着啤酒、香肠、吐司、奶酪和俄罗斯酸黄瓜，而且老婆每天还给他下厨折腾出几样小菜及热气腾腾的汤面或馄饨。从他的语气里能听出他过得特"熨"，我心话儿,本来就是一座脂肪大堡垒,这么吃等世界杯结束把防盗门卸了你都未必能出得来,在里面四年四年地等吧,叫你美!

足球比赛管故意撞人叫身体接触,这小词儿用的,还真温柔。捷克和美国的队员一出场身体总往一块儿接触,有球的地方基本就是一个瞎疙瘩,连我都看出激烈来了。我喜欢这种看着像瞎踢,其实人家心里倍儿有根的比赛。他们跑得真快,跟苍蝇似的,估计要在场地里还能听见嗡嗡声。

屋外总传来一阵一阵喝倒彩声,我觉得球迷真因循守旧,毫无创造力和想象力,只认死理,一根筋,只许球往球门里踢,踢别处就起哄。他们还欺软怕硬,朝三暮四,喜欢干墙倒众人推的事。刚还支持美国呢,一看捷克先进了一个球立刻改主意了。我还认识一个球迷,他的情感诉求特别单一,看的时候着急,赢球就知道傻乐,输球只会生气,而且不管输赢都像祥林嫂,一点儿谁都明白的看球破心得逮谁跟谁说。

还是我这样的好,嘛也不懂,跟个睁眼瞎似的,说错说对没人介意。

第五天：一群事儿妈

妖言：今天的法国队就像一群事儿妈，光捯脚，传来传去，倍儿磨唧，踢得这叫嘛呀！

早晨听新闻，说有个人迷迷糊糊开着车奔一面墙就去了，结果墙没事，他挂了。还有个出租司机，一大早拉活儿，也带着乘客撞墙，这墙不太结实，被车穿过还碰散了俩柜台，这司机八成在崂山练过，据目击者说，那司机下车后满脸倦意，打着呵欠说昨天看球看得太晚了。

四面八方放过来的消息都跟世界杯有关，下午我老爸问我："中国队哪天踢？"我说没中国队，我爸觉得特不可思议，"没中国的事，你们整天忙活嘛，也不能算为祖国为人民，还弄得我连觉都睡不好。""是啊，我也纳闷呢。正说着，我电话响，朱同学上来就问我："韩国和多哥，你押谁？咱来十个油的。"我一听油，心眼立刻活动了。刚要开口，他说："反正我说韩国赢，你赌哪个队。"他都挑完了，我只好说"多哥"，朱同学满意地在电话里歹毒地笑："废话，你赌中国还没有呢。十个油你等着掏钱吧。"电话挂了。

我上网一查，心都凉脚底下去了，网上说多哥队的主教练因为给的钱少前几天就跑路了，队员因为没钱也不想踢了。这叫嘛事儿，就算让熊瞎子推小车跑一圈还得喂块肉呢，何况还得流那么多汗玩老命跑。朱同学就没安好心眼，明摆着欺负不懂行的。我只能盼着多哥队把我那九十三号油赢回来。

多哥队体格好，一跑起来浑身都能看见疙瘩肉，看样子很多人以前是练家子，他们踢球经常飞身而起，身体柔韧性和爆发力超强，看人看球的眼神儿都倍儿狠，这哪是踢球，跟抢食赛（似）的。我认为他们的运动服很成问题，比赛刚开始没几分钟，多哥队队员全跟水捞的似的，衣服被汗濡透，全贴身上了，一看T恤就不是纯棉的，虽然也印着彪马，我觉得还没曙光里的质量好，根本不透气。他们也不穿件背心，这么贴着多受罪啊，要能光膀子就好了。上面穿得不合适也就罢了，我发现他们的短裤倍儿瘦，包屁股，而且里面还套着白衬裤，大热天，也不怕捂着。我吱吱歪歪地自言自语，把跟我一起看球的男同事说急了，他往我旁边一站就开始捋裤腿，一直捋到大腿根儿，"那叫铲球裤，我们都穿。"实在捋不出来嘛了，他焦急地说："回头我穿短裤的时候你看我腿上的伤，不穿衬裤不行。"我白了他一眼，谁愿意看你的腿啊，一点美感没有。

因为赌了点儿九十三号油，比赛让我异常紧张，经常猛地从沙发里蹿起来振臂高呼：进啊！唉——再坐回去。捋裤腿同事用很平静的语气问我："你知道为嘛多哥就是进不了吗？"我问："为嘛？"他说："劲儿太大！"奶奶的，又蒙我。我刚挽起眼眉，他挠了挠后脑勺，"你没发现？这届足球用的皮子少，球轻，所以你力气一大，球就踢飞了。"

当镜头切换到演播室，张斌臊眉耷眼看着他请来的女嘉宾，那女的说："我不是球迷，要说外行话大家可别笑话。"张斌笑眯眯地说："一点不外行，有热情就行。"都什么破话啊！跟德国球场上队员进场时放两遍韩国国歌那么不走脑子。

法国跟瑞士的比赛，没劲，跑得太慢，我往眼睛里滋眼药水都没滋准，一胡噜一脸。据说有个叫齐达内的很有名，我看他长得一般，很严肃，面无表情。一支传得那么邪乎的法国队估计今天吃得不太硬可，哪没人往哪传球，归齐跑半天还是0：0，白踢！

没有激情的比赛没意思，网上人纷纷去睡觉了，说要三点起来看巴西。原以为强勇的巴西队能灌对手十个八个的，最后才进了一个。我也睡了。

第六天：干嘛吆喝嘛

妖言：西班牙和乌克兰的比赛是一场实力悬殊的较量，相差的不仅是比分、技术还有士气。斗牛士轻易甩出的四根带倒刺的标枪，完成了三十二支球队中最漂亮的亮相。

世界杯踢好几天了，实在没什么看头儿，根本不像谣传的那么精彩，一群人跑来跑去累得贼死也踢不出什么名堂。公共汽车站上贴的那些给饮料代言的球星在球场上真没嘛，光往边路带不往中间踢，好不容易起脚还踢老高，不射球门就射看台，能把你急死。

我刚把电视打开，一位叫猴子的同事进来了，特有根地说："我告诉你，乌克兰准赢，这队倍儿神秘，至少不会输。"他冷静地去厕所洗了两个西红柿，亲手交给我一个，像个仪式，很隆重，我站起来接的。但凭我这么多天被人蒙的经验，当一个人特别肯定地跟你说哪个队赢的时候千万不能信。所以，我只对他点了一下头，很拘谨地吃火柿子去了。猴子则把脚丫子伸在另一张椅子上，用手抠着后脚跟，眼睛盯着电视瘾瘾症症地叨叨："速度！速度！我靠！"词汇极其单调贫乏。

我刚把西红柿吃完，就听见解说员说："传球的这位小个儿队员身高一米八三……"真晕，这么高还算小个儿，他是拿人当参照物的吗？西班牙以完美的配合逐渐瓦解着猴子对神秘的盲目崇拜，终于，眨么眼儿的工夫，足球在空气里划过一条弧线被踢进球门里，我起哄似的尖叫，猴子直搓大腿。西班牙的小伙子们也很高兴，射门的队员梗着脖子，张着大嘴，兴奋地露着嗓子眼，其他人则玩命地把他的脑袋往自己怀里按。

西班牙队是挺护食的，动作简捷，配合到位，跟玩电子游戏似的，哪需要人哪就能冒出来一个。足球跟粘在脚底下赛(似)的，乌克兰队简直成了在球场上练习短跑的队伍，眼巴巴地看着球一次又一次飞进自己的球门。我斜眼看了一眼猴子，他还在搓后脚跟，同时还振振有辞："我看球，一般看这个队的防守，看对方怎么破它的阵。"

中场休息的时候猴子居然换台看起了《北京人在纽约》，为了安慰他一下，我等了会儿才说："你换回来吧，该开始了。"他看了眼表，倍儿不满意："你不知道中场休息几分钟？你估堆儿呢？以为买大葱，包圆儿一块？"说话真不挨着，但我没介意，显得咱大度。

下半场刚踢，裁判员就亮了红牌，让西班牙队往乌克兰的大门里射点球。为嘛呢？慢动作一放，我才看明白，归齐乌克兰队的人没踢球，踢的是对方队员的脚，我认为如果不是眼神儿的问题那一定是心眼儿出了问题。结果，乌克兰的帅哥悲壮地捋着自己半长不短的头发下去了。本来就次，再少一个人，这不白给吗？乌克兰的守门员真成问题,懈了咣叽的,球一来也不抱紧点儿,我都替他揪心。失去斗志的队伍,连球都不抢了,甚至脚步放慢,离球远的人就在那站着,弄得西班牙队的人跑一会儿发现身边没人,还得站着等会儿。

如果拿西班牙队比作斗牛士的话,那乌克兰队就是那只背上插了四根有倒刺标枪的牛,只留给我们被斗的快感和黯然的背影。西班牙的这场比赛是世界杯开赛以来最精彩的一场,轻松的跑动,流畅的配合,还总进球。哈哈,这才看出来点儿足球的美感。我刚觉得看球是种享受,电视里张斌那胖子说:"虽然这场比赛不具备观赏性,但进球还是挺多的。"奶奶的!

突尼斯和沙特的比赛够背的,很多人都打算睡觉,说没嘛可看的。因为有上一场精彩的比赛垫底,电视开着,大家各忙各的,没什么人直勾勾地盯着屏幕。"进了吗?""还没进?"这样心不在焉的对话从不同的嘴里冒出来,夜晚忽然变得漫长了。

第七工：能响就是硬道理

妖言：尽管二踢脚的芯子有点儿长，有可能还受了潮，
但好歹扔出去炸了，这年头儿，能响就是硬道理。

匡同学问我，你今天写嘛？我说，没词儿，要不你拿酒瓶子把我脑袋开了得了。他说，才开始就寻死觅活不吉利，不过实话告诉你，你支持的英格兰队没戏。我拍了桌子，大呼："谁说的！"他也拍了一下桌子，语气铿锵："老天爷！"气得我打算把他轰出去了。我都觉得自己够贱的，整天花钱请人吃饭，找了一群什么人啊，没一个说话靠谱的。

那厮看我眼睛通红，有点杀人不眨眼的意思，赶紧给我讲了一个特不挨着的故事。

我最终还是把这位留平头的同学轰走了，因为我要去单位看那台满是雪花的电视。厄瓜多尔和哥斯达黎加的比赛很古怪，穿了一身白的哥斯达黎加队员表现得异常冷静，心理素质巨好，都不怎么跑，更别说抢了，均站着干等，球不到就不挪窝，估计这也是一种战术，就

跟下象棋有人第一步非挪个卒不可,根本不着急进攻。这样的状态令解说员很寂寞,他没法发挥了,于是,我听见一个很闷的声音从电视里传出来:"不知道哥斯达黎加队是不是为了迷惑对手,好几个队员剃了光头。"你说踢足球一般不都得往脚底下看吗?我认为用剃光头迷惑,还不如穿花裤衩有效呢。当然,要在秃脑袋上贴点儿卫生护垫估计也行。

我热切盼望的英格兰上场了,刚开始没几秒,一个队员头球争顶,愣把自己穿的一只红皮鞋给掉了,一颠一颠地跑场边穿鞋去了,这是比赛的态度吗?大高个儿这回犯规少了,蹦起来的时候俩胳膊特老实地耷拉着,他飞身救球的时候解说员倍儿振奋地说他:"一米九三的身体完全打开了!"合着人家一直是个罗锅。

候鸟一样尾随英格兰队而来的球迷是有水准的,他们像唱诗班一样用歌声鼓舞士气,可是上半场过去了,伟大的英格兰队依然绅士般内敛着,一个行家告诉我那叫慢热。可我觉得也太慢了,是不是没煤气?无法不赞叹多巴哥队,他们的激情坚韧勇敢让比赛充满想象,兔子急了还能蹬鹰呢!当阴险的足球直奔多巴哥队队长的下半身而去,他痛苦地当着全世界摄像机的面把手伸进裤衩里,站起来,又是一条好汉!

好在比赛最后终于给煤气了,英格兰气势如虹,我们都在办公室里喊起来了,我热爱的队伍终于毫无悬念地出线了。

这是一场精彩的对阵,特立尼达和多巴哥的守门员手上跟沾着502赛(似)的,只要是圆的,就别想跑。当然,尽管502也有不结实的时候,尽管比分输了,但这个顽强的队伍还是值得我们敬佩和记住的。

这个在家靠父母,在外靠长相的年代,虽然传统足球强国放的是炮弹,特立尼达和多巴哥放的只是炮仗,但有响就是硬道理。比较起法国那种沉闷得跟张元的电影一样的比赛,和西班牙那种一面倒的毫无悬念的阵势,我们更稀罕这种对抗,因为它有着无限的可能性和戏剧性。

第八天：接地气很重要

妖言： 估计阿根廷队是接地气了，射门还没完了，我要是塞黑队，让人全站原地，你也别遛我，随便踢吧，先让你一百个。唉，真是兵败如山倒啊。

我每天一睁眼就看墙对面的月份牌，妄想着能看到7月10日这篇儿，整个人就跟那个天天趴墙头眼巴巴等城里大奔接的傻子似的，从来没这样数着数过日子。大热的天，世界杯那些队踢得还挺来劲儿，一轮完了还得再来一轮，我的新鲜劲儿都快过去了。

我咬着牙把超女七进五的比赛灭了，换成中央五套，呼的一下，满屏幕赏心悦目的小女孩就换成了一群大老爷们。两个跟我一起看球的人立刻进入状态，女的说："一场球几个队踢？怎么衣服那么多颜色？"好么，看话口儿比我还业余，也不知道是装的还是真白痴。男的特懂行："就俩队，主场跟客场有不同的队服。"其实，这事就怕较真儿，我问那男的："为嘛两个比赛的队不能穿一个颜色的衣服，怎么能那么独呢？你穿深蓝我穿浅蓝还不行？"男行家瞪着眼睛："反正就不能穿一样的!"可凭嘛呢?但我知道他也不知道,不挤了他了,怪不善良的。

阿根廷和塞黑俩队还真猛,一开赛就咬上了,跟打群架似的,裁判员一会儿一吹哨,是该吹,不吹就上手了。我特自信地说阿根廷准赢。男行家往我面前伸出一巴掌,那意思让我别说话:"他们技术是不错,但我认为这场得爆冷门。"我用鼻子哼了一声,这厮打张嘴预测就从来没说准过。我的不屑大概伤了他的自尊,他绕过一堆椅子往我身边一站:"我的预测是分时段的,这个点,正是准的时候。你不信?那我接接地气。"然后,跟缺心眼儿似的趴地上做了俩俯卧撑。女外行挥舞着短粗胳膊,脑袋上还顶着一个粉红色鸡毛毽,大呼:"我支持弱者!"好么,这一对儿,打着灯笼都难找。没世界杯也没发现他们这么神道。

阿根廷没让人失望,跟甩鸡蛋似的,噼里啪啦一磕一个,还都不散黄。坎比亚索进球后,在草皮上跪着出溜,还使劲揿自己的运动服,要不是那衣服料子好,早露肉了。悬殊的实力,让较量显得毫无悬念。阿根廷队进球的时候,我拍着桌子喊,那俩人也喊,还在屋里蹦,尤其男行家,进来一个人就问:"嘛盘口,嘛盘口?"都没人理他。他的解说欲望还很强,嘴里一直叨叨什么352、442、433,我不耐烦地说:"看电视别说话,人都是活动的,哪数得出来。"他说:"棒槌!"

比赛仿佛是一个人的舞蹈,我们目睹阿根廷队翩翩起舞痛快淋漓。梅西上场,把男行家美坏了,使劲喊。我说:"你美嘛?"他说:

"梅西倍儿好。"女外行说:"有嘛好的?他挣钱给你?"我们一起沉默。

其实我倒希望塞黑回家,差旅费怪贵的,以后也没心理压力了,还能上名胜古迹玩一圈,照点照片什么的,然后赶紧家去。出来的时候都一个国家的,回去时有的人就变外宾了,见媳妇没准还得让居委会开个证明,唉,是够倒霉的。

女外行洗了个澡,回来发现电视里还有人踢球,就问:"现在谁跟谁了?"她认为进四个球差不多了,还那么玩命踢就有点不厚道了,果真,一会儿又进了俩,跟串羊肉串赛(似)的。她抓了抓脑袋说:"世界杯要能按发短信支持率PK就好了。"严重超女后遗症,不过,她的观点我也同意,干踢太没劲,建议以后比赛多少让运动员加点才艺表演,顶着球唱歌嘛的。

荷兰和科特迪瓦队的比赛已经让我丧失了对比分猜闷的兴趣,这场比赛的最大收获就是彪马的运动服不能买,你瞧科特迪瓦队那些人,刚踢十分钟浑身又跟水捞的似的,料子太次,不透气!比赛谁输谁赢已经不重要,重要的是又过了一天。盼望强队之间的杀戮来得早一点,趁着我们还有足够的毅力坚持在电视机前为一个进球而亢奋。

第九天：谁劲儿大谁赢

妖言： 今天出场的队伍以粗野型的居多，以后这样的队就让他们光脚丫子踢，再出脚那么狠，脚豆儿一个一个全折脚面上，谁劲儿大谁赢。

世界杯是不一样，以前参与个嘛节目蒙着答对点儿问题，最多给张优惠券或不值什么钱的小礼品，这回我注意了一下，连央视这么主旋律的地方都玩带钱的了，出手还挺大方，蒙对就给几百块钱话费。私底下，一些特有根的球迷还主动拉场子，一注一百到处吆喝，当然也问我了，我这么明智的人立刻摇头，要是一块两块一毛两毛的，拼一拼还行，拿那么多钱逗闷子，我干我老爸都得急了，准说："买点嘛吃不行。"所以，每次看见他们从钱包里掏出大把大把的十块钱拍在桌子上，并激动地说："这都是我赢的，花两天了都没花完！"我始终让自己不往钱那儿看，提醒自己一定要冷静，冷静，再冷静。

葡萄牙队和伊朗的比赛踢得乱七八糟的，上半场跑了四十分钟什么也没跑出来，俩队还对裁判员倍儿有意见，嫌人家吹哨多余。我看要不吹，一场球得踢出人命。他们以足球的名义在草地里互相踹，一个又一个男的趴地不起，踢腿也就罢了，还有踹脸的，归齐人都趴下了，球全飞了。

伊朗队是个搞笑的队伍，队员带球的技术实在差，就知道傻跑，而且跑着跑着没准儿还让球给绊个跟跄，也有跑一会儿忽然发现球落后面的，再转身找，球已经捯别人脚底下去了。那球能不丢吗？你又不是跑这儿跟球比谁快来了。比起这么不走脑子的奔跑，我宁愿看他们发任意球，一个人把球往地上一摆，球门那儿的人立刻吓吓唧唧的，一群男的你推我，我扒拉你，都挤成瞎疙瘩了，球一飞过来，是个人就往上跳，归齐都白蹦，球飞场外去了。

你说怎么进个球就那么费劲呢？

葡萄牙队居然也有个叫罗纳尔多的，一个世界杯怎么那么多重名的，不过，这个小小罗倒是比那两个罗长得顺溜，尤其裁判说他犯规的时候，这孩子倍儿无辜地一下一下缩着肩膀，摊开双手，嘴里嘀嘀咕咕，样子特可怜，看着叫人怪不落忍的。他跑得还够快，一看见球就跟人肉炸弹似的，噌地一下就出去了。大概伊朗队的守门员让葡萄牙队的几个球星跑得晃眼了，球斜不棱登飞向球门的时候，他还在原地傻愣愣地站着。

那个叫黄健翔的在电视里一直强调球星跟普通球员的区别，我就看不出有嘛区别，多大的牌不也有坐板凳的时候吗？就不给他传球他能踢嘛，这男的就跟墙头草似的，谁进球说谁好，特不理性。这让我想起皇马来中国表演赛，完事后，我们的球员争着和人家合影还脱衣服跟人家换，大牌们连理都不理。我们根本就是把人家当偶像看的，和球迷的档次没什么区别，这样的球员上场能赢球才怪。

伊朗队输了，但从这支打道回府的球队身上，我们看到了中国队离世界杯的距离，远得简直就没边！足球的美感就是行云流水的配合，咱不讲究那个，跟刚下完蛋的老母鸡赛(似)的，走哪儿扑腾到哪儿。总认为是教练的问题，好像球是教练糟蹋的，输球就会嚷嚷让教练下课，然后自己还弄出点黑哨黑幕啥的，真是光着屁股推磨——转着圈地丢人。以我们目前的足球水平，注定只能是世界杯的看客。

捷克跟加纳出场了，让我有点看球疲劳，因为不玩钱的，内心又没倾向性，剩下的只有无趣。每天睁开眼就看球，一场接着一场，最初的好奇已经挥发殆尽。一个朋友电话里大嚼羊肉串，问我："现在踢怎么样了？你看捷克跟加纳谁出局？"我的眼睛始终没离开屏幕，看着他们停球、传球、射门，然后无功而返，不知道该想点什么。我随口说："希望加纳赢吧。"其实赢不赢的，我也没什么热切的盼望，话是随便说的。

第十天：没事儿瞎喊嘛

妖言：巴西和澳大利亚的比赛应该是最有看头儿的，但好的比赛让解说员都给搅和了，他没事总大喊嘛，就显他嗓门大，懂球？

我很喜欢看球赛前的广告，尤其巴西队的几个男的在更衣室里踢球，姿态都是欲擒故纵式的，足球如同一个特贱的女人，快乐地跳跃在男人的膝盖、肩膀、后脖颈以及小腿肚子上，这种不着调的小伎俩简直绝了。可是怎么在真正比赛里就看不见类似花活呢？他们射门喜欢离老远就踢，我估摸着，负责射门的那个人起脚都是蒙着来的，只能踢个大概其，那种令人心怡的带着球愣往禁区跑，拿人当柱子绕来绕去，冲到球门前再踢的才艺表演几乎没发生几次。一个懂球的人告诉我，之所以选择远射是因为球比较软。咱也不知道这球能软成什么样，连超市里卖的打足气儿都梆硬，世界杯用球总不会还慢撒气吧？

克罗地亚和日本俩队看意思谁都不想回家，打算在德国再耗会儿。我看新闻里说已经有日本艺人站出来，一个叫平原绫香的唱歌的闺女表示，如果日本队取胜，她将"湿身"，就是穿泳装将全身淋湿，为日本队演唱其成名作"JUPITER"。这年头儿在澡堂子里唱歌都不新鲜，别说只往自己身上浇点儿水了。还有个性感女星真锅卡奥丽也在电视节目中表示，日本队若能取胜巴西，她将为日本队宽衣解带展示自己的傲人身材，以示庆贺。估计她可以严严实实地过夏天了，捂出痱子都没人管。也许因为来自国内的精神鼓舞实在不硬可，日本队始终踢得很萎靡。只有他们的守门员，跟刚从水里捞出来扔岸上的鱼似的，张着嘴，见球过来就腾空而起，伸手抓哧，还真扑出去几个球。

克罗地亚的队服很有特色，找俩石头子，脱下来能玩会儿连五子，当然，要标上横一竖二啥的也能当填字游戏解闷儿。他们倒是挺明白，不能往自己门里踢，把球带到日本队门前，当的就是一脚，球爱哪儿哪儿，看都不看转身走人，再往反方向跑，倒是真卖力气！

我看这场比赛俩队都像逗着玩赛(似)的，踢得嘛呀！

我始终认为看世界杯该是件挺休闲的事，可昨天的新闻说又一个年轻男子猝死在电视机前，我就不明白他们有嘛想不开的，又没有特悲的剧情，人家输球也不收你们家房子，怎么就死了呢？后来我在网上一查，更吓人了，说世界杯开幕式当天，长沙一男球迷看完世界杯猝死；塞黑对荷兰的比赛，北京一名大学生由于兴奋，打闹坠楼而亡；前几天一名年轻女性看球猝死在浴场的总统套房中，还有好些人虽然没死，但住进了医院。在德国也有死的，刚在网上看到说罗纳尔多一个好友就猝死了，人家还是一个喜剧演员呢。我本来半夜回家不怎么害怕，心想，反正看球的多，劫道儿的也不会赶这日子出来，这回，都不用劫道的动手，自己全死屋里了，更瘆人。

　　我还是很喜欢巴西队，倒不是因为他们脚底下能踢出行云流水的配合，是因为他们长得都特别哏儿，有秃子有龇牙，一看那长相我就想乐。据网上的小道儿消息谣传，大罗还有抽羊角风的毛病，能长这么大多不易啊。那么大的运动量他还能越来越胖，队里伙食准够好的，干粮管够，吃一份想两份，吃两份想折箩。广告片里小时候的小罗多可爱，目光倍儿单纯，大了长得也哏儿，但可爱劲儿没了，头型跟扎了一把方便面似的，这个甩着抓髻的人现在成球星里的头牌了。巴西队还是卡卡长得好，我特别多看了几眼。

　　巴西和澳大利亚队一点儿都不人来疯，我看踢得还有来道去的。解说员太激动，表现得极不正常，时不时突然大喊一声，这黑灯瞎火的，吓得我心里直扑腾。我现在知道那些人是怎么死的了。

第十一工：起哄架秧子

妖言： 有人回家，有人留下，我们开着的电视闪着雪花。
比赛踢到今天，能跟着起哄都算有敬业精神了。

多哥队挺不易的，别人来世界杯踢球钱都一大把一大把地给，可他们连张像样的白条儿都没有，全凭口头糊弄，这不是巧使唤人么，而且还是物美价廉的那种。搁谁谁能干啊，人家也不是入赘女婿，跑世界杯扛长活来了，光让卖傻力气，连口干的都不给，这像话吗？估计三险都没给上，这次差旅费能不能报还不知道呢。

之前和韩国的比赛，多哥人差点没听到他们的国歌（韩国国歌被误放两遍），多哥驻德国大使帕卡跑国际足联闹去了，"你伤害我们感情了知道不？你让我们低人一等了知道不？"最后连个说法都没讨来。跑那要钱，结果人家说："嘛钱不钱的，乐和乐和完了。"

人活一口气，所以多哥队员一直在要求足协先拿出钱来再比赛，还扬言拒绝飞多特蒙德，那意思，我们撂挑子了。可国际足联这群没人性的家伙，居然使出吓唬人的伎俩，告诉多哥队，在世界杯决赛圈历史上还从来没有一支球队退出过比赛,任何一支退出比赛的球队将面临严惩,并有可能禁止参加之后的比赛。多哥队耳根子软,又不禁吓唬,赶紧往比赛地赶。可怜了他们家里的媳妇,估计每天站门口,还等着这哥几个拿钱回去盖房和给孩子交学费呢。

看台上坐着的都是瑞士球迷,据说多哥队的球迷只来了一百来人。同情弱者是人的本能,打比赛开始我希望多哥能进一个,让那些写白条的人看看,嘛叫做人的境界,可多哥这回点儿太背。

多哥人凭着自己体格好,只一个人带着球往人堆儿里扎,就能杀他个七出七入,跑得根本不含糊。在门前被瑞士球员绊一个跟头裁判也不吹哨,急得多哥教练那个穿粉衬衣的大爷在场外直跳脚,真是老实孩子谁逮谁欺负。此时,解说员跟说梦话似的冒出来一句"哎呀,禁区内到处都是脚",把队员说得跟蜈蚣似的,就腿儿多余。

乌克兰这支特神秘的队伍在江湖上被传得很邪乎,据说还有什么"核弹头",但上一场比赛中西班牙已经收手了,还是灌了乌克兰四个球。"核弹头"跟秤砣似的,撞针估计被偷井盖的卸走了,我看还不如块吸铁石呢。他还有脸抱怨没发挥好是因为宾馆附近的青蛙声太吵了,赛前没睡好,简直耗子腰子——多大个肾(事)啊,结果,宾馆把服务员全派出去逮田鸡,这大牌真不拿麻烦人当事儿。乌克兰人比较践,据说中场球员古谢夫和主力后卫耶泽斯基在未经允许的情况下带着自己的女人跑出训练基地泡吧彻夜未归,把比赛当公款旅游了。

我觉得沙特队吃的是草,挤出来的是草籽儿,乌克兰喝的是啤酒,撒出来的却不是尿。看来女色和田鸡腿儿管大用了,他们踢疯了。沙特跟乌克兰俩队，一个太另类，另类得根本不讲语法，不要标点，一味地下笔千言不知所云，类似于撞大运的模式，而且网上的小道消息传得更阴险，说沙特主帅期待用高温烤死"乌克兰"，多狠啊，太没好心眼儿了。据行家讲，乌克兰队比较主旋律，完全的欧洲传统打法，甚至比欧洲还欧洲，这么两个极端PK起来，多少有点儿戏剧性，因为风格太不挨着。

足球比赛管下狠手叫"小动作"，沙特的连拉带拽，乌克兰的战术犯规，让一群男人的大派对演变成一场挑逗秀。有个人在我旁边喊："你怎么不兴奋啊？"天上也没掉钱，有什么可兴奋的。我看，有的时候，踢球就跟起哄一样，而我们呢，就是那些站一边光吆喝不敢上手的架秧子的主儿。

第十二天：这托户不错

妖言：事实证明厄瓜多尔队是称职的托户，有眼力见儿，会照顾人，最难得的是心眼儿还好。跟着人家，德国队这回可玩美了。

紧赶慢赶跑到报社，打开电视一看，没球。一打听，敢情从今天开始比赛时间改了，晚上十点一拨，凌晨三点一拨，每拨居然还让两场比赛同时开踢。谁定的规矩，也太缺德了。这不是挤了你再买个半导体吗？而且往深里一打听，以后没准儿连晚上十点的比赛都取消，只留半夜十二点跟凌晨三点的，老外也不怕得盲肠炎，非赶饭口踢球。

我听那些懂行的说什么A组B组，然后还推算谁跟谁踢能怎么样，一头雾水。我只知道哥斯达黎加和波兰拿了出场费就能回家了，这不挺好的吗。紧张的气氛摧残着剩下球队的心理堤岸。我看电视里说厄瓜多尔有个大仙儿，跟随自己国家的球队到处作法，以便让这支沾了仙气儿的队伍能在世界杯出现。电视里那巫师圆瞪二目，脑后插满雉鸡翎,跟传说中的程咬金赛(似)的。当这位大仙儿来到德国,立刻遭到了人家本土巫师的不满,作为同行,一位德国大仙儿当即站出来表示:"我看见他留在球场的那根彩色羽毛了,我会用这根羽毛把他的咒语破了,我掐算德国和厄瓜多尔比分在2:0以上。"柏林球场成了俩大仙儿斗法的祭坛,回头再互相喷点儿大火球,往对方脑门子上糊张黄纸什么的,就更神道儿了。

世界杯是不能年年踢,四年一回那么多人还受刺激了呢,刚看新闻里说,德国一列车上,一个特悲痛的球迷因为自己支持的球队表现糟糕,实在咽不下这口气,暴脾气一上来,脚底下给劲,小腰一拧,跳火车了。他以为自己是铁道游击队呢,结果连点儿渣子都没找到。

厄瓜多尔队跟德国队一看就是较着劲来的,比赛开始的哨刚响,人就都冲出去了。跑了没几步,德国队就进了一个,怎么进的没看着,只见负责射门的那孩子在原地玩空翻,有点儿马戏团的底子。电视给了克林斯曼一个镜头,他攥着拳头往后使劲磕胳膊肘。他长得特像我们门口摊煎饼果子的"三掰(伯)",他也喜欢做那个动作,一抖手一个皮儿就摊完了。我很不明白,"三掰(伯)"整天那么邋遢都看出帅来了,可他找的工作不是看大门就是送水、卖早点,做人还挺低调。

厄瓜多尔队踢得很轻松,我看他们也不怎么想进球,像家大人给孩子找的托儿似的,挺懂哄人的。他们始终不着急,德国队跑,自己也跟着,不犯规,不抢球,什么都紧着德国人,显得倍儿懂事。让德国队玩得劲儿劲儿的,满场疯跑,看见球门就起脚,挺美。上半场踢进去俩,就跟老师在作业本上给贴了两朵小红花似的,德国人显得特有上进心,还想竞选班干部呢。其实,他不知道,根本就没人想跟他争。托户的职责就是,人家交代过来的孩子别磕着碰着,也别饿着,作为厄瓜多尔队,他们做到了,他们可以对着电视说——"我能"!

据说厄瓜多尔队雪藏了几名主力队员,瞧人家,处处为对方着想,真仁义!可一个行家严重批评了我,他把厄瓜多尔队想得很阴险,说厄瓜多尔队是为了保存实力,减少黄牌和受伤。他这么一说,我更觉得厄瓜多尔人心眼儿好了,不仅为别人着想,还惦记着自己,境界啊!

一个球迷抱怨厄瓜多尔队没斗志,我倒觉得人家挺聪明的,要都一根筋儿见球就拼命,那么禁不起逗弄,不就成二傻子了吗。我现在越来越觉得足球是聪明人的运动,得走脑子。

其实我对比赛一点儿印象也没有,就是觉得德国大仙儿挺牛的,比赛结果还真让他给蒙对了。

第十三工：谁都有脾气

妖言：本来是可以一帮一一对红的，可不知道为嘛，俩队都犯上脾气了，踢得出乎意料的急眼，但对于看热闹的人而言，我们目睹了一场舒心的比赛。

这是一次属于媒体的世界杯，我认识的一个人从德国发回线报，说看见的很多中国球迷都是媒体派去的，他只混上了一场比赛，而且坐老远谁跟谁踢都看不清。这厮边旅游边采访球迷，坐着火车到处转悠，每天晚上的MSN都在不同城市，特抒情地在那装泰坦尼克号。他巴不得世界杯能踢到九月份，气得我凌晨对着电脑骂大街。

我真受不了这种罗圈比赛，难得很多人还兴致尤存地猜谁输谁赢。一个同事给我分析几队的形势，我皱着眉头看他，然后从桌上翻出一张废纸，他说什么我在反面记什么，比采访都走脑子。我问他，"你觉得葡萄牙和墨西哥有什么特点？"他拽了拽胸口的老头衫，"他们踢得都挺不挨着的。"天啊，怎么还有这么评价足球比赛的。我一听就来精神儿了，追问"挺不挨着"是嘛意思。他说："我的话就那么一说，你那么一听，行了。"可这话明显就是句废话啊，什么意思也没听出来。他最后特语重心长，"反正你看比赛也看不出嘛，直觉，懂吗？别分析。"再回头，人没了。

葡萄牙队是不错的孩子，本来人家学习挺好，属于保送生范畴，跟墨西哥切磋是本着一帮——对红的想法带动一下学习气氛。他们想得挺周到的，学习最好的没来几个，怕考分太悬殊伤了后进生自尊心。他们觉得，反正不复习，我也比你学习好。而墨西哥队不领情，一看就是窝着火来的，人家不服啊，凭嘛我就后进呢，开赛的哨子一吹，他们就玩了命地猛跑、拦抢，那阵势都快把作业本撕了。葡萄牙心眼儿也小，忽然就赌气了，也不谦让了，刚六分钟，跑人家门前当的一脚，进了个球。

之后俩队不知道为嘛开始怄气，都急眼了，墨西哥队够不着球开始踢人，还很不冷静地趁乱要用手投篮，裁判员的眼睛多贼啊，没事都能看出事来，别说手还伸那么长，连我都瞅见了。点球，一准儿进啊。本着许你一就得许我二的精神，葡萄牙队踢球的时候也上手了，裁判让点球，大家都露出轻松的笑意，没人拦直接往球门里踢，板儿进啊。可绝了，还真就没踢进去，谁学习不好，一眼就看出来了。

葡萄牙队那个叫菲戈的看样子是个大牌，因为解说员每次说他名字的时候音量都比说别人提高八度，我问一个行家，菲戈是干吗的？他说："国际巨星。"可除了苍老，真没看出嘛来。倒是葡萄牙队一群二线小孩还真较上劲了，让一场本该和气生财共同进步的球赛打得异常猛烈，还都够拧的。

第十三天：谁都有脾气 | 197

墨西哥队点儿太背，本来学习态度就有问题，不受老师待见，结果还耍小聪明，一个学习还算不错的同学当场被抄了卷子，他红牌下去，给场上留了个整数。

那个叫段暄的解说员倍儿不缴(觉)闷，仗着嘴边有个话筒，大喊大叫，还在那抱怨，一次又一次说："这么好的球都没打进去！"德行，跟疯子赛(似)的，气得我把电视静音了，宁愿看画。

球场上的故意犯规挺狠的，估计在外面要没人拦着，都得往死里打。裁判隔会儿就得从上衣兜里掏张黄牌，这样才把双方球员的气势压下去。这俩队孩子都那么不让家大人省心，急得场外的教练坐不住，光可脖子喊，还没人听得见，助理教练也不说给泡点胖大海，或来碗绿豆汤，大热天多容易上火啊。还是咱这儿的人实诚，八竿子打不着还替他们着想，可他们呢，把比赛时间一个劲儿地往后推迟，刚一个同事进来说："居然被你言中，以后很有可能凌晨三点才开始踢。"凌晨三点，一般是小偷入户抢劫的点儿，110省心了，用球赛可以对夏季盗窃防患未然。

第十四天：喂肥了再宰

妖言： 足球里有股杀气，别看谁也不动手。虽然看不出阵型和战略战术，但我看出他们的心思来了，喂肥了再宰比见血封喉更有看头。

真是内行看门道，外行看热闹。半夜吃饭的时候遇到一个前辈，他把我拦住，问假球看没看出来，我茶呆呆看着他，心想，这比赛不是踢得挺激烈的吗？他摇了摇头，显得倍儿懂行，坐在我对面普及球赛中的猫腻，比如某个教练搞了另一个国家的破鞋（这个词在前辈的语境里竟听不出是褒义还是贬义），并发誓要跟破鞋一直生活在一起，于是就故意让那个国家队进球，还有，他居然知道某个教练的姥姥是哪国人，所以该教练对那个国家队的进攻始终谦让。听得我直瞪眼。他说："告你说，打十米开外就亮鞋底儿，一准儿得给黄牌，但那都是假的，装得好像比赛很激烈，只要没受伤就不真实。"我不太明白，觉得体育精神不该这么惨烈，可他说，折胳膊断腿才叫真踢足球。前辈说得很认真，临了，还把我们桌上的咸菜端走了，样子蛊惑。我不喜欢猫腻多的较量，当公平失衡，比赛显然毫无意义。

意大利跟捷克队的比赛据说得是那种往死里掐的阵势，但除了跑得还比较快也看不出什么，而且俩队的人长得跟一家子似的，幸亏衣服穿得不一样。跟我一起看球的朋友一个劲儿喊："漂亮！"也不知道他看出嘛来了，我说："你喊半天不也没进吗？"他指着电视里一意大利人："一上来就进那叫篮球。你看多漂亮！"明显的审美负数，那人倍儿邋遢跟毛孩赛(似)的，骑个摩托就是黑猫警长。

他手里掌握着遥控器，两拨踢球的在电视里不停换来换去，弄得我根本不知道谁跟谁在踢。他每按一次遥控器都在那叨叨"看看进没进，看看进没进"，结果，俩队都进了，怎么进的，我们嘛也没看见。我打了个呵欠，他看见了，说："要不看电视剧得了。"啊？他晃悠着遥控器说："意大利那个烂队是1：0主义，混凝土式防守，他们进一个球就够了，不用踢了。"怎么还有这么没上进心的球队呢，看人家阿根廷一口气能进六个。

我更喜欢看加纳跟美国的比赛，点球进了之后，美得加纳的守门员直学熊猫翻跟头。而且赢了人家还觉得不够本，还那么拼命跑呢，一点儿看不出累。美国队除了长得好点，看不出有什么特色，人家加纳队的一群红孩儿，如果把内裤套外面再给件斗篷，满场跑的就是超人了。

看了这么多场比赛，被外界传得很邪乎的球星表现都稀松平常，至少我连他们的勇猛都没看出来，托蒂跑得特别笨，让我这个一门心思看球星的外行很失望。我们屋的球迷说这都是教练让这么踢的，会吗？别回领悟错教练意思了吧。跟相声里说的似的，好不容易接一个好活儿，费劲巴火盖了个七十多米的烟囱，结果竣工的时候工头不给钱，归齐不是因为质量，是把图纸拿倒了，人家让修口井。

　　我发牢骚还挺是时候，再换频道，意大利队又进了一个，终于把图纸拿正了！漂亮的防守反击，累得捷克人都跑不动了，全站着，只动脖子，睁眼瞎一样目送黑猫警长们往自己球门那跑，我还奇怪怎么没人拼呢，忽然看见捷克队的守门员趴在地上不知道要干吗，估计钢镚儿掉草里正择呢，球都带进禁区了，他却四肢着地想爬着追，又不是猴子，动作能敏捷吗？球稳稳当当地就进了。

　　忧伤的捷克队和满不在乎的美国队终于可以省心了，吃完晚饭逛逛街，洗洗能睡个安稳觉了，已经没嘛可惦记的了。

第十五工：闷骚也是风格

妖言：队员们晃晃悠悠，随地吐痰，摆个足球是比赛，把球拿走都跟遛弯似的。球场上展现的激情是一种气势，闷骚也是一种风格，怨只怨搭配得不好。

耗点儿的时候，看超女杭州赛区五进三的比赛。我喜欢的爆炸头上一轮就被PK下去了，所以看也是有一搭没一搭，结果谁知道今年超女玩伤感这块儿的，比谁家境苦，有父母离婚的，有母亲得绝症的，好不容易来个全乎儿人，家里穷得，这年头还得捡柴火。女孩子们穿得都挺讲究的，长得也不错，结果不唱歌，站台上就哭，弄得我这闹心啊，差点跟着掉泪。幸亏中间还插播广告，要不我得先趴桌上哭十分钟再看世界杯。太悲了！

每天开着电视我都看不出来是谁跟谁踢，得现扫听。解说员在介绍双方队伍的时候就跟嘴里的假牙不合适似的，呜噜呜噜，还不如我敲别的办公室问呢。别人告诉我，乌克兰跟突尼斯是死磕式比赛，另一场西班牙已经出线，而沙特注定回家，我问："那他们还踢个嘛劲儿呢？"回曰："那也得踢。"结论是，就多余问。

中央五套上演的是孙悟空大战红孩儿，一黄一红色彩搭配不错，但踢得太逗闷子，慢悠悠的，跑的少走的多，你要过来，走，球给你，传得一点不含糊，也不管人家穿嘛颜色衣服，估计这人在大食堂卖过饭，不分饭盆，来就给。乌克兰队心里有根，人家平了就能出线，所以在操场上踢球就玩电子游戏赛（似）的，走几步一低头碰开个箱子，有俩药丸子，吃下去长翅膀了，再走几步又碰开个箱子，有一剂猛药，吃进去脑门上开天眼了……孙悟空打扮的队伍就这么东一下西一下地在场子里转悠。表现得挺大方的，多晚儿球到脚底下了，才跟着踢踢。下半场还知道跑几下，大概觉得总这么也不合适，全当消食了。

红孩儿估计有点急了，拉着孙悟空胳膊跑，跟不上只好往人家腿当中伸脚丫子，电三马想别大公共，交警能干吗，当即吹哨，点球吧，这比罚钱还狠。真是闷骚的九十分钟，看得人总想换频道。

看得实在着急，自己换了频道，好么，那群人更慢了，都站着，不知道的以为踢毽了呢，他们居然等着球自己滚过来。亏的球圆，要是方的还没人管了。这明显就不是比赛，还不如我们门口幼儿园小孩踢野球激烈呢，看台上球迷顶着大太阳还喊加油，要依我早回旅馆睡觉去了。

沙特队一身白衣服，个顶个杵在场上跟粮店职工似的，全不紧不慢，幸亏西班牙队还动动，要不干脆在草地上玩踢罐儿电报得了。西班牙队人家就是玩来的，所有带来的队员轮着上场，教练心想了，干坐着也没劲，要教练能下场子踢，估计他也去了。真不明白已经有去留结果的比赛还比什么呢，就为多耽误一天时间？敢情他们不用上夜班了。两场全是受慢急的球，我跟着超女掉好几滴眼泪了，再翻回来看这俩频道里踢球的，还耗时候呢。

第十六天：老鹰捉小鸡

妖言： 老鹰跟小鸡的较量只能停留在少丢孩子上，本以为瑞典怎么也是只有血性的大公鸡，能肉搏会儿，没想到跟西装鸡似的，太斯文，点儿也背得有些离奇。

我们被迫过着德国时间,他们说球赛几点我们就得跟傻子似的听喝儿，真让人窝火。不过德国卖啤酒的可美了，我看网上说那帮酒贩子每天二十四小时不拾闲地干，还供不上喝，嘴太多，全张着，浇水还得费点工夫呢，何况老外肚子都那么大，几乎个个是需要灌溉型的。目前德国科隆市的啤酒已经告急，科隆啤酒厂的负责人公开表示：我们将增加产量，但希望喝破烂的能再卖把力气把啤酒瓶回收过来，别让球迷一激动全砸了，厂里已经没瓶子了！当然，更扯的局面倒跟瓶子没什么关系，有人跳出来说德国的酒已经快被抢空了，如果德国队在决赛中大胜巴西队，那么全德国的球迷只能手举矿泉水庆祝胜利。真有勇气想，还不如一门心思回收酒瓶子呢。

看样子德国跟瑞典有过结，话说1958年世界杯，东道主瑞典队在半决赛中以3：1战胜德国队后，小心眼儿的德国人拒绝卖汽油给瑞典旅游者，那意思有本事你自己租自行车回去。瑞典食品也被逐出德国餐馆的菜单，断你口粮。够绝，气性真不小。因为几十年前有茬口，所以这次瑞典门将伊萨克森说，他们在下榻的旅店只吃瑞典厨师制作的食物，出于安全方面的考虑绝对不吃德国食品，估计是怕下蒙汗药。足球比赛又不是小学生上课，能举手告诉老师我要拉屁屁。

德国队运气真好，人家也是在家门口踢球，怎么这么知道给家大人长脸呢。磕鸡蛋的工夫进去俩球。克林斯曼扬言德国队不进八强他就卷铺盖走人，看这阵势再弹俩被套都行了。据说他家有个面包店，由他妈妈负责打理，这些日子老太太都没工夫干买卖了，整天被球迷缠着合影，归齐把面包店改照相馆了，背景都是奶油。

德国队的帅哥们跟后心贴了降妖符似的，射门像放小钢炮，炸得瑞典人明显有点傻。我们屋一个懂球的特意过来显摆，知道进球那个波多尔斯基脑子有病吗？我晕，摇了摇头，他说："我看新闻里说这司机祖传脑子都得一种病，他小学学习特差劲，只有踢球这一根筋。"我心话儿，我脑子里筋倒不少，没一根长的，大半夜还得挨这儿看一个从小学习不咋地的差生踢球，并且羡慕得要命。瞧人这病得的，跟中彩票没嘛区别。

德国跟瑞典这场球，在开场的十二分钟内就奠定了结局，以后的时间，就是让观众不断期盼奇迹的出现。看来瑞典厨师做的饭不硬可，队员已经丧失了在球场上的主动性，跟玩老鹰捉小鸡似的，光张着胳膊拦着，后面一群人互相拽着衣大襟儿，动作幅度稍微一大就甩出去一孩子，最倒霉的是因为胳膊伸得不是地方，还被罚下去了一个。好不容易盼来个点球的机会，还踢飞了，点儿怎么这么背呢！整个比赛光看可怜的瑞典队门将在自己球门里飞身扑救，估计已经砸出坑来了。

比赛结束正两眼迷离，被一伙人拉出去吃饭，我旁边的人越说越来劲儿，仗着喝了两口啤的，谈到动情之处忽然猛拍我的大腿。因为不熟，又是女的，所以我满脸拘谨地陪着笑，往边上挪了挪椅子，但那个不知道在足彩上赢了多少钱的女人，居然一边赞美德国队一边欠身子，椅子跟着屁股迅速转移，我用余光盯着她的手，以静制动。也不知道足彩是个什么东西，我怎么看着这么像赌博呢？

第十七天：要以德服人

妖言： 很多人期盼着这场比赛，但英格兰的表现多少让人失望，有人抱怨他们没激情，不在状态，其实你不懂，这叫以德服人，人家拼的是人品。

上学那会儿，食堂里总有一伙女生用钢种勺敲着饭盆大谈足球，我曾经特别羡慕她们，因为别管她们声儿大声儿小，一准引一堆男生往她们身边坐着。当年我的上铺砸着我的脑袋跟我说："长得好的都找打篮球的了，长得一般的勾引文学社的，只有没人要的才想出这么个辙引诱踢足球的。"后来我仔细观察了一下，确实那些仙女下凡脸先着地的女生们要能找个一米七五的男生就算道行高的。食堂里矫情的女生一拨一拨换人，都跟粘知了似的，不管个大个小，粘上就走。都是女的，怎么我就不能有举棋不定的痛苦和内心挣扎呢，上下求索了几学期也没找着个合适的，当初要知道有个叫贝克汉姆的，我就走单恋这条道儿了。

我喜欢英格兰队，因为数这队伍里的球星多，长得还都不赖。还耐(爱)他们的球风,不狠踢,以德服人,而且培养了那么一群单纯的足球流氓,谁敢说英格兰队不好抄酒瓶子就砸,蹲局子做苦力灌辣椒水都不怕,哪找那么掏心掏肺为自己的人去。虽然自打来了德国英格兰队表现得实在是稀松平常,而且带来的女眷还总惹是生非,白天大把大把地花钱,晚上上酒馆跟男的打架,但无法不喜欢他们,在足球之外,哪支球队能整出这么多妖蛾子来?光小贝挂网上那十三种发型,和各种光膀子、裤子提一半的春光照就够让人赞叹的,跟艺术家赛(似)的。

  淘汰赛不错,当场决胜负,输的走赢的留,可算不跟打罗圈架似的没完没了了。英格兰队是明火执仗的高举高打风格,厄瓜多尔队则是悄悄地进村开枪的不要模式,这场比赛注定是一场风格迥异的较量,上演在偶像剧场。据说效力于英超阿斯顿维拉队的厄瓜多尔后卫德拉克鲁兹说:"鲁尼确实是名不错的球员,但我会给他一脚,看看他是否已经完全康复了,当然我还希望不要得到红牌,因为我还想继续留在世界杯上。"这人也真直,就算心里这么想,也不能当着媒体说啊,太朴实了。

  厄瓜多尔的旅游大使们真是踢球来的,该跑时跑,不该跑的时候就跳,反正不闲着,而英格兰队的人似乎都不在状态,跟熬了几宿夜似的。一个跟我一样热爱英格兰队的朋友刚开场就给我打电话,语气焦急:"悬了悬了,怎么都不兴奋呢?英格兰人不是把球往人家胳膊上踢,就往屁股上踢,怎么就不想着射门呢?"我悻悻地安慰他:"反正九十分钟呢,嘛进不进的,看看长相完了。要以德服人。"

英格兰人真沉得住气，跟憋雨似的，光让我们仰头望着天，可连个雷都没有，英格兰球迷还能唱唱歌解腻味，我们这些不会英语的只能干等。他们的比赛状态明显让几个不睡觉支持英格兰的球迷急眼了，大家在网上开始发牢骚。有人说，照这么踢就算过了厄瓜多尔队也走不了多远，然后问我嘛心气儿，我说："还是不想英格兰队回家。"对方甩出一句话："他们就算不踢了也不回你们家，你还怕床不够用？"明显是气话。

下半场小贝终于让看台上的辣妹一展笑颜，饱尝夫荣妇贵的快感。看看，嘛叫以德服人。不进球是让着你，但你要也不进球，我可就不绷着了，我还不多进，一准儿给你留足面子。英格兰队传球都不错，但没人正经接应，这就叫绅士，不贪，板儿进的球，我就能给它踢飞了。

因为没给几个英格兰帅哥脸部特写，比赛又始终踢得波澜不惊，所以观赏性实在不强，我都饿了。

第十八天：拉大锯扯大锯

妖言："拉大锯扯大锯，姥姥家唱大戏"，意大利和澳大利亚跟俩小屁孩儿似的，逗弄，不来真格的，还不如一上来踢点球呢，我们还能睡个安稳觉。

不知道谁把办公室里的电视遥控器当手机揣兜里带走了，我用了整整一个小时找那东西，快得强迫症了。要想换到中央五套得特虔诚，先深鞠一躬，然后再动手，按了几十下，跟弹电子琴赛(似)的，手刚停，就听见电视里张斌指着屏幕上一个表格说那些参赛队怎么分钱，好么，每人都几百万欧元，怎么人家挣钱那么易呢？我仇富的心态又开始泛滥。不往远处看，就看看跟咱长得一样的，人家发条短信还能得辆伊兰特，坐着跟傻子似的叫鼓掌的时候鼓掌，叫乐的时候乐，还能白给几百块钱话费，瞧人家这世界杯看得多值。

每天睁眼看球，其实根本没往脑子里去，所以门一响，我就盼着有人进来，我好问问意大利和澳大利亚俩队有嘛区别。我们屋那个叫猴子的球迷缩着脖子说："意大利队就是你说的黑猫警长那队。"可我早忘了当初为嘛说他们是黑猫警长。看网上说澳大利亚队不服,希丁克出来叫板,认为澳大利亚队能跑,他打算把意大利队活活累死在球场上,然后凭点球获胜。这大爷球路够刁,裹鸽子出身,对我心思。

俩队出来跑几趟,就能看出个大概其,都是过日子人,知道得攒着力气,跑或不跑全凭心气儿,袋鼠队更占主动性一些,起到了领跑的作用。而黑猫警长大概今天出来的时候没带驾照,倍儿磨唧,一副没着没落的样子。我看俩守门员倒挺累的,总对着踢,估计晚上要多吃俩馒头干脆互相点球得了。袋鼠队跑得劲儿劲儿的,戴上面具就是奥特曼,身上画点叉就是蜘蛛侠,比跑还真不含糊,别管快慢还就让你追不上。

淘汰赛很古怪,怎么这些队一点不着急呢,全抱着进不进两可的态度,看得我直出虚汗,因为他们踢出花样我都够戗能写出多少字,别说跟这儿还稀松二五眼的。猴子倚里歪斜地窝在沙发里哼哼,我很真诚地问他:"这俩队近亲吧?不舍得踢呢?"他说:"嘛近亲,嘛近亲?一只耗子下了一窝崽儿,有花的有白的有胖的有瘦的,耗子挨个舔,为嘛?跟自己一模样啊!如果也是一只耗子,刚下完崽儿,低头一看,好么,一个土豆,两只鸡,一头猪还有三条鱼,你猜耗子怎么样了。"我盯着电视说:"咬舌自尽了。"猴子拍了一下大腿:"哦耶!"

可我还是不明白,既然俩队风格不一样,又是场有我没他的比赛,为什么表现得全死皮赖脸呢,非耗到点球不可?

我网上资料还没查完,黑猫警长队愣给罚下去一个人。他倍儿无辜地摊手缩脖子,裁判太绝,眼睛都不看,一摆手,走了。袋鼠队来精神儿了，球飞过人墙，听见黄健翔拉着长音儿在说："这是一次高质量的射门，这脚打得还是比较偏。"幸亏我长眼睛了，要是瞎子还真不知道他要说嘛。

长夜漫漫，等得你都快睡着了，忽听黄健翔一嗓子，我一个激灵，心突突突地跳，搁有心脏病史的，这一下得过去。

三秒钟后，意大利队进球，而黄健翔疯了。也不知道央视这回带随队医生了没有，别回把镇静药装成金嗓子喉宝了吧。派个球迷解说球赛，倒是个路子，老黄挺忘我的，倍儿在状态。语调哆嗦，语无伦次，跟终于当上三楼楼长似的，跳着脚喊："球进了！球进了！"最后，居然还振臂高呼"意大利万岁"，太出其不意了！我不敢砸单位电视，我只想知道是谁把黄健翔的药换了？！

我关了电视，一下子就冷静了，都是一个国家的，还是祝他早日康复吧。

看这比赛就跟去饭馆吃饭，等半小时，上免费茶水，再过半小时，稀饭端上来了，等你屁股跟椅子都咬一块儿了，也倒饱了，上嘛都不香。

第十九工：敢生不算本事

妖言： 裁判在球场上怎么就戴箍儿的混混似的，欺生，说嘛算嘛，不许申诉，你低头就算随地吐痰，你解释，张嘴算你骂街，再不掏钱包，多半打罚单都撕下来掖你怀里。

黄健翔经典解说音频在第一时间口口相传，对从来不看球的人也起到了普及世界杯的作用，天一亮，所有人都在谈那男的高唱的海豚音。意大利人太不够意思，也没给央视写封表扬信，甚至都没跟这哥们合个影签个名，反倒是黄健翔，酒醒了第一件事是给全国人民写致歉信，让张斌一上节目赶紧念。多朴实啊，没心机，想哪儿说哪儿，跟新手开车似的，就会跑大直趟，连见人踩脚刹都不知道。

巴西队和加纳队的比赛大部分人认为是没悬念的，甚至连加纳人自己也喊出了"不求胜利，只求表演"的口号。还是他们的亲友团素质高，为了鼓励这些充满表演欲的男人也给他们写了封信，信特抒情，一看就有层次："前方的路非常艰难，但是有了方向、有了决心、有了团结,这些因素联合起来,天空没有极限。"说得多好啊,我甚至暗暗希望加纳队能把巴西队的大门踢开,哪怕就进一个呢。看着电视屏幕里加纳队员一个一个地走出大巴车,有个不知是啥人物却微合二目为自己的队伍做着祈祷,那温和的座姿,让空气里的狂热一下子安静下来。

加纳队的人跟一串儿黑反白大标题似的站成一排,有他们衬着,巴西那些大牌明星显得还挺白。开场五分钟,眼瞅着大罗带着球一个人往禁区里跑,加纳的守门员一看就没经验,太有礼貌,显得有点儿见外,他愣迎着球跑出来了,而且还被大罗晃了个屁股蹲儿,球被趟着自己滚进了球门。

一个倍儿酸的朋友给我打电话,上来就用普通话抒情地说:"海明威说,一部戏的开头,如果写到墙上挂着一把枪的话,戏到结尾,这把枪一定会响。你知道说谁呢吗?"我擤了一下鼻涕,"说的是枪。"他在电话那边说我装,因为他觉得自己明明在比喻罗纳尔多。还是段暄比较有文化,他说,罗纳尔多自从上次跟日本比赛已经把蓝色的球鞋换成了黄色球鞋,是黄色球鞋给罗纳尔多带来了好运气啊!语气跟个大仙儿似的,要郭德纲在一定会喊:"段长老,快收了神功吧。"

我觉得裁判员倍儿势利眼,巴西队也拿腿绊人也往别人腿上踩,怎么才给那么几张黄牌啊,一看见加纳队员,好么,跟红箍儿老太太专门欺负外地人似的,人家低头也没说是吐痰了,不容分辩,啪啪啪撕下来半本票。明明是越位球,但裁判非算进球,我气急败坏走到电视前面点着那裁判大喊:"这瘦子要不是个斜眼就准拿人钱了!"弄我一手土。加纳队员真好脾气，也不找他们上级领导掰哧掰哧，要依我这暴脾气，不踢了，反正也是输，我昂首挺胸坐看台上给你们吹口哨，你们自己射门玩吧。

加纳队是强行突破型的，派战场上大部队都撤，留一个人守山头足够，巴西队是配合型的，必须得拽几个垫背的，人要少他都得吃一瓶子速效。可以看出巴西队更注重技术，而加纳队个顶个的英雄主义，你包围你的，我愣闯，看谁猛，球就算踢飞了也不传给队友，嘛都一个人揽着，倍儿有责任心。可就是百射不中，球全便宜给看台了。

这是一场没有悬念的比赛，也是一场充满期待的比赛，很多人想看冷门，归齐赶上一群揣暖水袋来的，倍儿热乎。加纳队回家，希望下届世界杯他们再来，混得脸熟，就没人敢欺生了。

第二十天：上赶着不是买卖

妖言：前一天还按柏林时间下班，再一睁眼改北京时间了，停赛，让时间明显富余。没人在电视里踢球了，但跟世界杯有关的小道消息却乌泱乌泱地往里灌。

人的适应性很强，跟小耗子似的，迷宫这头扔俩大仁果，你闻着味儿就去了，开始时撞笼子，但脑门子上的毛蹭掉了之后，只要大仁果的位置不变，闭着眼都能找到。世界杯就是迷宫，踢得好端端的，忽然有人告诉我停赛两天，说人家球员得休息，嘿，那我缺那些觉谁给补。忽然从德国时间就蹦回了老点儿，也不用把着中央五不让换频道了，还真有点没着没落。

白天迷迷糊糊上起了正常班，天一黑立刻起精神儿，尤其十一点那会儿，最后没辙干脆把DVD扔盘仓里，韩剧扛时候，看到天亮也完不了。

世界杯是棵摇钱树，很多人围着它晃悠，离得远够不着的捡片树叶也得摇，恨不能掉下来的都是金锭子。卖小旗子的，画脸谱的，造啤酒的，做T恤衫，甚至拍卖草皮的发了，也在情理之中，咱能想得到，但现在又冒出个卖纯正世界杯空气的，五十块钱一兜倒是不贵，可这屁轻屁轻的东西摆家里要让串门的看见准得当笑话广泛传播，没准晚上去集市买菜菜贩子都得倍儿神秘地问你："嗨，你知道吗，就这小区，有个脑子不转筋的。"所以，同样五十块钱，不如去古文化街买把剑挂门后头，不但能找点儿零头回来，夜里喷口水没准还能降妖。

还是"月球大使馆"那哥们儿比较敢想，其实我倒建议他不如去趟德国，把那些球星吐在草皮上的口水收集一下，晾干了当琥珀卖，对着阳光一照，有土坷垃有草籽有草棍儿，做成饰品挂脖子上倍儿抬身份，然后上医院验个DNA，再给每个琥珀发个公证书什么的，这不比卖空气靠谱？

网上消息说哈尔滨这浪漫的城市在推出世界杯菜谱，有什么"罗纳耳朵"、"贝壳汉姆"之类的，光拿人家老外名字开涮，他们的拥趸看见碟子里的菜动得下去筷子吗，也不知道这些大牌的球迷们看见菜单会不会暴怒，要是超女那些粉丝绝对围攻饭馆，凭嘛不吃你们自己耳朵呢。

淄博那头儿还真有打起来的，本来一群人边吃边看球其乐融融，这节骨眼一大牌还进球了，哥儿几个姐几个叫唤、拍桌子，觉得还不过瘾，一个男的竟一把揽过旁边陌生女人的肩。中国地盘不比国外，辣妹在看台上被球迷强吻都不说嘛，可咱这儿的姑娘本分，也是有主儿的啊，当时就急眼了，尖叫："你有病，碰我干吗？"那男的素质实在不高，道个歉赶紧走人完了，结果还跟女的骂起大街来。这姐姐二话没说，抄电话就打，球赛没完就来辆车，跟电影里演的似的，六个小伙子手里都拿着兵器，手起刀落，搂人肩膀的大哥到现在还在医院昏迷，再睁眼得看下届世界杯了。

人们似乎都在为精彩的足球赛事做出牺牲，有人神经衰弱，有人香消玉殒，有人发烧上火，有人亢奋过度，还有人愣给没了，真是够可怕的。

很多人本来不是球迷但稀里糊涂地被各种媒体撺掇得整天跟球痴赛(似)的，昨天有一个特没眼力见儿的主儿问我："你天天晚上看球，聊球，心情得多HIGH啊？"我幸亏还上过几年学知道打人不对，要是没文化我就抡椅子了，HIGH得我都想撞笼子。

第二十一工：不比赛就闹婚

妖言： 休赛也没让这个世界消停，球员倒挺美，该购物购物该洞房洞房，再弄点儿锦上添花的小道消息壮门面。很多人睡了宿整觉又来精神儿了，备足一堆零食跟电视死磕。

一只跟秦香莲似的熊没黑没白徒步走了好些日子终于来到了柏林，它记性不好，忘了回家的路，只好隐姓埋名在当地想辙让自己糊口，情急之下它仗着胆子趁月黑风高偷偷摸摸拿当地百姓的牲畜当野味，居然还吃出了甜头儿，因为那些笨牲口死得特心甘情愿，而且德国人特高兴，因为熊是柏林的标志，而世界杯决赛地就在柏林，迷信的德国人认为，这只野生棕熊的突然出现是一个好兆头，德国队可以带着这种幸运进入决赛并最终战胜对于取得冠军。他们给这头熊起名为布鲁诺，全城人欢呼雀跃开大PARTY，还主动给这熊捐钱捐物，有人把家里小孩衣服也贡献出来了，幸亏还清醒，没一激动直接把孩子抱过去。熊也有感情啊，一看这阵势，知道人拿它当森林之王了，整天等着人给它上供，牲口一不硬可就开始惦记童男童女。

德国政府急了，哪能看一只野熊在人间如此作威作福想舔谁舔谁，立刻派了几名天兵天将，当的一枪就把"秦香莲"给毙了。小秦死得挺冤的，其实把它逮了放动物园里养老送终不挺好的吗，童男童女们还能经常去看看。交给马戏团挖掘艺术天分学点儿手艺也行，技不压身，出来走走钢丝蹬辆自行车什么的，挣钱养活自己是没问题。

"秦香莲"的死在德国引起轩然大波，上了当地报纸的头版头条，动物保护组织开始在政府机构门示威游行，德国民众也普遍对这一决定持否定态度，球迷们更是失望，美好的寄托一下子不复存在了，德国队在世界杯的前景还光明吗？

光一个世界杯他们赚了多少钱啊，德国人还不知足。据德国世界杯足球赛的转播承包商预计，全世界观看本届世界杯赛的球迷将会达到创纪录的三百亿人次，而韩日世界杯全球观众是二百八十八亿人次，这家拥有德国世界杯足球赛电视转播权的公司老板施密德说："调查显示，今年看球的女球迷比2002年增长了百分之四十，而且在没能进入决赛阶段的国家（地区）中收视率也非常惊人。"他要知道中国的收视率当场能把他吓出脑溢血，我们看球热情高涨废寝忘食将生死置之度外。

不爽的其实不光德国人，亚足联更窝火。本来以为四支亚洲球队里怎么也能有两支跻身十六强吧，结果没成想，一个一个全给刷下来了，没一个争气的。只有不久前加盟亚足联的澳大利亚队承载着亚洲最后的希望，但在与意大利队的比赛中，吹完泡就灭了。心气儿倍儿高的亚足联本想要求更多参赛名额,就因为带去的队伍全不顶饯而变为泡影。消息上说,本届世界杯亚洲共拥有4.5个名额,如果亚足联无法为2010年南非世界杯争取到五张世界杯的入场券,那么随着澳大利亚正式加盟亚足联,中国队晋级世界杯的希望将变得更加渺茫。

这就跟一个收底儿学校似的,满学校孩子除了打架的就是搞对象的,压根没一个人看书,但老师非让他们参加奥数竞赛,只能临时抱佛脚,开夜车突击,找窍门编绕口令,再抄几张小纸条揣袖口里备着,万一能用得上呢。然而,还是去几个,几个交白卷,都不用作弊,因为连题都没蒙对。老师太死性,还怪学生,他也不想想怎么把校风改改,总想着多要几个名额,以为干苦力呢,人多力量大。

第二十二天：看谁耗得过谁

妖言：因为有太多关注，德国队和阿根廷队的PK塞满了人们期待的目光，进球不多，但我们都不错眼珠地盯着踢球的那些男的，疑问，到最后一刻才给我们答案。

世界杯还是挺心疼人的，让亚洲片儿的人民能睡两宿整觉，我们的内分泌经受了两个时间差的考验，困不困跟天黑天亮没嘛关系，松紧带似的，得看有球没球。

德国队跟阿根廷队的对决我们等了两天，尽管北京时间了，我们还是黑着两个眼圈，像个肾虚的人。网上有铺天盖地的预测，而赛到这份上，对于我们这些不懂球但一蒙就对的伪球迷来说，猜闷也有了难度。为了提高道行，晚饭之后又跑出去喝了口小酒兑可乐，然后，所有的分析已经不再纠缠什么履历、名角、花活，我们分析的是各队队员的貌相。因为天庭饱满的人太多，一个喝高了的家伙从地上拣了几根别人把肉择走的羊肉串签子，他劈手一掰两段，全杵在一个口杯里，天灵灵地灵灵一通叫唤，签子一根儿没摇出来，天上直蹦雨点，估计玉皇大帝以为我们半夜为百姓求风调雨顺呢。

那厮收了功法,还满处扫听球员的生辰八字,想冒雨斗法,显然,我们这些凡人只能用砸红一的方式与他较量,他说德国队靠运气,阿根廷队则靠实力,但运气往往更起决定作用,如果他赢,则意味着德国队胜出。在他义薄云天仰着胖脸看天象的当儿,我们从牌里抽出了所有主牌,只留给他一颗红A,大仙儿居然连牌被做了手脚都没看出来,站在雨里抄一个酒瓶子大喊:苍天啊,睁睁眼吧。

比赛一开场就激烈,光听裁判吹哨了,黄健翔又回到了解说台前,不激情了,说话跟念课本似的,显得倍儿规矩,时不时还念几句诗,抒情极了。阿根廷队没穿我熟悉的蓝白条病员服,但有一个人特倒霉,一上来就被德国人踢了两脚,次次倒地不起。德国人很猛,个个像人猿泰山,都穿着小虎皮裙,身上围着树叶子,跑起来跟小旋风似的,有什么卷什么,甭管大腿还是肩膀,沾着就飞,一撞一个跟头。球场上暴风雨是够猛烈的,不能总我一个人吃亏,德国队一球员被球穿了两次裆,幸亏他个高腿长,要赶上个一米六五还蹦不起来的,这事儿就大了。

这俩队还真对上把子了,下半时一开场阿根廷人飞身而起,我同事诧异地叫着:"啊?阿根廷居然头球?"可个矮也长脑袋啊,谁还不会动动脖子呢?阿根廷人来劲儿了,可人猿泰山跑不动了,主要场了里没树杈什么的能拽着悠一下。为了鼓励这些喘粗气的帅哥,德国球迷一遍一遍唱着战歌,喊着口号,克劳泽一激动,把阿根廷的门神给拿下了,居然用担架抬下去,估计武功一时半会儿恢复不了了。随后，一个精妙的空中配合，克大侠一脑袋把比分扳平，德国人惊了，瞬间喊声雷动，在主场，没树杈我们也能行！克劳泽金刚一般向全世界拍着胸脯张开大嘴，观众闷头呼喊他的名字。牛人！

阿根廷队不再磨磨唧唧地耗时间了，德国的人猿泰山们用最后的体能在边路跑来跑去，前者经验丰富，后者年轻气盛，在比赛的最后阶段组成了精彩的对抗。有点像顶牛儿，脑门儿对脑门儿，青筋暴露咬牙切齿。他们脚尖儿是趾甲短，要跟鸡爪子那么长都得在地上刨土，急得使劲儿啊。

我原以为德国人没那么大劲儿和耐力，归齐一看，这些帅哥还真不含糊，一点不怵阵，也许这就是主场的魔力。点球之前队员间的拥抱异常感人，德国队居然把阿根廷送回家了，我手在桌子上都快拍断了，"忍者无敌，吽吽哈嘿！"

第二十三天：挑逗无处不在

妖言： 强者的对峙，更多的时候用于僵持，九十分钟被分割得很长，我们的心情在球门附近频繁起伏，仿佛一次足球对我们的挑逗，最后时刻收敛着我们对一场球赛期待的目光。

看世界杯是一种时髦，不看的人容易被孤立，因为身边凡长着嘴的，一张开除了吃饭就谈足球，逼得那些从来不看体育频道的人只好加入道听途说现趸现卖的行列。我认识的一个男的，貌相粗鲁，浑身长黑毛，衣服穿得挺严实，稍微露点肉就让人怀疑他前胸刺着虎，后背绣着龙，他老婆长得还行，能当演员，贴上胡子演李逵问题不大，俩人特有夫妻相。他们本是喜欢高雅艺术的，耐（爱）看个画展、话剧、艺术品拍卖什么的，但自从在网上发现各个领域的腕儿们都在谈足球，他们也发奋图强了，整天大胆预测，场子一拉，女的跳出来抱拳拱手，她说，"贝喝（克）酣（汉）努（姆）、母（鲁）泥（尼），都拔（不）错，所以，英鹅（格）男（兰）队该银（赢）。"再多说几个字舌头都得打死扣，得现掰开嘴用棍儿挑开。站她旁边的一条汉子，一挥手："吾（我）觉得扑（葡）掏（萄）牙银（赢）。"俩人跟靠吞铁球推销大力丸似的，说话一个劲儿喝凉水。

他们问我支持哪个队，我心想，连女李逵心里都憧憬着帅哥，我要不选英格兰简直太栽了，一拍桌子，选了。晚上，我刚打开电视，呼的一下来了一群人，拉沙发摆椅子，然后鸡一嘴鸭一嘴，电视里球一出来，这群人跟开茶话会似的，赞美之辞异常乏味。一个男的在椅子上蹭着脚后跟，语气铿锵："多准，踢得真你妈妈好啊！漂亮，打反击，打反击，真你妈妈快！""你妈妈"成了他的语气词，单调地一次一次出现。我对着电脑，十分钟敲不出一个字，他们问我到底干吗呢，我说："没你妈妈词儿！"

据说英格兰队跟葡萄牙队有世仇，开场就能看出点儿眉目，射门一个接一个，跟玩弹球似的，不进窝儿，但撞得挺响。英格兰队明显比前几场勤快，皮鞋在草皮上蹭得倍儿快，但球总是到了中场就回传，好不容易到边路，飞起一脚还没人接应，就算脚底下有球，半道也得算人家的。就跟胡同里那个拿冰棍的小孩似的，遇一大个迎面就问："拿的嘛拿的嘛？尝尝甜吗？"小孩手在伸与不伸之间犹豫着，大个儿说："倒霉孩子护食呢？"劈手就抢。结果，球总是稳稳当当地送到了葡萄牙队的脚下。

沙发里的人在那抱怨："贝克汉姆怎么不会过人呢？"我心话儿，那不是因为有球吗。这时候，网上的即时消息弹出一个窗口，说青岛有个哥们，天天看球倍儿美，身体经常不由自主地随球场上的队员做

第二十三天：挑逗无处不在 | 227

着过人动作，有时还出脚做射门动作，他一闭眼满脑子跑的都是运动服。结果，某一夜，他拿自己当了小贝，临门就是一脚，结果右脚大脚豆儿跟床帮咬上了，他还是挺狠的，把大脚豆儿拔出来之后接茬踢球，结果天亮去医院一拍照，归齐脚豆儿都折肉里了。这哥们连做梦都实打实的，很像鲁尼，血气方刚，被拦急了愣往人家大腿根儿那踩，结果葡萄牙的哥们一骨碌爬起来了，鲁尼领了张红牌，跑底下坐着去了。

我对那个叫兰帕德的意见大了，好端端的球到他面前，一脚就飞天上去了，大家都得鹅鹅鹅曲颈向天歌。小贝不知道吃什么不合胃口的了，下半场刚开始就苦着脸下去坐着了，而且连鞋都脱了，光着脚丫子伸着腿，也摆出一副看电视的姿势，而我们却在电视机前为英格兰队捏把汗。有人拍着靠背垫喊："非往人堆里带嘛呀？站住踢啊！"马上就有安慰的声音："没事，英格兰赢得了。"

时间的拉锯战让我们心里都毛了，以后像这样的球队就该上来就点球决胜负，省得我们坐那么半天也没结果，起来还得把椅子往下拔，裤子都快给带掉了。加时赛简直都乱营了，随后的点球大战让我窒息，一次又一次失望,我们看看英格兰队员坐在草地上失声痛哭，这就是结局，继续宿命。

第二十四天：被电视拿龙

妖言：又停赛了，但一点儿不消停。因为经常在夜里受惊吓，好多人落下病根儿了，不愿意睡觉，多晚都想看电视。人变得脆弱多疑，点火就着。

没比赛，中央五套被点击的次数也最多，无论回放哪场比赛，都找俩宝贝在主持人身边戳着，会说话有表演能力的就让她来一段，不会说话就捧个足球摆个POSE。总之，可以难听，不能难看。以为自己是天仙的足球宝贝站在主持人张斌的身边，做得最多的表情就是抱着足球抿嘴乐，都跟画皮赛(似)的。

天亮得太快，昨天陪一个朋友办事，我一上他的车就仰在椅子里呼呼大睡，要放以前，没开空调的车咱能进吗？如今，就想找地方把自己撂倒。这哥们的车技真不错，把我脑袋愣摇晃得快把车玻璃撞碎了，幸亏有脖子连着，要不脑袋就掉了。我头发都摇散了，知道的是我刚下班，不知道的以为我这一晚上从事什么不良职业了。我用最后一点儿气力跟他急眼了，那厮哭丧着脸说："我一看警察抬手就一激灵，赶紧急刹车，怕他给红牌，连协勤我看着都像助理裁判。"我点了点头，幸亏看的是足球，要整天看007，小命就悬了。

世界杯太糟蹋人了。

我每次天蒙蒙亮回家已经引起了居委会大娘的怀疑，前几天那个不怀好意的老太太问我："你还在报社吗？"我说在，赶巧那天我洗完澡占同事便宜往自己身上喷了点法国香水，老太太往我身边凑合凑合，耸耸鼻子，明显闻到味儿一副心满意足抓现行的表情说："这一晚上能给多少钱啊。"我昼伏夜出白打扮那么朴实了，还是被人怀疑。我笑了笑说："只管饭。"一"贱"封喉，她不再说话了。

又休赛了，我们都巴不得睡个好觉，可凌晨一点半还是有人不缴（觉）闷地给我打电话，那女的含着清咽滴丸问我睡得着吗，其实我发誓我已经睡着了，但我通情达理，人家为嘛那么晚给你打电话，不就觉得你也睡不着想互相安慰一下吗。我推荐让她数数，她说不光数了数，还把儿子暑假作业也做了半本依然没困意，问我手里有没有安眠药。我的盹儿立刻醒了，"还是吃口香糖吧，跟骡子似的，能没完没了地嚼，吃一瓶子，只要记着别咽就没危险。"她挂了电话，我去冰箱拿了一瓶木糖醇，一仰脖，先来五十粒儿，明显感觉嘴长小了。

昨天，我的同事得意地告诉我，她终于把时差倒过去了，天亮眼睛就想往一块闭，天一黑，倍儿来精神儿，扔森林里能跟狼有一拼。她特惆怅，不知道世界杯结束了该怎么办，我说："你找你们小区保安要身衣服，一晚上要能逮住百八十个拧门撬锁的，年底还有人给送锦旗。你要看不上这个，也可以半夜跟踪个偷自行车的学学艺，回头自己干,半盒牙签,俩小区自行车都能给捅开。"

睡不着的如今大有人在,青岛有个小孩,半夜把电视调成静音坚持偷偷看电视,他爹就烦这个,拿孩子当哪吒管着,要不是有妈拦着就当妖怪给收了。这一天,小孩趴在沙发里看电视,他太大意,也没让他妈摆个花盆之类的放消息,结果他爹都走到跟前了,他还喊加油呢。他爹武艺高强,抬脚就踹,看着是奔屁股去的,但他眼神不好,愣把亲儿子的腰踹折了。孩子疼得起不来他才意识到儿子不是蚯蚓,断个几段无所谓,站起来都是好汉,结果,电视是没人看了,他整天背着孩子到处找医院接身子。

惨案不止这一出,烟台有一群侠客在酒吧看球,看着看着不对付就打起来了,薅头发、啐吐沫、飞椅子垫,都属于轻功这块儿的。这时候角落里一位爷拍案而起,帘笼一挑就蹦人堆儿里了,他推开一个又一个,结果,这拨人以为是那拨的,那拨人以为是这拨的,只见一位女侠从头发里抽出一把铁木梳,照这位正上大学的爷的手腕子上噌噌几下,好么,灯光一打,手还在,但筋给挑了。

第二十五工：撒哟要看人

妖言： 有人看球看哭了，或者借酒浇愁，或者借机撒娇，终归要找对地方。而世界杯更像一个宽容的场所，有小偷小摸的，演古惑仔的，吃速效根本不管用的，全都一锅出。

我停赛这几天晚上睡不着就站阳台上观天象，发现我们楼对过有一家人夜里开着灯也不拉窗帘，在过道里骂着大街练摔跤，归齐女的总赢；另一个对耍扑克颇有见地的朋友整天边吃毛豆边拿塔罗牌算卦，命运叵测的时候就把我招去玩把"说瞎话"。随着比赛接近尾声，我们的法力各有损伤，自从我看明白越位是怎么回事，猜结局就没一次准过。后来我们找了一群人玩"大跃进"，用弹脑崩儿的方式给人开天眼，结果我们俩长天眼的地方都快烂了。

本以为世界杯的时候贼也得歇几天，跟全国人民一起娱乐一下，没想到，还真有事业心强的，整天加班。青岛这不刚发现几个吗。有一个开理发店的大哥好看球，下午早早生意就不做了，关门睡觉，他把要剃头的都往回轰，急嘛呀，头发长了扎个辫子留脑袋上是艺术家，剪下来能刷锅，可球赛过去了再等就得四年。晚上天热，他把门窗敞开，在外面等一天的蚊子呼地都在大胖身子上占好座一块儿看世界杯，他吧嗒一口菜咕咚一口酒，球赛结束倍儿美，倒床上就一通睡，再睁眼中午了。屋里不缺别的，就是找不着钱。还有一个女的，睁眼上班也找不到包了，她脑子转得倒还快，赶紧给自己打手机，结果楼上响了，敢情贼还真麻利都偷三楼去了，她箭步拧腰上去一看，她的手机贼压根儿没看上眼，扔楼道里了。

世界杯倍儿惹祸，你说英国球迷跟小胡同混子似的整天找茬打架，那是因为本来人家就好这个，况且还有自己国家的球队撑腰，打架跟表演节目似的，还带报幕呢。可中国球迷打架就有点奇怪。网上说山东有哥俩，好得跟一个人似的，跑酒吧街喝酒看球，姓孔的大侠认为巴西队表现太让他失望，摇头、叹息、咂吧嘴，另一位大侠就劝，说你的眼光已经过时了，后面话还没说利索，孔大侠一拳把他哥们的鼻子劁了。不还手多栽啊，被打的人倍儿有香港警匪片的范儿，抄起酒瓶子特专业地在桌子边把瓶子底儿磕掉，直接插在孔大侠脑袋上，血流得都出声儿了，吱儿吱儿的。哥俩赶紧互相道着歉奔医院，瓶子拔下去，还有七八片玻璃插在头皮里，跟我们小区防贼的围墙似的。医院里的大师很不以为然，掐指一算，"这是我接诊的第六拨因为看球打架的壮士。"

去医院还有另一批人，一个五十多岁的李大哥看见自己喜爱的球员进球，巨兴奋，可一美就冒冷汗、胸闷气急，点球还没完呢已经上了120，大师诊断，这哥们出现严重心肌梗塞症状，幸亏送得及时，要不，球还在人没了。就这心理素质还看世界杯，最多看看气象预报得了，赶上有沙尘暴刮台风的日子还得提前拔插销。闹心的人多，看瞎眼的也不少。大师说世界杯期间有很多得急性青光眼的，他们的面相几乎完全相同：平时没有相关病史，这几天熬夜看球，每天睡眠不足三小时，还常和朋友一起喝酒，结果起床时眼睛充血，视线模糊。大师说了，这种眼科急症若不及时治疗，就得瞎！

很多人心眼窄，看不得阿根廷队、英格兰队、巴西队的离开，昨天一个人问我世界杯还有几天结束，然后轻蔑地说："没巴西队，那球有什么看头儿。"型男们悲壮的背影和草地上的掩面哭泣确实挺扎人心的，可也没必要自己也跟着难过啊。马路上的大奔好吗，好，但跟你没关系，咱就夏利的命，高高兴兴出门平平安安回家完了，就算有一天大奔给砸了，你见义勇为打了110就够了，不用在媳妇后背插把痒痒挠换钱给人家修车。细想想，凭什么世界杯只是这么几支球队的舞台，来过了，走完台了，钱也拿了，回家不冤。

世界杯确实该结束了，再这么耗下去医疗保险都得亏本。

第二十六天：不服就较劲

妖言： 高手的较量让出招与接招之间充满玄机，我们睁着眼睛，目睹一个结局的出现，一夜无眠，天亮了，我们却了无困意。

真是漫漫长夜，守着电视干等。猛一开中央五套，一群跟山顶洞人似的长头发男的一边蹦一边"啦啦啦"，也没歌词，光叫唤，数一个留盘头的男的声儿大。可算全站住了，张斌笑容可鞠地说："一首世界杯主题曲在凌晨一点零五分的时候把大家叫醒了吧。"这么硬可的歌这么直给的调儿估计把投胎的都劫半道儿了。

德国人特主动，比赛还没开始呢，先做好了庆祝胜利的准备。好多可人儿在脸蛋上写着"我爱克林斯曼"站在马路边等球队的大巴车经过，他们国家一份特畅销的报纸《周日画报》也起了个"再见意大利"的标题。太不低调，总想显摆。就跟倍儿想结婚赛(似)的，刚介绍个对象走了没两趟，整天琢磨着让别人随份子，逮谁告诉谁，弄得自己还挺兴奋，其实人家闺女到底嘛心气儿还不知道呢。尽管他们先把喜字儿插头发里了。我还是喜欢德国队,因为他们太能张罗,从来就没想过输,整天惦记大力神杯,多直啊。

人家的球迷也实在,满场的娘家人,往那一坐就可脖子喊,这种呐喊声对于对手是可怕的,对于德国队却充满激情。不知道德国球迷赛前有没有操练过,但在球场上的表现绝对是训练有素,跟花果山上的猴子有一拼。电视里要有德国队员发角球,所有球迷都伸出双手,整齐划一的一嗓子"呜——",而在角球发出的瞬间,他们又将双手向上挥起,发出"耶"的喊声,好么,倍儿专业,全是咱听相声时嗓子眼儿里的动静。人家唱国歌时特动真感情,虽然咱嘛也听不清,但鸡皮疙瘩起了,感人感到骨头里。在德国球员拍着手上场或者下场向观众致谢的时候,球迷们更是发出有节奏的喊声,有一种地动山摇的感觉。他们就是主场的魔力,不动手,光喊就能把你吓住。

两个队一上来就开始忙活,快速对攻,跟一壶开水似的,在炉子上咕嘟咕嘟直冒泡。两群人杀气很重,都带相儿了。一群人跑过去就射门,不打锛儿,弄得我心,忽悠忽悠的,球没进,觉得还挺庆幸。莱曼嚼着口香糖心不在焉,但那手套就跟挠钩似的,别说球,麻雀飞过来都能一把给抓下来。这是一场有看头的比赛,大家就爱看急眼的。攻防转换很快,眼睛跟着这群人刚到球门那,人家当的一脚,一群人转身又全往回跑,我这儿亏有眼眶拦着,要不眼珠掉地上黑灯瞎火的再找不着了。

德国队体力充沛后防线牢固冲锋次数不少,意大利队也出奇疯狂反客为主,俩孩子真对上把子了,虽然上半场0:0,可一点儿不闷。

德国队进攻像变魔术，你也不知道他手绢里有嘛，捻巴捻巴一抖，扔出一副火筷子，再捻巴捻巴一抖，甩出一对孔雀，引得你倍儿耐（爱）看。

比赛挺哏儿，跟KTV似的，几万人唱歌，德国一队员把球一脚踢天上去了，还向观众要掌声，看台要近，估计他就上去握手了，没准还有几个送花篮的。意大利队也有个演员气质队员，留着武松的发型，跑得很快，但球一来就主动往地上一躺，一直能出溜到场外面，坐地炮赛(似)的总惦记歇会儿。裁判这回脾气倍儿顺，人跟孙悟空似的在地上翻好几轮跟头了，也不吹哨，装没看见，光瞅运动员举着俩胳膊对天示意。

克林斯曼太操心了，电视总给他捶胸顿足的镜头。他现在成红人了，本来是否对他继续执教德国队还传得挺叵测的，现在人家带着队伍一直踢到半决赛，又成香饽饽了，德国足协主席紧着拿话套人家，克爷还就拿上了，不接招，说踢完比赛干什么回头得跟家里商量，倍儿会说话，还显得懂事。

意大利队的男人们微笑着举起了自己的胳膊，这是胜利的姿势。我们用凌晨的等待目睹了豪门盛宴。

第二十七工：就得实打实

妖言：今天之后我们离决赛更近了，世界杯在用夜晚做着倒计时。葡萄牙队和法国队的较量并不凶狠，他们更注重技术配合，因为逗闷子不算本事，都得实打实的。

足球，让我们的梦醒着。

灯光、电脑、电视给夜晚的空气加温，时间缓慢而有节制地走着，世界杯把等待变成了一根猴皮筋，我们瞪眼看着它被越拉越长，子弹在松手的那刻击中我们，失望，或者雀跃。我们好像就为了等待这样一个结果，从黑夜到凌晨，然后走进自己的白天。

看了很多场比赛，喜欢的队已经像一群无辜的孩子哭着回家总结此次德国之行的经验教训了，剩下的，没了选择的欲望。一个朋友在网上问我："你赌哪队赢？"我说，希望法国吧。

就跟在早市上买西红柿似的，小贩甩着塑料兜一把就掖你手里了，你要把兜子扔回去是侮辱人，拿走是人品差，所以干脆蹲地上拣，挑顺溜个儿的。而法国队就是我放塑料袋里的大火柿子。

葡萄牙队和英格兰队的比赛早过去了，但脑子里总出现小小罗伸手指着某个人在那唧唧歪歪的样子，他们的疯狂和阴损让草皮上充满暴力，马尼切的大腿跟胶皮做的似的，估计没事在家总在砂纸上磨，搁咱这腿，别说十米飞铲，有一米五的道儿大腿上挑的就都得是搅馅，而他能把球留着，把人踹老远。小动作不断的德科，就欠把他手脚捆上踢球，只准蹦和点头摇头，跟剪了膀子的家雀似的，估计这样才能把他的毛病给扳过来。葡萄牙队还趁几个表演功底强的，但因为戏份不多，所以戏路单一，我就看不惯他们从背后铲人后站起来带着满脸无辜的表情看裁判，还有人经常倒地抱着膝盖左摇右晃跟要生孩子似的做痛苦状，其实人家压根没挨他。葡萄牙队勇猛无畏，脚底下的技术也不错，但不知道为什么总玩花活，破了江湖上的规矩。

为了昭示天下，法国的《法兰西晚报》也够绝，把私人恩怨写成状子发报纸上，状子里说葡萄牙队之所以能打入四强，全靠球员的球场暴力和刺激对手的小动作，当然还说了不少过激的话，咱在这不便引用。可以看出来，在球场之外暗战已经开始，注定这个江湖不会平静。

这是一次老少乐的比赛，我看新闻里到处都在说这是齐达内和菲戈最后一届世界杯比赛，之后他们就要退役了，说得都特别惋惜。明星总有谢幕的时候，又不是过年买的绢花，掸掸土又一春。

齐达内不错，用脚面踢球，一兜球就转，再一兜，又来一圈儿，跟抖空竹似的。法国队脾气真好，也不着急，光在那耍个人绝活儿，葡萄牙人一次又一次攻到门前，我都捏把汗，可他们还慢悠悠地在那捯脚。俩队上来的拼抢并不猛烈，跟俩蛐蛐似的，先对着呼扇翅膀，哆嗦着碰碰触角，就不咬，接着呼扇。裁判偶尔吹吹哨，动静一出双方队员立刻跑过来矫情，生怕他把手往口袋里伸，跟我怕警察掏本似的，撕一张就是二百。

毛病不扳行吗？葡萄牙队放着球不踢，在自己球门前故意把法国人用脚尖勾倒，多不明智，送对手一个点球，齐达内干吗吃的，板儿进啊。完之后一帮人往法国队球门这跑，小小罗眼睁睁被人从后面推倒，裁判愣不吹，为嘛，估计看台上的人准想，就因为他们太遭恨。

这场比赛始终不紧不慢，节奏掌握恰到好处，估计今天犯心脏病的准少，你睡二十分钟再睁眼，还那样。可以在沙发里养会儿神，只要支棱着耳朵听解说就行，当然多少也得支着点精神，别一睁眼都中午了。

来去之间都该是英雄之间的较量，掌声给离开的背影，也给继续前行的壮士，天亮了，我们的另一次等待开始启程了。

第二十八天：巫术大苹果

妖言： 对于那些球队，我宁愿把所有的敬仰全部交给球迷，他们像一团火，在任何地方都能燃烧，无论你往他们身上泼水还是喷灭火器都白瞎，世界杯是封存四年的咒语。

自从世界杯开始，来自球迷的命案不断，生命变得轻佻，球赛如同注入巫术的大苹果，你咬一口能中毒，要是还嚼嚼咽了，兴许小命难保。网上统计数字说中国球迷因为看世界杯猝死的已经达到十一人，其中有个成都姑娘，本来跟男友看着好好的电视，各自支持自己喜欢的队伍，罐啤薯片大果仁之类的摆了一桌子，俩人一依偎，挺挺情挺小资的一个美妙夜晚，可那男的非嘴欠，他笑着大声奚落女友支持的球队。这姑娘原本就是一烈女呀，戴上墨镜就是黑社会，她一听就来火了，桌子一捣，你嘛意思吧，不搞对象可以，但侮辱我心中偶像不行。二话没说，阳台门一拉，十七楼纵身而下，她下去的时候以为自己是蜘蛛侠，半空中还能织件毛活，但一根线没甩出去就落地了。小伙子都傻了，长这么大还没见过武功这么高强的。

在德国也有脾气倍儿暴的主儿，这些人没球赛的时候也人五人六的，可沾上世界杯全给点化成流氓了。有一大巴司机凌晨两点往市里开，车里只有一个乘客，俩人没话找话，互相切磋德国队失利的原因，一个说是因为球员踢得不好，另一个就急了，抄酒瓶子就把司机脑袋给开了，司机眼睛早闭上了，但四肢倍儿负责还主动开车，该踩油踩油该按喇叭按喇叭，最后把一个对面的小轿车撞飞了。

德国输给意大利队后，好几百德国球迷眼都蓝了，满大马路找跟意大利有关的东西。先进了一家意大利餐厅，有劲儿没处使地把椅子全抡起来往地上砸，人家那是铁艺，所以最多也就练练臂力，还不解气，又把人家窗台上的花盆全砸了听响儿，后来这群人实在不知道能再干点嘛，把餐馆里的垃圾箱给点了。因为德国人光拣不值钱的破坏，所以自己大半夜瞎折腾半天，连个劝架的都没有，估计意大利人那些破烂早想扔了，现在可有人见义勇为上赶着一把，人家面带微笑，不理会。这下德国人可急了，这不是勾火吗，我就不信你不出招。发短信！联通用户、移动用户、小灵通用户全部群发，呼啦又叫来一帮人，渴望已久的群架终于打起来了，警察一气儿抓走十几个。

德国人还好恶作剧，在球迷大道上摆了好几个世界杯用球，墙上还挂标语：你能踢它吗？老外真实在，倒退两步飞起一脚，球纹丝未动，脚豆儿掉鞋里了，嘎巴全折。球都是死芯儿的，水泥金属馅，外面裹的倒是真皮，跟世界杯上的球一模一样。要遇见咱这儿一些人，准不那么傻，先得看看左右有没有人盯着，然后用脚不经意而又目的明确地碰碰球，要能动，就得先把球遛到没人的地方，再抱怀里跑，要压根扒拉不动，一定大声呼吁后面的人别上当。老外死心眼，前面一个疼得都蹲下了，后面的还好奇，跟着一脚，鞋里又掉一锅儿。你就站球那等着，好几个人排着队撅脚豆儿，然后表情痛苦地蹲地上脱鞋，再使劲磕鞋坷儿。

今天，大批的球迷还在，而世界杯的最后阶段却缺席了一些熟面孔，他们不再占据新闻版面了。巴西队走了，这支连训练课都要卖门票的球队无法再收钱了，小罗依然在每天的体育频道里微笑着为品牌代言，可是除了广告，他没给我留下任何印象。巴西队拥有全世界最好的足球明星，拥有最豪华的攻击线，但是这一切没有保证他们的胜利，却加速了这支球队的变质和"死亡"；在德国高调招摇了半个多月的英格兰太太女友们终于伴随着球员回家了，她们给世界人民留下了诸多话把儿；"让我们成为朋友"——德国世界杯的口号，这只是一厢情愿，我们的镜头看到了体育暴力的发生，看到了对胜利的渴望和对公平的质疑……

第二十九工：工上掉馅饼

妖言： 世界杯就像摇钱树，多少人挤那儿往下扒树皮，手劲大的就发了，手软的抱抱树干也能沾点仙气儿。

世界杯让德国的票贩子发了，门票卖得跟名画似的，你今天不买，明天就涨，要还撑着，想耗到最后等落，没戏，只能让口袋里的钱更掉价。别说决赛的票，现在连废票根儿都值钱，有心眼儿的一般不看比赛，俩眼就盯垃圾桶，你刚把一团烂纸扔进去，人家手就给掏出来了，那不是垃圾箱，简直就是存钱罐啊！一张废票最便宜三十五欧元，你还别划价，钱掏少了算抢劫。当然，不仅废票值钱，连可乐瓶子如今都跟腕儿似的那么抢手。市场上一瓶可口可乐人家那只卖几块钱，但喝完的空瓶标价接近三十欧元，简直像收西瓜籽，找一群人到地里随便吃，要求特简单，只要把籽吐出来就行，凡长舌头的都懂这个，比让咽西瓜籽简单多了。据说一个印有鲁尼的可乐空瓶可以卖到近十欧元，这还是因为他在世界杯上表现不佳，要好点，这一个破瓶子赶上蓝田玉了。

今天出门的时候遇见我们小区喝破烂儿的大姐，她三轮上扔了好几十个可乐瓶，有的也印着那些球星，一问，大的一毛钱一个，小个儿的一毛钱俩。这还是给熟人的价，稍微生点儿的主顾，一毛钱仨你得觉着是欠她人情。我告她这瓶子在德国他们同行那儿，收就一百块钱起价，倒手一卖能赚几千。那大姐特有经验，质问我："是真的吗？这么胡开价，废品收购点儿不得黄摊儿了？"

把世界杯球赛操场上的草皮掰成块儿卖的事早就听说了，尽管备受各界质疑，但这并不影响收藏者的兴趣，咱是没钱，所以很难想象有人钱太多整天为花不出去发愁，他们倒想把钱全白给银行，但银行不但不要，还给利息，更让他们愁了。为了照顾这批有钱花不出去的爷，本届世界杯组织者已经做好了所有准备，比赛一结束立即拍卖草皮。

把草皮分份卖早有先例，据说2002年，日方宣布销售巴西队与德国队决赛的场地草皮，三万块草皮总价六十万美元。相比之下，德国人更黑，资料显示，德国邮购公司日前宣布，将以一千零三十万美元的总价出售本届世界杯决赛草皮，这个叫卖价比韩日世界杯足足翻了十七倍。要论斤卖，我也来两块钱的，让秤给高着点儿，因为这回的草还挺有特色，幸亏球员鞋上都有鞋钉，要穿平底儿的就成旱冰场了，也许因为这个，草皮升值了。

世界杯抽签仪式上专供VIP嘉宾饮用的"世界杯专用饮品"，这种限量版的可乐全球只有两千瓶，让其身价倍增的无疑是瓶身上德国世界杯的官方标志。

现在沾上世界杯东西就值钱。德国队这回表现出色,主帅当然功不可没,因为克林斯曼曾在盖斯林根生活了很长一段时间,他的职业生涯也是从这个小镇的俱乐部开始的,所以,沾了名人光的盖斯林根镇领导亲自把一条通往球场的大马路命名为"尤尔根·克林斯曼街",并在最显眼的地方竖起了一个"克林斯曼路牌",可是没几天这路牌给人撬走了。镇领导挺好心眼的,认为准是有人给收藏起来了,也不追究,准备再挂上一个,要是转天一看没了,别着急,咱这还有富余的,就不跟贼致气。有把路牌往家抠的,也有专门买车牌的,据说克林斯曼多年前在斯图加特的车牌在德国某拍卖网站上以二百零四欧元成交,咱也不知道要那个有嘛用,谁知道那是他曾经用过的车牌啊,要挂上它闯禁行路警察能给你敬礼行了。

手里有俩闲钱瞎糟倒也无伤大雅,又没取别人折子,但冒充大腕儿的家长,戏可有点过了。那个被全世界寄予极大希望的英格兰天才鲁尼用零进球和一张红牌告别了德国世界杯,在世界杯期间有一个五十七岁不莱梅大学教师一直以他舅舅的身份接受媒体专访,先后觍脸在德国电视台、电台和报纸的采访中自称是鲁尼妈妈的弟弟,和鲁尼一家失散已久。采访也不能查户口本,所以他说嘛媒体报嘛,最后才知道全是戏说。

第三十天：抢的就是鸡肋

妖言：季军争夺战是德国队为自己球迷献上的最后一场表演，我们只是遥远的观众，内心的倾向性淡了，他们注定要一起离开，只不过在用一种形式在凌晨跟我们做最后的道别。

国际足联主席布拉特这人虽然人老点儿，但比较有创新精神，敢想。他觉得这回世界杯进球太少，大家看着不如篮球过瘾，所以他打算开个会商量一下，看看能不能想辙把球门再往外扩扩。我想，他大概觉得要取消守门员这改革力度有点儿大，其实只要规定门将也不许动手，进球数立马就上来了。那时候守门连民族气节都能显出来，动不动脑袋就得奔门柱去，特毅然决然。

季军的争夺战很多人选择睡觉，因为胜不为王败不为寇，比赛显得比较多余。不过，德国人不这么认为，他们已经把世界杯当成一次爱国主义教育，就算是鸡肋，他们也会举城提篮上街全给拣回来搁财神前面供着，插上几根蚊香，旁边再摆俩大苹果一碟子八件儿什么的。这比赛更像德国队自己表演的"同一首歌"，看台上坐着的都是亲友团，场子里只要有穿德国队队服的，大家就给热烈鼓掌，估计要十一个人分两拨踢，中途再抽俩幸运观众换上球鞋一块参与就更受欢迎了。葡萄牙队只是来客串而已，还不怎么受欢迎。德国亲友团已经不在乎比分了，他们眼含热泪地呼喊："在我心里，你始终都是最棒的！"

荣誉，创造财富。其实德国人已经赢了世界杯。

依然不喜欢葡萄牙队，没家教，太独，到处耍心眼，拿别人都当傻子，要自己孩子就给俩字：欠治。小小罗最终落选本届世界杯"最佳新秀"的评选，国际足联技术研究小组长奥塞克够对得起他，人家说："我们要的是正派的人。"一句话，把人品都给否定了。葡萄牙队把自己的名声给毁了，就算赢了所有比赛，也是算栽。

相反，克林斯曼现在成英雄人物了，这些日子净收表扬信和锦旗，他心气儿高，想以一场胜利来结束自己的首次世界杯赛带队之旅，他一直拿话激那些刚缓过劲儿来的小伙子，"战斗还没有结束，第三名同样意味着荣誉。"老克这人有脑子，不但带队伍有一套，知道嘛时候说嘛话，经济账也挺能算计的，他把车牌和车分开拍卖，网上消息说他的一辆普通汽车被一个神秘主顾用三十万欧元收购，这个竞拍价格刷新了德国拍卖市场的一项纪录，倍儿确切的小道消息说此前汽车拍卖的最高价是教皇曾经坐过的汽车，但那辆车的拍卖成交价也不过是十八万欧元。我看世界杯过后，老克把家里不用的零碎儿往外一盘，那钱富余得连子孙后半辈子住养老院的账都能给结了。

这是一场没有期待的比赛,因为输赢仅是在做原地踏步的安慰,失意者的相逢,美酒也许是最好的东西,但作为在绿茵场上的失意者,唯有进球才是最畅快的表演。季军的争夺有些伤感,因为比赛结果无法终止各自回家的结局,当然,我们希望道别的路上看到更多笑脸。

这几天,很多人看球看得脚痒痒,趁世界杯没完的热乎劲儿自己租场子踢一回,场地现在也火,一个时间许两家,谁也不想走,没办法,四十多人分两拨将就对踢吧,远看近看都像打群架的。我的同事猴子据说还是小组长,给人分配活儿,让一个壮年同志踢"后腰",该同事磨磨唧唧都跑进场了,追着组长问"后腰是哪"。猴子一甩头:"你在我前面晃悠就行。"体力绕(弱)的,从这边上场跑一半,摔个大马趴,扑噜扑噜土,打那边下去了,一屁股坐地上把鞋都脱了。体格好的倍儿冲,上来就跑,旁边既没人也没球咣当能让草给绊一个跟头。

也许这就是世界杯的魔力,让球迷球盲球痴搅和在一起狂欢,我们把所有的等待留给明天,留给属于我们的世界杯的最后一个凌晨,为最后的舞者击掌。

第三十一工：最后的舞者

妖言：世界杯就像四年一次的比武招亲，绣球一扔，各界杰出青年开始捋胳膊挽袖子一群一群地上，家伙点儿越响越来劲。齐达内武艺高强，但他光惦记比武，忘了拿绣球。而今，这个仪式终于结束了。

网络倍儿迫不及待，早早开了总结大会，什么世界杯遗珠阵容、十大发型、八大绵里藏针、十大英雄相惜、八大假摔王子、十大铁血战将、十大咸鱼翻身案例、十大金牌替补……弄得跟本菜谱似的，你哗啦哗啦从前翻到后再倒着翻回来，就没发现几个实惠菜，明显为了凑桌把免费茶水也算道汤菜。

电视开着，静音，里面的人像刚上钩的鱼，撅着嘴扭身子。我们大眼儿瞪小眼儿地等着今天变成明天，等着午夜来临，等着本次世界杯的收官之作。中央五套一遍一遍回放着过去那些日子的激动和落寞，我们看见穿着球衣的男人怪兽般挥舞着臂膀仰天长啸，也看见他们跌坐在球场抱膝不起长久哭泣，电视用片段捅开我们尚有余温的午夜记忆,于是在等待中有了一丝伤感。

我们在德国时间里为最后出场的队伍猜闷儿,有人买了一袋果丹皮跟喜糖似的撒了一桌子,有人到处发零食,有瓜子,但不让嗑,说得等比赛开始,还有一群人大半夜买烤羊肉串去了,说要就啤酒。我跟特缺嘴似的吃得嗓子眼儿里直往外喷酸水。单位还没这么热闹过,搞得像终于嫁出个老闺女,就缺个站门口发喜字儿的。电视里乱糟糟出来一伙人举着大张洋白菜叶子连唱带跳,倍儿火爆,瞅那女的穿那衣服上台,搁咱这儿得禁演,人家那没事,转着圈儿送胯,不光下半身抖,上半身也哆嗦,不过,还挺好看的。

有人说这是一次托蒂跟齐达内的PK,但齐大师很低调,压根不接这茬,他说法国队的口号是"生在一起,死在一起",听口气就知道是出来混的,而意大利队主教练里皮说他们会像"雄狮一样勇猛地防守"。这狮子还真行,刚两分钟就把亨利给撞迷糊了,都以为他脖子断了呢,倍儿悬。意大利队晚上准吃牛肉了,跑起来收不住,跟蹬自行车似的光看捯脚了,马特拉齐眼瞅法国人带球奔自己球门,脚一伸,球放走,人给我躺下。等他站起来,齐大师该罚点球了。据说这场比赛是齐大师的告别演出,球跟从猴皮筋里弹出去似的,在门框里蹦了两下直接塞进守门员怀里,门将像抱着个没主儿的孩子僵直地站着。齐大师的谢幕演出轻松自如,像一个嗓子倍儿好的歌星在场上一边扔话筒一边唱,话筒要扔高了还跳会儿舞蹈,我们都跟着一块儿陶醉。

画面一转,意大利队一群人咬着牙又杀回来了,跟黑猫警长又上了摩托赛(似)的,根本没刹车迹象,瞬时球也到了,上次伸脚绊人的马特拉齐脑袋在球门前出现得特及时，嗖，球进了，像用手指头捅破窗户纸，都没工夫舔吐沫。他举着胳膊跑啊，要不主动站住，后面人都追不上，我看见他胳膊上文了一串句号，也不知道代表嘛。

比赛前懂球的人都说这是一场拼防守的对峙，可我看进攻挺激烈的，有球的地方跟人疙瘩似的，大家一起踢，连球带人有谁算谁，球倒没漏气，人伤得都不轻，全躺着。我们的解说员这回沉稳多了，脑子也特清楚，自己在那叨咕："两张黄牌？一张黄牌？上次给了？还是没给？"跟哲学家似的。

也不知道意大利人甩了嘛闲话，齐大师一转身动粗了，脾气跟斧头帮老大赛(似)的，一脑袋奔碎嘴子就去了。意大利人坐地上半天差点儿背过气去，而齐大师也被没收了话筒，完成了他最后的演出，下场坐着去了。英雄成了罪人。

点球，一场巅峰之上的对决终于让大力神杯有了归属。

世界杯在这个温暖的早晨落幕，我们轻轻关上电视，终于可以回家睡个整觉了。再见大力神杯，再见男人们的眼泪和微笑，再见德国时间。

早安城市。天亮了，心里忽然怅然若失。

妖蛾子语境初级试题（附录）

1. 我说："哎呀，多脏啊。"阿绿笑着瞪我一眼，"装什么干净人啊，咱俩过这个，没事！"句中的"过这个"是什么意思？

    A. 等一会儿　　　　B. 不在乎　　　　C. 好朋友

2. 一个大了似的人物打远处晃晃悠悠过来，叮嘱新郎新娘不能急，说什么新婚三天没大小，没人闹不热闹。句中"大了"是什么意思？

    A. 明显见大　　　　B. 中年人　　　　C. 热衷张罗的人

3. "你煮稀饭呢？问点硬可问题！"句中"硬可"是什么意思？

    A. 不软　　　　　　B. 水少　　　　　C. 有内容

4. 世界杯的揭幕战，俩队踢得都够次的！早知道这样就该奔瞧果决胜负。句中"奔瞧果"是什么意思？

    A. 扔硬币　　　　　B. 包子剪子布　　　C. 拔河

5. 被电视拿龙，句中"拿龙"是指什么？

    A. 捉虫子　　　　　B. 舞龙　　　　　　C. 收拾

妖蛾子语境初级试题（附录） | 253

6．书中的"五脊六兽"是什么意思？

A．不知道该干什么好　B．动物　　C．贬义词，讽刺驼背者

7．他从来不管别人是不是膈应，尽管是张废纸。句中"膈应"是什么意思？

A．反感　　　　　　B．身体某一器官　　C．拦起来

8．叶小葱瘦弱的小眼睛丈夫双眼已经离畸了,句中"离畸"意思是：

A．迷离　　　　　B．古怪，哪都不挨着　C．畸形

9．你才白领呢，你们全家都是白领！句中"白领"指什么人？

A．高收入者　　　　B．高素质者　　　C．装洋蒜者

10．归齐跑半天还是0：0，白踢！句中"归齐"是什么意思？

A．一个运动员名字　B．两个运动员　　C．结果

11．我看见阿绿在楼盘模型那直嚯牙花子。句中的"牙花子"指什么位置？

A．牙齿　　　　　　B．牙床　　　　　C．牙龈

12．我的手冰凉，翻篇儿都不分溜儿了，好不容易用胳膊肘压住。句中"分溜儿"是什么意思？

A．一份一份摆好　　B．总结　　　　　C．动作流畅

13．越来越咸，跟喂猪赛(似)的，往死里噇。句中最后一个字念什么，什么意思？

A．读：闯，意为喂　B．读：撞，意为塞　C．读：床，意为塞

14．赵文雯到底是谁？

A．虚构的倒霉蛋儿　B．王小柔邻居　　C．王小柔好友

15. 书名中的"妖蛾子"是什么意思？
A. 画皮　　　　　　B. 成精的蛾子　　　C. 有意思的事

　　古人云，做事要留套儿，我们上回的套儿是"小妖填字"，如果你能把正确答案寄给责任编辑(北京朝内大街166号人民文学出版社陈阳春收，邮编100705)，或直接发邮件至作者邮箱xiaorou01@sina.com，将有机会得到王小柔亲笔签名版《还是妖蛾子》，如果你答对了此次无比简单的妖蛾子语境初级试题，你将有机会得到王小柔亲笔签名的下一本书（据说她正偷偷摸摸写呢）。前五十名幸运读者的抽取工作将由人民文学出版社编辑部手气好的同志完成。

　　有好玩的事我们会第一时间在这里发布小道消息，愿意有枣没枣打一竿子的同道们可以进来看看：

　　王小柔贴吧：wangxiaorou.baidubar.com

　　鱼香肉丝QQ群：17586119

为了能减点儿，我不吃不喝地下楼跑步，感觉还挺冷。难道是秋天更早了吗？好容易连走带跑凑了一千米，想歇歇，跟一大爷在器械上甩脚，大爷还嫌我手机放的歌难听，自己撞树去了。我接着在LADY GAGA的歌声里甩脚。

生活就像烙大饼,热火朝天地翻腾几下,扔出来,特香。可要翻腾的时间长了,就该糊了。都是饼,有人喜欢自己烙,有人愿意进有背景音乐的地方吃比萨饼,这是不同的喜好。而我,喜欢能扛时候的家常饼。

还是妖蛾子

HAI SHI
YAO E ZI

还是妖蛾子

孩子们像水仙花一样开着,但我们横下一条心,非告诉他,你就是根葱,想有用,必须切巴切巴下油锅才是正途,最后眼睁睁看着水仙花们都下了油锅。

吃饭,对于现代人,是社交的一种手段,寒暄的陪衬,眼睛横扫多半是在察言观色,给自己往嘴里喂食是一时没想出应对的话。虽然坐在饭桌前,有几个人知道自己吃了什么呢?我们不仅忽略了那些美味,也忽略了自己的胃。吃饭不是我们的目的,只是我们的手段,我们的心里打着其他的小算盘。

还是妖蛾子

什么是骄傲？牛呗！什么是爱情？骗呗！什么是温柔？贱呗！什么是艺术？脱呗！什么是仗义？傻呗！什么是聪明？吹呗！什么是勤俭？抠呗！什么是谦虚？装呗！什么是勇敢？二呗！什么是幽默？贫呗！

据说现在男女绝配是杠杆女搭经济适用男。所谓杠杆女，就是相夫教子任劳任怨，女人就是所大学校，只要结婚闷头当校长就行，甭管收的是好学生坏学生都往市三好上培养。而经济适用男，就是能将就即将就，放长线，甭管大鱼小鱼先捞上来，搁自己鱼缸里养着再说。

还是妖蛾子

——兄弟说：在街上看美女，目光高一点是欣赏，目光低一点就是流氓。

每个人手里似乎都装着绳子套,呼呼的风声从头顶呼啸而去,能套住一个算一个。都市男女,如同嗍马,只看战利品多寡。他们脑子够活,手够快,不怕被发现,勇于索取。以前还总打击潘金莲,现在你放慢点脚步,很多窗户上都露出个脑袋,整天等在那儿,看往下扔点嘛能砸出点真情。俗话说,逗羊也得喂嫩草,除了生死之交任何朋友关系都需要维持,需要铺垫,想一劳永逸,靠性别维系是没戏了。

还是妖蛾子

很多人忽然有了末日情节,站在太阳底下开始忧伤,光想同归于尽的事儿。其实,我们不知道什么时候彼此分别,所以,能做的就是珍惜活着的时候,不跟坏的情绪纠缠,那些给我们添堵的人和事,让他们都边儿去!

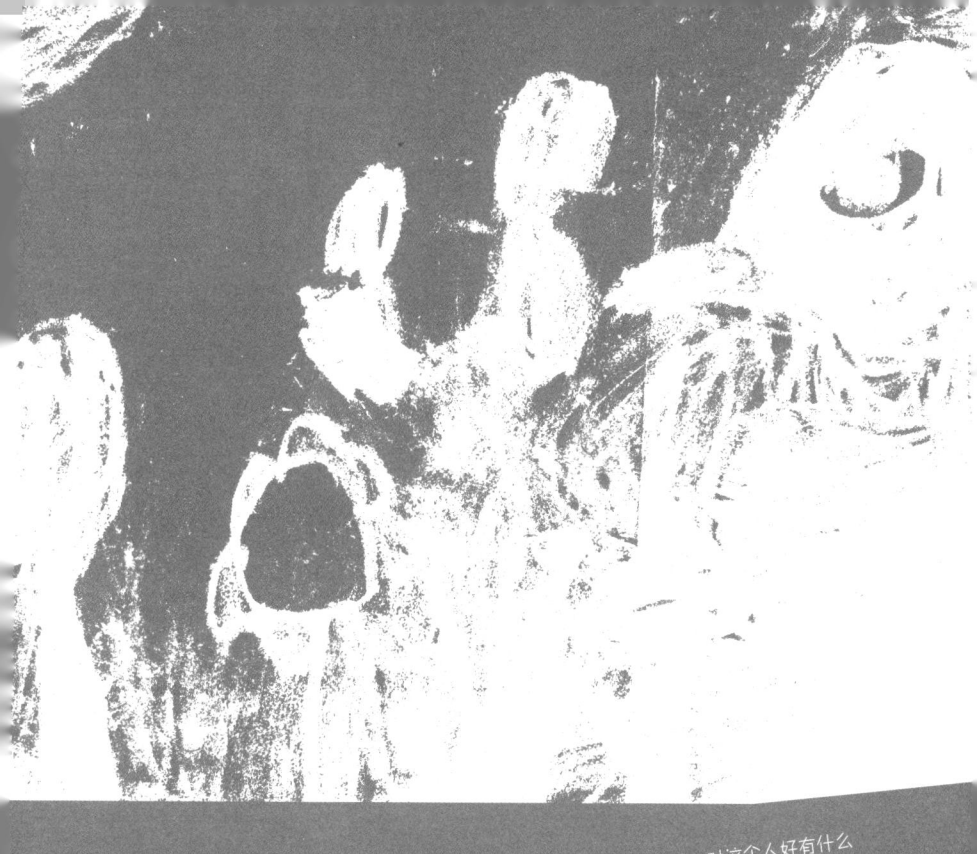

真对一个人好，没有时间去思考，对这个人好有什么用，能有什么回报。真好都是傻好，一点也不复杂，只是他开心了，你就快乐了。就这样简单。

还是妖蛾子

马路边,发现一堆五颜六色很美的花,我说:"准假的!"阿绿趴地上就闻,惊呼:"是真花!"我也趴下核实了一下,两中年妇女跪在花坛里。我说:"为什么美好的东西都不像真的,总是叫人怀疑呢?"她说,别伤感了,别人再拿咱俩当上坟的。

善良的人,容易开心,也容易伤心。善良像小孩儿,很容易满足,你说什么都相信,生气了好哄,笑的时候投入。善良的人,少寂寞,因为朋友会很多,像是白开水,没有味道,就是他的味道。

还是妖蛾子

发财是件挺激动人心的事。本来死眉塌眼地过日子内心平静极了,忽然有一天你拿脚踩上一张大票儿,四周还没失主,捡起来揣兜里赶紧给花了,明天走到这,你眼神儿准活,流露出特低俗的惦记。

"就你,还偷艺,手把手教都不见得能学会,整天弄一脑袋油烟子味儿,下次再出来别忘了把你们家抽油烟机挂身上。"

还是妖蛾子

每当你找到了成功的钥匙,就有人把锁给换了。

我们安分地过着属于自己的日子，偶尔在网上看看最近的小道消息和八卦新闻。我们不好意思说自己的理想了，因为过了太长的时间我们还没能实现它，甚至我们都怀疑这理想还等得及我们吗？生活始终日复一日地过着，大的志向逐渐被小的愿望取代，可是我们依然想要一种范儿，证明自己一直在努力着！

还是妖蛾子

有些话,不说憋屈,说了矫情,真够腻味人的。

你不是塑料袋,不用每天要求自己装呀装呀装呀装呀。当回自己才轻松。命运的规则有时候是"违者罚款",就看你有多少底儿保全真我了。

还是妖蛾子

情窦初开的青春期经常有人暗示你"交个朋友吧",一晃到了内分泌紊乱的伪青春期,呼啦一下子冒出更多的人打来电话就说"咱一块儿干点儿事吧",我更喜欢后者,因为这些人不分性别全都对生活充满激情,他们有理想,说起前景滔滔不绝,心里的小·九九别提有多清楚,好像满大街的钱就等着你出去捡,你都不用自己弯腰,走一趟鞋底儿一准儿粘的都是钱,还甩都甩不下去。

你要问他们,咱这买卖能赚个万八千的吗?他们会瞪你一眼,如果你仗着胆子认为他们伸出的一根手指头代表十万,就一定伤害了他们的自尊心,你一定要说一百万,这样没准还说少了呢。

还是妖蛾子

热衷拉你入伙的人有两种千万别拿他当回事,一种属于微波炉,一种属于洗衣机。微波炉表里不一,忽冷忽热,他说的"事儿"完全无法判定其可行性,他们属于想起一出是一出型,比如自己那儿还八字没一撇,却一天给你打八个电话,弄得你还觉得特不好意思,似乎耽误了别人的大事。

生活就像超级女声，能走到最后的都是爷们。

还是妖蛾子

洗衣机的特点就是你不需用力,他会让你的世界转个不停,最终把大家搅和到一起什么也干不了,还都不清不楚的。最后你得自己打开盖子从纠缠错节的众多衣服中努力爬出来,像湿衣服一样,在未来三个月不断地滴水、生闷气。

其实我倒没想总眨眼,我的眼皮跟举重运动员似的,你想啊,一个眼皮能有多大劲儿啊,眨眼已经算重活了,还扛着许多假睫毛,后来听说有嫁接睫毛的,我始终想不通,这又不是两根绳子,不够长俩系一块就行,难道还得跟柿子树似的,嫁接完了能长黑枣?

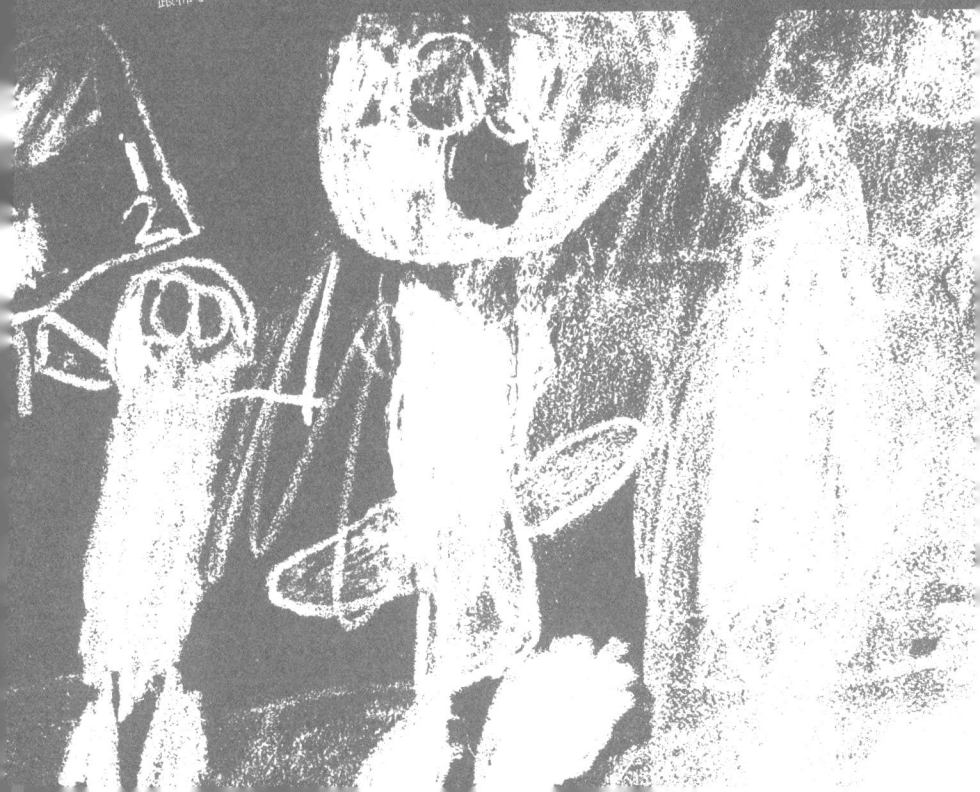

还是妖蛾子

对着镜子拿小刷子往睫毛上一蹭,嚯,效果还真不错,当时就跟拔丝山药似的,好多根儿黑丝顺着睫毛就被带起来了。可你倒是断啊,那东西还挺有韧性,你拽多远人家能拉多长。我一边照镜子一边想,就凭我这睫毛,演《封神榜》都不用参加海选。

流行靳羽西那会儿,哪个女的都跟演员似的,长得好坏根本看不出来,全是戏装扮相。眼皮的颜色随衣服走,一人脸上一块怀春的桃红,面积大小不一样而已。那时候我才知道讲究人洗脸不能拿手或者毛巾直接胡噜,要用洗面海绵,脸干净了还得用各号刷子往脸上刷色,跟装修似的。

还是妖蛾子

所谓信则有,不信则无。信任忽然变得那么难。我们不信自己,也无法相信别人,每个人却都跟大仙儿似的,赢得信任的手段变得越来越高级了,可是我们似乎越来越心虚。

有人说鸡贼和出丑的样子,恰好是一个人最可爱的地方,露怯就跟摔个跟头似的,站起来拍拍裤子,仍然吃嘛嘛香,偶尔也犯难发愁,但那些忧伤也都是孩子般的忧伤,不过脑,不走心。

还是妖蛾子

现代人习惯挑战极限，勇气如同一个肺活量超强的人，鼓着腮帮子一个劲儿吹气球，试图拿丹田气把胶皮吹爆了。不知道有没有人吹气球吹成肺气肿的，也许那层薄薄的胶皮就是底线，你绷不住劲儿，没准还能被自己吐出的气一口噎在那。我倒是很好奇男人和女人各自的底线究竟在哪？

惦记,是那么的温暖。手机里那些不舍得删除的短信像花一样开着。它们是属于我的四季。所以,老去有什么可以不从容的呢?谢谢那些因为文字而和我相遇的人,谢谢那些开放在心里的名字,谢谢每一天的生活,谢谢这样的相遇。

还是妖蛾子

人生就是一道连线题。有的人画的线简洁而清晰，直来直去；有的人云里雾里，纸有多大线就画多远，最后连画的人自己都找不到线头了。我们寻求着一份自以为是的安稳。以前，我觉得委曲求全，是讨好，甚至是哗众取宠，但现在，这是谋生的技巧，是见风使舵，是随和，是领袖气质。